U0109524

古典詩歌研究彙刊

第二六輯

龔鵬程 主編

第1冊

類型的逾越與邊界——唐代俠詩歌／小說之行俠主題研究

楊碧樺 著

國家圖書館出版品預行編目資料

類型的逾越與邊界——唐代俠詩歌／小說之行俠主題研究／楊碧樺 著 — 初版 — 新北市：花木蘭文化事業有限公司，2019〔民108〕

目 2+236 面；17×24 公分

（古典詩歌研究彙刊 第二六輯；第1冊）

ISBN 978-986-485-836-1（精裝）

1. 唐詩 2. 詩評

820.91　　108011598

ISBN-978-986-485-836-1

9789864858361

古典詩歌研究彙刊

第二六輯　第一冊　　ISBN：978-986-485-836-1

類型的逾越與邊界——唐代俠詩歌／小說之行俠主題研究

作　　者　楊碧樺

主　　編　龔鵬程

總 編 輯　杜潔祥

副總編輯　楊嘉樂

編　　輯　許郁翎、王筑、張雅淋　美術編輯　陳逸婷

出　　版　花木蘭文化事業有限公司

發 行 人　高小娟

聯絡地址　235 新北市中和區中安街七二號十三樓

電話：02-2923-1455／傳眞：02-2923-1452

網　　址　http://www.huamulan.tw　信箱　hml 810518@gmail.com

印　　刷　普羅文化出版廣告事業

初　　版　2019 年 9 月

全書字數　161567 字

定　　價　第二六輯共 8 冊（精裝）新台幣 13,500 元　

類型的逾越與邊界——
唐代俠詩歌／小說之行俠主題研究

楊碧樺 著

作者簡介

楊碧樺，女，國立成功大學中國文學研究所博士班肄業，曾任國立臺南大學語文教育學系講師。年少即嚮往任俠不羈的生命情調，長大後進化爲對「俠之大者，爲國爲民」此八字動心，雖曾聽聞訾議，或嫌矯情造作、或指陳義過高，殊不知俠之所以成爲成人童話，即因它保有了內心那塊良善，宛如純潔童話聖地般的不受浸染，言其昧於現實也罷、說其不合時宜也罷，負面批評方更彰顯俠者烏托邦的理想本質，目前持續構築屬於自己的各式江湖中。

提　　要

唐代是中國俠文學作品的第一個風雲時期，唐代文人們創作了數量與質量兼備的俠詩歌與俠小說，本文透過行俠主題的探討，可揭露俠者間互有異同的深層價值觀，進而顯示出俠者的時代性特色。

隨著時代的變遷，俠所執掌的「正義」內涵並不一致，以唐代言，可歸結出三方面的前代承繼：一爲史傳散文的啓示；二爲唐以前俠詩歌的影響；三爲英雄志怪等前期小說的因革，因此唐代的俠詩歌與俠小說，有著較完整豐富的行俠主題可供參研。本文研究觀點主要由「類型學」的角度切入，類型並非絕對的而是開放的。在構成類型的諸多因素中，只有少數因素決定了類型的性質，所以只要找到了這種「主因素」，即可對某一文學類型有較深刻的理解，「行俠主題」即爲武俠文學類型的一個「主因素」，「主因素」又包含了「不變因素」與「可變因素」，因此「行俠主題」除了有其特定的不變因素外，隨著時代的推進，也讓「行俠主題」加入許多可變因素，這些可變因素亦彰顯了時代的特色。本文即以這種「不變因素」與「可變因素」的觀點進行論述，因此以「平不平」、「立功名」、「報恩仇」爲行俠主題的「不變因素」，再從中細析隨著時代或體裁而異的「可變因素」，以求將唐代俠詩歌／小說之行俠主題作一較完整的詮釋，並彰顯出類型文學本身的可逾越處與既有邊界。

目 次

第壹章　緒　論……………………………………………1
第一節　研究現況與論題提出………………………………4
第二節　研究範圍與資料取材………………………………15
第三節　研究方法與觀點……………………………………47
第貳章　「平不平」之行俠主題……………………………51
第一節　「膽氣豪情」的生命基調…………………………51
一、唐代俠詩歌／小說對膽氣豪情的推許…………52
二、由膽氣豪情衍生的次文化……………………55
第二節　「扶危濟困」的行俠模式…………………………82
一、扶危濟困的典型…………………………………83
二、扶危濟困的變型…………………………………91
第三節　「俠者烏托邦」的建構……………………………94
一、俠者烏托邦的形成………………………………95
二、俠者烏托邦與「江湖」文化…………………99
第參章　「立功名」之行俠主題……………………………103
第一節　「功名之思」的考察………………………………105
一、以「立功名」爲行俠主題的緣由……………106
二、「功名之思」的創作審視………………………113
第二節　「立功名」的行俠模式……………………………118
一、立功名的典型……………………………………122
二、立功名的九種變型………………………………124
第三節　「功成不受」的結局探討…………………………142
一、隱身江湖…………………………………………142
二、俠的名士化………………………………………148
第肆章　「報恩仇」之行俠主題……………………………155
第一節　「報」的文化根源…………………………………157
第二節　恩仇觀念的擴展與侷限……………………………162
一、報恩………………………………………………162
二、報仇………………………………………………183
第三節　嗜血慾望的沈迷與救贖……………………………193
第伍章　結　論……………………………………………203
徵引書目……………………………………………………211
附錄　歷代典籍選錄之俠詩歌詩題一覽表……225

第壹章　緒　論

俠，歷來已成法治之外維護人間正義者的代名詞，他的光芒，直照社會黑暗面的底層，依著龔鵬程之語，人們對俠已是一種「神話式嚮往」了。〔註 1〕造成這種神話式嚮往的原因，龔鵬程與陳平原皆歸因於歷史記載與文學想像的融合雜揉，〔註 2〕換言之，「俠」並非是一個客觀而永不變異的存在，從先秦兩漢，至魏晉南北朝，到隋唐五代，再及宋元明清，以逮現今，俠的面貌不斷地變異流轉與再生，而賜予其面貌豐富多姿最重要的媒介，即爲文學作品的渲染與傳播，是以今日對俠的種種認識，諸如亢直仗義、孤絕壯烈等美好的人格特質，武藝驚人卻又神龍見首不見尾的行事風格等，是經過多少時間的揉捏搓磨才定型？而眞實的俠者風貌又是如何？所有問題的關鍵，皆可自唐代尋，因唐代恰好是一切俠文學作品的第一個風雲時期，之前雖有漢代司馬遷《史記》與班固《漢書》的爲俠者們立傳，但文學作品中提及俠的，在數量與質量上均不足以蔚爲風潮。至唐代，產生了數量與質量兼備的俠詩歌與俠小說，是以欲彰明現今俠者形象之所由何來，就得對唐代的俠文學作一番檢索

〔註 1〕見龔鵬程《大俠》，頁 4，臺北：錦冠，1987 年。

〔註 2〕見龔鵬程《大俠》，頁 5，臺北：錦冠，1987 年。及陳平原《千古文人俠客夢——武俠小說類型研究》，頁 20，臺北：麥田，1995 年。

探討；而欲瞭解俠的人格特質與行事風貌，莫若從行俠主題的角度觀察較爲適切，透過行俠主題的探討，可揭露俠者間互有異同的深層價值觀，進而顯示出俠者的時代性特色。

俠之所以讓人們又愛又怕，是因大多數的俠是「以武行俠」的，於是便免不了有「挾武凌人」的情形發生。因爲有此不確定性因素，一旦俠者挾其武技而不鋤強扶弱，反而挾武徇私，就不能算是眞正的俠客，即如司馬遷所言：「豪暴侵凌孤弱，恣欲自快，游俠亦醜之。」（《史記・游俠列傳》）因此俠有他們一定的行爲準則，而此行爲準則通常我們稱之爲「俠義」，「俠義」是讓俠這些一顆顆的不定時炸彈，能被文明社會所接受的重要條件。因此，歷來對「俠義」的不斷標榜鼓吹與不時增添新質素，其目的即在於努力的使俠的行爲合理化。而「義」的意義，歷來異說頗多，宋人洪邁曾說過：「人物以義爲名者，其別最多。」如仗正道曰義、眾所尊戴者曰義、與眾共之曰義、至行過人曰義、自外入而非正者曰義……等等。〔註 3〕這些莫衷一是的「義」，落實在文學作品中，便使得俠的面貌多元，形象豐富，也使得俠的行俠主題有一基本依循，即「俠義」。

所以想理解俠的行俠主題，就得釐清「俠」與「義」的關係。從司馬遷言：「要以功見言信，俠客之義又曷可少哉！」（《史記・游俠列傳》），至唐代的李德裕明確說出：「義非俠不立，俠非義不成。」（〈豪俠論〉）「俠」與「義」就一直密不可分，所以「義」一直被當成區別俠之眞僞的指標。而俠客之「義」所指向的應是一種「超越性動機」〔註 4〕，它指向俠者在走向自我實現過程中必須遵奉的不計功利、超越世間是非、純然自我掌握的道德之基本要求。既是在自我實現的過程，那是非曲直的價值判斷則不假外求，是自己所掌控的，因此俠的「自掌正義」才導致「時扞當世之文罔」（《史記・

〔註 3〕參考宋・洪邁《容齋隨筆》卷第八，頁 105，上海：上海古籍，1996 年。

〔註 4〕「超越性動機」名詞，參考自汪湧豪・陳廣宏《江湖任俠：市民社會的英雄主義》，頁 99，臺北：漢揚，1997 年。

游俠列傳》）。

隨著時代的變遷，俠所執掌的「正義」內涵並不一致，雖不一致，但總是前有所承。以唐代言，可歸結出三方面的前代承繼：一爲史傳散文的啓示。這方面影響最大的是漢代司馬遷《史記》中的〈游俠列傳〉及〈刺客列傳〉，司馬遷開創於史書敘游俠之舉，讓俠者成爲正統社會聚集的焦點，也提供了俠者的基本道德典範。而對刺客奇絕孤烈的描寫，使其與俠者同有勇於救人於厄的相似性格特質浮現且爲人所注意，因此影響所及，至唐代正式將刺客納入俠者的體系中；二爲唐以前俠詩歌的影響。魏晉南北朝時，出現了首批的俠詩歌，數量雖不多，但卻開俠者從軍報國的先聲，也讓「立功名」成爲唐代俠詩歌／小說的行俠主題之一，同時魏晉南北朝的俠詩歌亦繼承漢代班固及張衡的〈兩都賦〉與〈西京賦〉中對俠冶游習性的初步描繪，而進一步狀寫貴游俠少生活上的流逸奢靡，唐代俠詩歌／小說除了吸收其對俠放蕩的敘寫手法外，更將其擴展成帶有倫理意義的征戰序曲，進而造成唐代俠者名士化的起始；三爲英雄志怪等前期小說的因革。小說的發展雖至唐代方才宣告成熟，但前期的英雄志怪小說對唐代俠詩歌／小說亦有著不小的影響，如漢趙曄《吳越春秋》載越女與袁公比劍之事及越女論「劍之道」語，〔註 5〕皆爲唐代俠詩歌／小說立下創作典範。再如魏曹丕在《列異傳》〔註 6〕中記載了先秦二大製劍名家干將、莫邪的傳說，〔註 7〕小

〔註 5〕見漢・趙曄撰《吳越春秋》下冊，頁 257～259，臺北：世界書局，1980 年。

〔註 6〕關於《列異傳》作者問題，歷代說法不一。《隋書・經籍志》載：「《列異傳》三卷，魏文帝撰。」今已佚。但古來文籍頗多引用，是以得見其遺文。文中有甘露年間事，時代在魏文帝曹丕後，魯迅《中國小說史略》言：「或後人有增益，或撰人是假託，皆不可知。」而《舊唐書・經籍志》及《新唐書・經籍志》皆題作晉張華撰，亦別無佐證，魯迅推測或許其後已悟《列異傳》作者抵牾的問題，才改稱爲張華所撰，因本文取材自宋・李昉等撰之《太平御覽》，其作者亦題魏文帝曹丕，故從之。見魯迅《中國小說史略》，頁 49，臺北：風雲時代，1990 年。

〔註 7〕見宋・李昉等撰《太平御覽》三百四十三，上海：上海書店，1985 年。

說文字雖簡短，但已包含了寶劍、俠客路見不平及後輩欲報親仇等質素。又晉干寶《搜神記・李寄》〔註 8〕表揚了年僅十二、三歲的小姑娘李寄，她以身爲餌，自願成爲那條每年啖童女之軀的大蛇口下的祭品，她聰明機智，事先已「請好劍及咋蛇犬」，再利用食物引誘大蛇出洞，果然一舉除害，唐代俠小說〈郭元振〉中郭元振斬烏將軍救女子的情節即源於此處。這些前期的英雄志怪小說或對唐代俠詩歌／小說有精神上的啓迪之功，或對唐代俠詩歌／小說有創作上的借鏡之效，雖數量不多，無法明確勾勒出彼時行俠主題的時代特徵，但對於唐代俠詩歌／小說行俠主題的傳承及影響是巨大的。

至唐代，俠詩歌與俠小說風起雲湧，有較完整豐富的行俠主題，因此本文對唐代俠詩歌／小說的行俠主題分析從「平不平」、「立功名」與「報恩仇」三方面論述，再對唐代俠詩歌及俠小說在質與量上或相等或相差的行俠主題，做進一步的討論。

第一節　研究現況與論題提出

由於俠文學長久以來並不受重視，因此俠文學的領域長期屬於邊陲蠻荒之地，直至現代方有起步振興的趨向。就整體俠文學而言，現代研究的論著可從三個研究角度切入論述，略述如下。

一、以歷史流變或時代特色爲主的研究論著

這類研究論著著重點在俠詩歌或俠小說與時變異的興革上，與時代的風貌特色緊緊結合。相關論著可分三方面，以下分略列之。

（一）俠詩歌

在俠詩歌方面的論著有林香伶《唐代游俠詩歌研究》〔註 9〕及

〔註 8〕見晉・干寶、陶淵明撰《搜神記・搜神後記》，頁 231，臺北：木鐸，1985 年。

〔註 9〕林香伶《唐代游俠詩歌研究》，政治大學中國文學研究所碩士論文，1994 年。

王子彥《南朝游俠詩之研究》〔註10〕。林香伶《唐代游俠詩歌研究》爲第一本論述俠詩歌的專著，作者雖欲使游俠詩歌在唐代發展呈現「史」的脈絡，及兼作橫向分析唐代俠詩歌的「寫作體裁」、「主題特色」與「物象運用」，而呈現「面」的效果，但作者實際的視野焦點幾乎放在史的脈胳上，橫向分析只占全書五分之一不到，因此還有補強的餘地。而王子彥《南朝游俠詩之研究》明確提出游俠詩類獨立成類之條件。並論述魏晉南北朝游俠詩與詠物詩、豔情詩、邊塞詩及其它戰爭詩交融之途徑，以詩歌發展之角度解釋南朝游俠詩之盛況。其中對「游俠詩」成類的考據詳實，相當具有參考價值。

（二）俠小說

俠小說方面的論著有柯錦彥《唐代劍俠傳奇及其政治社會之關係》〔註11〕，重點放在唐代小說產生俠者的政經基礎，對文本的解讀或許因非其重點，故有嚴重不足之憾；崔奉源《中國古典短篇俠義小說研究》〔註12〕，其將唐宋明三代的短篇俠小說大致抉羅，研究堪稱詳實，唯或因著成時代較早，對俠的觀念仍傾向於全面稱頌的態度，是以不認爲某些如〈彭闥高瓚〉的俠小說有任何行俠意義，因此在解讀上便造成程度上的偏差；林志達《唐人俠義小說研究》〔註13〕，除對唐人俠義小說作文學研究外，並探研其於當代社會所具之特殊意義，文中較特殊的見解爲其將唐代俠小說以三種結構方式：單起伏式、雙起伏式、多起伏式呈現，並能將此三種結構方式與創作背景相結合；楊清惠《從原始劍俠到仙俠——古典小說中「劍俠」形象及其轉變》〔註14〕，研究的面向屬於古典小說的人物塑造，

〔註10〕王子彥《南朝游俠詩之研究》，淡江大學中國文學研究所碩士論文，1995年。

〔註11〕柯錦彥《唐代劍俠傳奇及其政治社會之關係》，高雄師範大學國文研究所碩士論文，1982年。

〔註12〕崔奉源《中國古典短篇俠義小說研究》，臺北：聯經，1986年。

〔註13〕林志達《唐人俠義小說研究》，輔仁大學中國文學研究所碩士論文，1982年。

〔註14〕楊清惠《從原始劍俠到仙俠——古典小說中「劍俠」形象及其轉變》，

主要探討有關「劍俠」形象塑造及其形象轉變所代表的意義，其爲「小說之俠」作初步的界定，並詳論「劍俠」的轉型與後期「仙俠」觀念的出現，進一步證成道教的發展和變化亦與「劍俠」形象的塑造與轉變有關；劉蔭柏《中國武俠小說史——古代部分》〔註 15〕，其從先秦述起，至清代而止，對俠小說的緣起、勃興、延續、滯期、中興、與鼎盛做了一縱向的考察，強調俠小說產生的歷史條件，對各篇俠小說亦有簡略的介紹；汪湧豪《中國游俠史》〔註 16〕，其書以社會史角度全面性地論述自先秦至晚清各個歷史時期的游俠情狀，並將中國俠與外國之騎士、武士作一初步的比較分析；徐斯年《俠的蹤跡——中國武俠小說史論》〔註 17〕，雖云「史論」，但爲各單篇論文掇拾而成，各篇分年代論述，縱貫了先秦至民國之舊武俠小說，但亦流於對俠的神話式嚮往；曹亦冰《俠義公案小說史》〔註 18〕，以俠義小說與公案小說爲雙主線，分別述其起源、產生、形成、及成熟，但論述時，略嫌各自爲政，對這兩類小說的結合有些牽強；陳穎《中國英雄俠義小說通史》〔註 19〕，將戰爭英雄與豪俠義士結合起來，從神話傳說中的創世英雄至「建國」初期的革命英雄主義小說都稱以「英雄俠義小說」，於是便有著對「俠小說」定義過於泛化的缺失；葉洪生《武俠小說談藝錄——葉洪生論劍》〔註 20〕，論述重點在於清末以來之新舊武俠小說，因此對於古典俠文學的論述極度缺乏。

（三）綜　合

綜合談及俠文化流變的有劉若愚《中國之俠》〔註 21〕，其爲歷

淡江大學中國文學研究所碩士論文，1999 年。

〔註 15〕劉蔭柏《中國武俠小說史——古代部分》，石家庄：花山文藝，1992 年。

〔註 16〕汪湧豪《中國游俠史》，上海：上海文化，1994 年。

〔註 17〕徐斯年《俠的蹤跡——中國武俠小說史論》，北京：人民文學，1995 年。

〔註 18〕曹亦冰《俠義公案小說史》，杭州：浙江古籍，1998 年。

〔註 19〕陳穎《中國英雄俠義小說通史》，南京：江蘇教育，1998 年。

〔註 20〕葉洪生《武俠小說談藝錄——葉洪生論劍》，臺北：聯經，1994 年。

〔註 21〕〔美〕劉若愚著；周清霖、唐發鐃譯《中國之俠》，上海：三聯書店，1991 年。

史上第一部對中國歷史上、文學上俠的發展情況作綜合研究的專著，因爲開創者，故有不少創新之見，如對俠的社會淵源問題上，認爲「俠」是氣質問題，而非出身使然等，但亦由於是首創，對俠的界定與認識也顯得較模糊不清；孫鐵剛《中國古代的士和俠》〔註 22〕，藉著探討古代「士」和「俠」兩種人物的原始、演變及其式微的過程，對何以先秦時代的學術思想有那麼大的成就？何以秦漢以迄清末就越不出先秦的範圍？何以先秦時代的創造力那麼蓬勃，而生命力又是那麼充沛？何以秦漢以後的創造力與生命力遠不如先秦？等等問題提出見解；田毓英《西班牙騎士與中國俠》〔註 23〕，對俠和騎士的起源、演變、組織、品德、行爲、對後世的影響、與婦女的關係等層面，皆有說明，但敘述基調是以後設「以今逆古」的方式，是以對中國俠者的面貌充滿了崇高的詠歎，此處較爲失眞；陶希聖《辯士與游俠》〔註 24〕，對「辯士」與「游俠」這兩種游閑分子的個人活動，尋源究委，以明其造成歷史的集團行爲，但整部書的謬誤頗多，如俠觀念的淆混及偏重「階級革命」與俠的關係等皆是；陳山《中國武俠史》〔註 25〕，兼顧俠的歷史淵源與文學作品解讀，亦將中國俠與外國之騎士、武士作一比較；梅清華《中國文學中的俠》〔註 26〕，以俠文學自漢代以降，各個朝代，各種文學型式中之表現，以及各個文學型態中，「俠」的形象爲討論中心，檢討「俠」的觀念演變。自漢朝司馬遷之游俠列傳，至唐李白等「俠詩」、傳奇，宋元「話本」，明清以迄現代之武俠小說，到現代之武俠電影，平劇均在討論範圍之內；張志和、鄭春元《中國文史中的俠客》〔註 27〕，

〔註 22〕孫鐵剛《中國古代的士和俠》，臺灣大學中國文學研究所博士論文，1974 年。

〔註 23〕田毓英《西班牙騎士與中國俠》，臺北：臺灣商務，1986 年。

〔註 24〕陶希聖《辯士與游俠》，臺北：臺灣商務，1995 年。

〔註 25〕陳山《中國武俠史》，上海：三聯書店，1992 年。

〔註 26〕梅清華《中國文學中的俠》，輔仁大學英國語文研究所碩士論文，1980 年。

〔註 27〕張志和、鄭春元《中國文史中的俠客》，北京：中國社會科學，1994 年。

其書分正史、稗史筆記、傳奇小說、話本及擬話本小說、明清長篇小說、詩歌暨戲曲六部分談論中國文史中的俠客，以討論「俠」在中國歷史中所呈現的社會現象與精神現象；曹正文《中國俠文化史》〔註 28〕，綜論俠文學自先秦至民國的縱向發展，以清末以來的新舊武俠小說爲論述重點；龔鵬程《大俠》〔註 29〕，爲單篇論文加以整合潤飾的結集，爲首部打破「俠」神話迷思的論著，自氏著出版，學者對俠的原始面貌方能以較公允的眼光待之；龔鵬程、林保淳編《廿四史俠客資料匯編》〔註 30〕，爲工具書性質，將《二十四史》及《清史稿》中凡與俠客有關的資料，皆詳細校對及羅列書中；汪湧豪、陳廣宏《江湖任俠：市民社會的英雄主義》〔註 31〕，其書認爲「俠」爲一種遺落已久的中國人的光榮與夢想，並以此爲述寫基調，因此亦落入了將俠無限聖化的窠臼；陳怡仲《中國古代小說中的劍及其文化意象研究》〔註 32〕，屬於俠文學的邊緣研究，以古代小說中劍的傳說、用劍法、用劍者等面向切入，再統合說明劍的文化意象。

二、以單一作家或單一作品爲主的研究論著

這類研究論著擷取單一作家的俠文學作品或以單一俠文學作品爲研究對象，相關論著可分二方面，以下分略列之。

（一）俠詩歌

相關論著在俠詩歌方面皆爲研究李白者，有卓曼菁《李白遊俠詩研究》〔註 33〕及江南書生《劍俠李白（第一卷）》〔註 34〕。卓曼菁《李

〔註 28〕曹正文《中國俠文化史》，臺北：雲龍，1997 年。

〔註 29〕龔鵬程《大俠》，臺北：錦冠，1987 年。

〔註 30〕龔鵬程、林保淳編《廿四史俠客資料匯編》，臺北：臺灣學生，1995 年。

〔註 31〕汪湧豪、陳廣宏《江湖任俠：市民社會的英雄主義》，臺北：漢揚，1997 年。

〔註 32〕陳怡仲《中國古代小說中的劍及其文化意象研究》，文化大學中國文學研究所碩士論文，1995 年。

〔註 33〕卓曼菁《李白遊俠詩研究》，臺灣師範大學國文研究所碩士論文，1995 年。

白遊俠詩研究》係以「作品研究」爲核心。首先論及影響作品風格特徵之作者，時代等外緣因素，再由此導入作品內涵及藝術表現的探究，以凸顯李白遊俠詩歌之特色及建構作者的遊俠面貌；江南書生《劍俠李白（第一卷）》以李白個人爲中心，述其人品抱負、仙道隱俠之傳統、家世及武林交遊，雜以李白的詩文而成，全書以浪漫夢幻的筆調論述李白，同時亦能兼及學術考證部分。

（二）俠小說

在俠小說的研究論著方面，大部分集中在《水滸傳》的研究，如康百世《金聖嘆批改水滸傳的研究》〔註35〕、李慧淳《水滸傳研究》〔註36〕、鄭瑞山《水滸傳人物論》〔註37〕、崔省南《水滸傳寓意與結構之分析》〔註38〕、汪淑玲《「水滸傳」與「南總里見八犬傳」之比較研究》〔註39〕、趙淑美《水滸後傳研究》〔註40〕、陳美伶《水滸傳之人物刻畫技巧研究》〔註41〕、黃暖瑗《金聖嘆的水滸傳評點研究》〔註42〕、林淑媛《晚明水滸人物評論之研究：以金聖歎評水滸傳爲範例》〔註43〕、王資鑫《水滸與武打藝術》〔註44〕等皆然，其中有

〔註34〕江南書生《劍俠李白（第一卷）》，臺北：時報文化，1982年。

〔註35〕康百世《金聖嘆批改水滸傳的研究》，政治大學中國文學研究所碩士論文，1971年。

〔註36〕李慧淳《水滸傳研究》，臺灣師範大學國文研究所博士論文，1972年。

〔註37〕鄭瑞山《水滸傳人物論》，東海大學中國文學研究所碩士論文，1975年。

〔註38〕崔省南《水滸傳寓意與結構之分析》，臺灣大學中國文學研究所碩士論文，1982年。

〔註39〕汪淑玲《「水滸傳」與「南總里見八犬傳」之比較研究》，文化大學日本文學研究所碩士論文，1988年。

〔註40〕趙淑美《水滸後傳研究》，東海大學中國文學研究所碩士論文，1989年。

〔註41〕陳美伶《水滸傳之人物刻畫技巧研究》，臺灣師範大學國文研究所博士論文，1990年。

〔註42〕黃暖瑗《金聖嘆的水滸傳評點研究》，中山大學中國文學研究所碩士論文，1994年。

〔註43〕林淑媛《晚明水滸人物評論之研究：以金聖歎評水滸傳爲範例》，中央大學中國文學研究所碩士論文，1992年。

〔註44〕王資鑫《水滸與武打藝術》，南京：江蘇古籍，1998年。

《水滸傳》的文本綜合研究；有以《水滸傳》的人物為研究重點；有以金聖嘆的《水滸傳》評點為論述範圍；也有中日兩國作品的比較研究。

其他俠小說的研究論著，有金聖敏《沈璟義俠記研究》〔註45〕，論述《義俠記》的版本校勘與淵源傳承，對故事主題與寫作技巧亦有探；廖瓊媛《兒女英雄傳之俠義研究》〔註46〕，探討《兒女英雄傳》在整個俠文學源流中所扮演的角色，進而彰顯其俠義精神的內涵，以確立《兒女英雄傳》應有的地位；朴河貞《兒女英雄傳研究》〔註47〕，亦以《兒女英雄傳》為研究對象，較特別的是將《兒女英雄傳》與清代小說與之比較，對「兒女英雄傳」的理想性、《儒林外史》的諷刺性、《紅樓夢》的寫實性，相互比較而分析出它們之間所不同之處，以探討「兒女英雄傳」的文學評價和影響；柯玫文《三俠五義研究》〔註48〕，其書資料取材除《三俠五義》系統之小說、俗曲外，並參考近人之相關論著，就《三俠五義》之內容，歸納其特質，並與一脈相承之小說、俗曲加以分析比對，以探究其根源及發展；黃美玲《《三俠五義》研究》〔註49〕，此書與前作在文本上有較細緻的論述，最後歸納出《三俠五義》「文本」中作者所要傳達的重要觀念並評析小說中的整體表現；陳華《施公案與清代法制》〔註50〕，依次就《施公案》中管轄、受理、勘驗、檢驗、稟詳、傳拘、緝捕、押禁、審訊、判決、覆覈、上控等刑事案刑事案件的審理程序、分析

〔註45〕金聖敏《沈璟義俠記研究》，政治大學中國文學研究所碩士論文，1986年。

〔註46〕廖瓊媛《兒女英雄傳之俠義研究》，東海大學中國文學研究所碩士論文，1985年。

〔註47〕朴河貞《兒女英雄傳研究》，臺灣大學中國文學研究所碩士論文，1987年。

〔註48〕柯玫文《三俠五義研究》，東吳大學中國文學研究所碩士論文，1988年。

〔註49〕黃美玲《《三俠五義》研究》，中山大學中國文學研究所碩士論文，1997年。

〔註50〕陳華《施公案與清代法制》，臺灣大學法律研究所碩士論文，1988年。

比較《施公案》作者對清代法制的看法，是否與當時律例規定一致，如果不一致，是否又與當時法制實際施行的情形一致分析比較的結果，亦即就小說與律例的規定或施行的實際情形不一致的地方，歸納出小說作者以至當時人民對當時法制的大致看法；楊淑媚《施公案研究》〔註 51〕，以案件分類及人物形象觀點，說明《施公案》乃因文學傳統的影響、當代思潮的需求、適應通俗小說的形式，而呈現有別於它書的風貌；龔青松《蜀山劍俠傳異類修道歷程研究》〔註 52〕，其書建構了《蜀山劍俠傳》修道歷程之天命架構，並溯其源流，再分析《蜀山劍俠傳》異類修道歷程；楊丕丞《金庸小說鹿鼎記之研究》〔註 53〕，《鹿鼎記》係金庸的武俠封筆作，這部小說無論就人物塑造、主題思想，抑或整體的風格，筆調來說，非但迥異其前作，甚至置諸整個武俠小說史而論，亦達到創新、突破的新里程，作者認爲武俠小說的發展到了《鹿鼎記》，實際上是面臨創作突破的瓶頸，因爲它幾乎解構了武俠小說「英雄無敵」、「解民倒懸」、「愛情追求」等的正面歌頌，而以一種「揶揄」、「嘲諷」的筆觸，使讀者對一些文化現象和意識型態重新的自我省思；趙孝萱《張恨水小說新論》〔註 54〕，主要目的是向世人展示張恨水小說的全貌，因此研究重心是「張恨水的小說文本」，告別過往的誤解與謬傳，對張恨水小說重新全面解碼；陳康芬《古龍武俠小說研究》〔註 55〕，透過現代武俠小說的歷史整合與古龍武俠小文本意義的再開發與文學活動版圖的再建構，重新定位古龍身爲武俠小說作家的武俠小說史意

〔註 51〕楊淑媚《施公案研究》，中興大學中國文學研究所碩士論文，1996 年。

〔註 52〕龔青松《蜀山劍俠傳異類修道歷程研究》，文化大學中國文學研究所碩士論文，1992 年。

〔註 53〕楊丕丞《金庸小說鹿鼎記之研究》，東海大學中國文學研究所碩士論文，1995 年。

〔註 54〕趙孝萱《張恨水小說新論》，輔仁大學中國文學研究所博士論文，1998 年。

〔註 55〕陳康芬《古龍武俠小說研究》，淡江大學中國文學研究所碩士論文，1998 年。

義；羅賢淑《金庸武俠小說研究》〔註 56〕，以金庸筆下人物面貌之豐與情節安排之詭，探討金庸武俠小說對讀者的影響，並嘗試評定其在中國文學史上應有之地位；另大陸學者陳墨也有一系列專門析論金庸武俠小說的十二本論著〔註 57〕，其標題即其主題，茲不再贅述。

三、以西方理論方法闡析俠文學的研究論著

此類研究論著引進西方理論方法研究傳統的俠文學作品，如馮幼衡《武俠小說讀者心理需要之研究》〔註 58〕以問卷調查與數據分析武俠小說的讀者心理需要；塗翔文《中國武俠電影美學變遷研究》〔註 59〕援引好萊塢「類型研究」傳統模式，單純地將「刀劍武俠片」視爲一「電影類型」來分析研究，探討其歷史發展與美學特徵的變化；許慧敏《金庸武俠小說敘事模式研究》〔註 60〕根據金庸武俠小說的特性並參考敘事學的研究方法，進行對金庸武俠小說由主要角色開展出來的敘事模事研究；曹昌廉《「閱讀」的當代武俠小說——論當代武俠小說評議與閱讀理論下新的武俠小說觀》〔註 61〕從民國以來的武俠小說評議開始，逐步建立當代武俠小說評議的一條脈絡，並分析出這個評議歷史的背後呈現的文學理論現象，又以武俠

〔註 56〕羅賢淑《金庸武俠小說研究》，中國文化大學中國文學研究所博士論文，1999 年。

〔註 57〕此一系列論著包含《賞析金庸》、《武學金庸》、《情愛金庸》、《政教金庸》、《技藝金庸》、《文化金庸》、《文學金庸》、《人論金庸》、《人性金庸》、《藝術金庸》、《形象金庸》、《美學金庸》，臺北：雲龍，1997 年。

〔註 58〕馮幼衡《武俠小說與讀者心理需要之研究》，政治大學新聞研究所碩士論文，1978 年。

〔註 59〕塗翔文《中國武俠電影美學變遷研究》，淡江大學大眾傳播學研究所碩士論文，1999 年。

〔註 60〕許慧敏《金庸武俠小說敘事模式研究》，中正大學中國文學研究所碩士論文，1997 年。

〔註 61〕曹昌廉《「閱讀」的當代武俠小說——論當代武俠小說評議與閱讀理論下新的武俠小說觀》，南華大學文學研究所碩士論文，2000 年。

小說的閱讀狀態，分析其中的種種現象，然後把這些理論化，歸納出當代被研究者忽略的武俠小說的文學特徵；陳平原《千古文人俠客夢——武俠小說類型研究》〔註62〕兼顧武俠小說歷史性類型（historical genres）和理論性類型（theoretical genres）的歷史性描述與理論性分析，尤其注意在共時性的形態分析中引入歷史因素，在歷時性的發展脈胳中扣緊類型特徵；王立《偉大的同情——俠文學的主題史研究》〔註63〕則從主題學的視點上，將俠義崇拜分作若干系統分支，溯源及流，加以揭示和闡釋。

在單篇論文方面，討論俠文學作品的單篇論文相當的多且廣泛，詳見本文後的參考書目，值得一提的是，淡江大學中文系已連續舉行了二次俠文學研討會，第一次以「俠與中國文化」爲討論重點，分「總論篇」、「古代篇」、「現代篇」、「附錄」，邀稿廿二篇單篇論文，並裒集成冊。〔註64〕第二次則以「縱橫武林」爲題，舉辦「中國武俠小說國際學術研討會」，發表了十六篇單篇論文，並已付梓。〔註65〕這二次俠文學研討會的舉行，使邇來俠文學的研究更見蓬勃。

在之前所述的研究現況中，可發現近來俠文學的論著漸增，可多偏重於外圍研究，但以西方理論方法研究的論著已漸增，對於俠文學的根本內涵問題已因借鏡西方理論而有觸及，但數量上仍嫌少些，因此有足夠的研究空間可資運用。其中在陳平原《千古文人俠客夢——武俠小說類型研究》中將武俠小說此一獨立的小說類型分爲四組基本敘事語法：「仗劍行俠」指向俠客的行俠手段，「快意恩仇」指向俠客的行俠主題，「笑傲江湖」指向俠客的行俠背景，「浪跡天涯」指向

〔註62〕陳平原《千古文人俠客夢——武俠小說類型研究》，臺北：麥田，1995年。

〔註63〕王立《偉大的同情——俠文學的主題史研究》，上海：學林，1999年。

〔註64〕詳見淡江大學中文系主編《俠與中國文化》，臺北：臺灣學生書局，1993年。

〔註65〕詳見淡江大學中國文學系主編《縱橫武林：中國武俠小說國際學術研討會論文集》，臺北：臺灣學生，1998年。

俠客的行俠過程。〔註66〕而這四組基本敘事語法裡，又以行俠主題的呈現最能體現俠者的人格特質與行事風貌，只是由於陳平原以分析武俠小說的類型爲主，因此在俠詩歌的行俠主題的討論上就較欠缺，且陳平原以縱貫古今的視點來解讀武俠小說的類型，難免較不易顧及斷代俠文學作品的細部分析，是以本文提出「唐代俠詩歌／小說之行俠主題」的論題，選擇唐代是因唐代無論在俠詩歌或俠小說方面，皆有其具代表性意義存在。唐代的俠小說自不待言，魯迅言明代胡應麟《筆叢・三十六》所云：「變異之談，盛於六朝，然多是傳錄舛訛，未必盡幻設語，至唐人乃作意好奇，假小說以記筆端。」中的「作意」與「幻設」，即爲意識的創造。〔註67〕因爲其時作者是在有意識地創作小說，而有唐一代亦彌漫著濃濃的的任俠使氣風潮，因此俠小說在唐代可推斷爲被作者有意識地創作著，因此無論是唐代俠小說的人物刻劃、情節處理或藝術技巧，對後世俠小說都有著相當大程度的影響。而俠詩歌發展至唐代，形成一前所未有的高峰，唐代俠詩歌有多達近四百首之數，雖與《全唐詩》詩歌近五萬首的數量相比差距頗大，但放諸俠詩歌歷史上觀之，直至清末的俠詩歌方能在數量上稍與唐代相抗衡，因此無論是俠詩歌或是俠小說，唐代都有其先行者的意義，也値得統合結究，但根據前所述的研究現況，呈現出俠小說與俠詩歌各自爲政的情況，有統合研究者，卻是放在整個俠文學的歷史脈胳中，較無法深刻地探討文本本身的深層思維，是以本文提出「唐代俠詩歌／小說之行俠主題」的論題，冀能從唐代俠詩歌／小說行俠主題的呈顯中，進一步廓清唐人的「俠」觀念在不同體裁的表現。

前文提及，隨著時代的變遷，俠所執掌的「正義」內涵既大不相同，行俠主題也就有所差異，在唐代俠詩歌／小說中所顯現的行俠主

〔註66〕見陳平原《千古文人俠客夢——武俠小說類型研究》，頁273，臺北：麥田，1995年。

〔註67〕見魯迅《中國小說史略》，頁85，臺北：風雲時代，1990年。

題從揮灑搏豪情到快意報恩仇，包含了「平不平」、「立功名」與「報恩仇」三項行俠主題。「平不平」行俠主題是唐代之前的俠所共有的行俠主題，「立功名」行俠主題則始自魏晉南北朝，至唐代而蔚然成風，「報恩仇」行俠主題於前代文學作品中僅二見，〔註 68〕自唐代方才大量寫入俠文學作品，並影響到後世所有的俠小說，使「報恩仇」成為俠者最顯明的個人特色。而這三項行俠主題因體裁之故，在質與量上的呈現並不一致，換言之，體裁的不同亦對行俠主題的表現有所影響，因此在本文也將詩歌及小說兩種文學體裁以平行方式論述，以明瞭在不同文學體裁中所呈現的行俠主題的異同及原因。

第二節　研究範圍與資料取材

本文以唐代俠詩歌／小說為主要研究範圍與討論對象，因此有必要對「俠詩歌」與「俠小說」做一名稱與定義上的釐清，以下分述之。

一、命名的依據

（一）俠詩歌

俠詩歌歷來名稱並不統一，〔註 69〕最早收集俠詩歌的人應為初唐歐陽詢，其編纂之《藝文類聚》中卷三十三〈人部十七〉就有「遊俠」一類；〔註 70〕至中唐，白居易撰《白氏六帖事類》第二十四卷列

〔註 68〕在前朝將俠與報恩仇聯結起來的文學作品有二，一為晉張華〈博陵王宮俠曲二首〉之二：「借友行報怨，殺人租市旁。」二為梁吳均〈結客少年場〉：「報恩殺人竟，賢君賜錦衣。」

〔註 69〕林香伶《唐代游俠詩歌研究》及王子彥《南朝游俠詩之研究》對俠詩歌的由來亦有表述，可一併參考。

〔註 70〕歐陽詢所收皆為唐代之前的作品，並集中在六朝時期。所收詩有晉張華〈俠曲〉（即〈博陵王宮俠曲〉）、〈游俠篇〉；宋王僧達〈依古〉；宋鮑照〈擬古〉二首；梁元帝〈劉生〉；梁吳筠（即梁吳均）〈結客少年場〉、〈古意〉；梁王僧孺〈古意詩〉、梁何遜〈擬輕薄篇〉；周王褒〈游俠篇〉；周庾信、陳沈炯〈長安少年〉；陳陰鏗〈西遊咸陽〉；

「游俠」一類，〔註 71〕是書並非作品收集，乃羅列俠的種種事蹟與特徵，相當具有唐人俠觀念的指標價值；宋代李昉等奉敕編撰的《太平御覽》中卷四百七十三〈人事部〉一百一十四亦有「游俠」類，〔註 72〕同代鄭樵在其《通志二十略・樂略》中將〈游俠篇〉等二十一首題爲「遊俠二十一曲」；〔註 73〕宋代葉廷珪之《海錄碎事》亦立「俠少」一類；〔註 74〕元代方回在其《瀛奎律髓》卷四十六「俠少類」處亦收錄了唐宋之俠詩歌；〔註 75〕至明代張之象所編之《古詩類苑》與《唐詩類苑》，在「人部」中立「俠少」一類，收錄了唐以前的俠詩歌及唐代的俠詩歌；〔註 76〕而清康熙時張英所編《淵鑑類

陳楊縉〈俠客控絕影〉等。見唐・歐陽詢撰《藝文類聚》卷三十三人部十七，頁 580～581，上海：上海古籍，1999 年。

〔註 71〕白氏六帖本爲三十卷，至宋代孔侯撰續六帖本，亦三十卷，宋代孔侯所撰之續六帖，體例全仿白居易之六帖本，但合兩書爲一而析成百卷本者，不知爲誰，據《玉海》所載，宋本已爲兩書合一本矣。今本見唐・白居易撰、宋・孔侯續撰《白孔六帖》，臺北：新興書局，1969 年。

〔註 72〕見於「游俠類」之俠詩歌有魏曹植〈白馬篇〉。晉張華〈博陵王宮俠曲〉、宋鮑照〈結客少年場行〉。見宋・李昉等奉敕撰《太平御覽》，頁 2299～2301，臺北：臺灣商務，1992 年。

〔註 73〕鄭樵所收之二十一首詩，只存其名，未見其確實內容，其二十一首詩名如下：〈遊俠篇〉、〈俠客行〉、〈博陵王宮俠曲〉、〈臨江王節士歌〉、〈少年子〉、〈少年行〉、〈刺少年〉、〈邯鄲少年行〉、〈長安少年行〉、〈羽林郎〉、〈輕薄篇〉、〈劍客〉、〈結客〉、〈結客少年場〉、〈浴沐子〉、〈結襪子〉、〈結援子〉、〈壯士吟〉、〈公子行〉、〈燉煌子〉、〈扶風豪士歌〉等。見宋・鄭樵《通志二十略》樂略第一，頁 913，北京：中華書局，1995 年。

〔註 74〕《海錄碎事》立「游俠門」，見宋・葉廷珪《海錄碎事》，收於《文淵閣四庫全書》第九二一冊，頁（921-358）～（921-359），臺北：臺灣商務，1985 年。

〔註 75〕《瀛奎律髓》之「俠少類」分五言、七言兩部分收錄，其較鄭樵進步處則爲有將詩作之作者及內容列出，但仍有〈長安路〉、〈贈王樞密〉、〈聞說〉等三首詩未將作者寫出。見元・方回《瀛奎律髓》，收於《文淵閣四庫全書》第一三六六冊，頁（1366-500）～（1366-503），臺北：臺灣商務，1986 年。

〔註 76〕見明・張之象編《古詩類苑》卷之五十八，及《唐詩類苑》第八十

函》之卷三百十一中，更就《史記》、《漢書》以來作俠者資料的蒐羅整理，故俠詩歌收錄的範圍也就更為擴大了；〔註 77〕至雍正年間陳夢雷、蔣廷錫等編《古今圖書集成》，其〈理學彙編・學行典〉有游俠部，分為三目：總論、藝文、紀事，藝文目又分為二小目，第二小目為詩，其亦為俠詩歌專立一目。〔註 78〕

而在近代學者部分，凡言及此類詩歌者，其名不一，有詠俠詩〔註 79〕、俠義詩〔註 80〕、游俠樂府（詩）〔註 81〕等。由於前二者之名對「俠」皆有正面評價之義，模糊了俠者的一些負面特質，而「游俠詩」之名雖扣緊了主題的主角「游」的特質，而《史記》立〈游俠列傳〉，《漢書》立〈游俠傳〉，皆以「游俠」為名，但其時尚與「刺客」有所差別，且「游俠」似乎成了專屬階層的代名詞。至唐代，「俠」包羅了游俠與刺客的特質，也有「俠骨」、「俠情」等非指特定人物，而指特定情性的詞彙出現，是以本文以「俠詩歌」為名。

五卷，收於《四庫全書存目叢書・集部三二〇》與《四庫全書存目叢書・集部三一七》（大陸外版），頁（320-509）～（320-519）與頁（317-531）～（317-545），臺南：莊嚴文化事業，1997 年。

〔註 77〕《淵鑑類函》卷三百十一「人部」七十含「遊俠」、「報德」、「謝恩」、「冥報」、「物報」、「負德」六類，可知此時「報」主題詩歌與游俠詩歌已有所關聯，但未納入游俠詩歌體系中。見清・張英編《淵鑑類函》，收於《文淵閣四庫全書》第九九〇冊，頁（990-147）～（990-213），臺北：臺灣商務，1985 年。

〔註 78〕見清・陳夢雷、蔣廷錫等編《欽定古今圖書集成・理學彙編・學行典》，頁 2712、頁 2715～2716，臺北：鼎文書局，1977 年。

〔註 79〕如陳山的《中國武俠史》即將標目定為「魏晉六朝與隋唐的詠俠詩潮」，頁 135～158。

〔註 80〕如鍾元凱在其〈唐詩的任俠精神〉所用即是，見《北京大學學報》1985 年第四期；另張浩遜也寫〈論唐代的俠義詩〉，見《商丘師專學報》1988 年第三期，頁 19～26。

〔註 81〕如王文進在〈南朝邊塞詩的類型〉一文中提及「遊俠樂府」及其〈六朝遊俠樂府在文學史上的意義〉亦然，分見《中外文學》20 卷第七期及《俠與中國文化》頁 131～147。而陳平原在《千古文人俠客夢》一書，及曹正文在《中國俠文化史》中亦皆將相關主題詩歌稱為「游俠詩」。

（二）俠小說

俠小說歷來名稱亦有數端，有稱「豪俠小說」者，有稱「劍俠小說」者，有稱「俠義小說」者，有稱「英雄俠義小說」者，亦有稱「俠情小說」者，至現時幾已以「武俠小說」稱之，略列如下：

1. 豪俠小說

宋代李昉等編的《太平廣記》設「豪俠」類，〔註 82〕，爲最早以「俠」類聚的小說輯錄，而近人葉慶炳所編《中國文學史》對唐代的俠小說也稱「豪俠小說」，〔註 83〕再如吳志達《中國文言小說史》之名唐代俠小說亦然。〔註 84〕

2. 劍俠小說

明人王世貞撰《劍俠傳》，以「劍俠」名之，〔註 85〕日人鹽谷溫在《中國小說概論》中將唐代小說分爲別傳、劍俠、豔情、神怪四類，亦以「劍俠小說」爲唐代俠小說之名。〔註 86〕

3. 俠義小說

稱「俠義小說」者，如劉大杰《中國文學發展史》〔註 87〕，其把唐人小說分爲諷刺、愛情、歷史、俠義四類，孟瑤《中國小說史》亦稱唐人俠小說爲「俠義小說」，祝秀俠《唐代傳奇研究》則言其時之俠小說爲「俠義故事」，〔註 88〕魯迅《中國小說史略》對唐人俠小說並無名目稱之，但他將清代的俠小說名爲「俠義小說」，而曹亦冰

〔註 82〕《太平廣記》卷一百九十三至卷一百九十六載「豪俠」四卷。見宋・李昉等編《太平廣記》，北京：中華書局，1994 年。

〔註 83〕見葉慶炳編《中國文學史》，頁 276，臺北：弘道文化，1974 年。

〔註 84〕吳志達《中國文言小說史》，頁 385，濟南：齊魯書社，1994 年。

〔註 85〕王世貞《劍俠傳》共四卷，載三十三個故事。見明・王世貞編《劍俠傳》，臺北：金楓，1986 年。

〔註 86〕見〔日〕鹽谷溫著；君左譯《中國小說概論》，載鄭振鐸編《中國文學研究》下冊，上海書店據商務印書館 1927 年版複印。

〔註 87〕見劉大杰《中國文學發展史》，臺北：華正書局，1991 年。

〔註 88〕見祝秀俠《唐代傳奇研究》，頁 56，臺北：中國文化大學，1982 年。

《俠義公案小說史》對傳統俠小說則全以「俠義小說」之名冠之。〔註 89〕

4. 英雄俠義小說

「英雄俠義小說」之名只見陳穎《中國英雄俠義小說通史》一例。〔註 90〕

5. 俠情小說

稱「俠情小說」者，只見王忠林等編的《增訂中國文學史初稿》，其認爲唐人所寫俠客，多是爲人解難，而功成退隱，其中再雜以愛情，故稱之爲「俠情小說」。〔註 91〕

6. 武俠小說

「武俠」之詞遲至清末之前方出現，雖然先秦韓非子曾言：「俠以武犯禁」，已寓武俠之義，但「武俠」以一複合詞面貌出現，〔註 92〕卻是始自日本人。雖不知日人創「武俠」一詞的明確時期，但於明治時代後期的通俗小說家押川春浪（A.D.1876～1914），卻已有三部以「武俠」爲名的小說，〔註 93〕並創辦《武俠世界》雜誌（A.D.1912），而中國在清光緒二十九年（A.D.1903）時，梁啓超在橫濱所辦《新小說》月報之〈小說叢話〉專欄中，刊載了一位署名「定一」的讀者的評論說：「《水滸》一書爲中國小說中錚錚者，遺武俠之模範；使社會受其餘賜，實施耐庵立功也。」這也是中國第一次出現「武俠」此複合詞。嗣後，以「武俠」爲書名者大增，「武俠」之名也不脛而走，而專記「武俠」的小說，就被稱爲「武

〔註 89〕曹亦冰《俠義公案小說史》，杭州：浙江古籍，1998 年。。

〔註 90〕陳穎《中國英雄俠義小說通史》，南京：江蘇教育，1998 年。

〔註 91〕見王忠林、左松超、皮述民、金榮華、邱燮友、黃錦鋐、傅錫壬、應裕康編的《增訂中國文學史初稿》，頁 585，臺北：福記文化圖書，1985 年。

〔註 92〕以下「武俠」一詞由來，參考自葉洪生《武俠小說談藝錄——葉洪生論劍》，頁 11～13，臺北：聯經，1994 年。

〔註 93〕此三部名稱爲《武俠艦隊》（A.D.1900）、《武俠之日本》（A.D.1902）、《東洋武俠團》（A.D.1907）。

俠小說」了。稱「武俠小說」的論著甚夥，如陳平原《千古文人俠客夢——武俠小說類型研究》及無數的《武俠小說史》之類的書皆是，不再贅述。

依據上文所述，可得知「武俠」一詞，以現時而言，雖用得最普遍，但「俠」並非定得「武」，是以「武俠」一詞仍嫌狹隘，而「豪俠」、「劍俠」、「俠義」、「俠情」等詞彙，皆對俠在程度上有一定的宥限，因此本文乃以「俠小說」名之。

二、俠詩歌／小說的定義

前文已言，提出俠詩歌的典籍有唐代歐陽詢《藝文類聚》、宋代李昉等編《太平御覽》、宋代鄭樵《通志二十略・樂略第一》、宋代葉廷珪《海錄碎事》、元代方回《瀛奎律髓》、明代張之象編《唐詩類苑》、清代張英編《淵鑑類函》、清代陳夢雷、蔣廷錫等編《古今圖書集成》，這些類書典籍所收錄的俠詩歌見附錄表格，而從其中可發現歷代對「俠」包含內容定義多端，本文參酌歷代學者所定標準及分類，以下列諸項爲俠詩歌／小說之基本定義：

（1）唐代詩歌／小說於詩題或或小說標題上表明「俠」字者，應定爲唐代俠詩歌／小說。如李白〈俠客行〉、錢起〈逢俠者〉，及段成式《酉陽雜俎》卷九〈盜俠篇〉、皇甫氏《原化記》〈義俠〉等。

（2）唐代詩歌／小說於詩題或或小說標題上雖未表明「俠」字，但詩人及小說作者很明顯的指出某一氣質或某一人物爲俠，應定爲唐代俠詩歌／小說。如王維〈少年行四首〉：「新豐美酒斗十千，咸陽遊俠多少年。」、馬戴〈廣陵曲〉：「上鳴間關鳥，下醉遊俠兒。」，及康軿《劇談錄》〈田膨郎偷玉枕〉篇中，王敬弘指小僕云：「我聞世有俠客，汝莫是否？」、裴鉶《傳奇》〈崑崙奴〉篇中，一品之語：「……勢似飛騰，寂無形跡，此必俠士而挈之。」等。

（3）除 1、2 兩項外，唐代詩歌／小說被歷代典籍歸爲俠詩歌／小說者，應定爲唐代俠詩歌／小說。如盧象〈〈雜詩二首〉之二〉：「君家御溝上，垂柳夾朱門。列鼎會中貴，鳴珂朝至尊。死生在片議，窮達由一言。須識苦寒士，莫矜狐白溫。」收入《瀛奎律髓》「俠少」類；羅隱〈貴游〉:「館陶園外雨初晴，繡轂香車入鳳城。八尺家僮三尺箠，何知高祖要蒼生。」爲《唐詩類苑》收入「俠少」；及張鷟《朝野僉載》〈彭闥高瓚〉一篇，收入宋代李昉等撰《太平廣記》卷一百九十三「豪俠類」等。

（4）根據第三項定義，與經歷代典籍認可爲俠詩歌／小說者有著相似主題，卻未獲歷代典籍收錄爲俠詩歌／小說者，應定爲唐代俠詩歌／小說。如《唐詩類苑》收顧況〈公子行〉〔註 94〕爲「俠少類」，是詩描述貴游公子的縱逸生活，而同樣描述貴介公子生活的陳羽〈公子行〉〔註 95〕並無被歷代典籍認可爲俠詩歌，但其「行俠主題」與顧況〈公子行〉同出一轍，因此本文將其歸入俠詩歌；而張鷟《耳目記》中的〈諸葛昂高瓚〉與宋代李昉等撰《太平廣記》卷一百九十三「豪俠類」所收張鷟《朝野僉載》〈彭闥高瓚〉有著類似的行俠主題，本文亦收之。其餘如詩歌／小說中帶「壯士」、「烈士」、「節士」、「豪士」、「劍客」、「少年」、「公子」等意象且有明顯俠行的，亦應定爲唐代俠詩歌／小說。

（5）另據唐歐陽詢《藝文類聚》，其對俠的舉例已加入刺客聶政，〔註 96〕證明在唐代已認可刺客爲俠者，因此本應屬詠刺客美德或特質（如報恩的知遇心態）的詩歌／小說，皆爲本文取材範圍。如李賀〈白虎行〉:「漸離擊筑荊卿歌，荊卿把酒燕丹語。」、周曇〈春秋戰國門・豫讓〉:「門客家臣義莫儔，漆身吞炭不能休。中行智伯思何異，國士終期國士酬。」等。至於唐代小說中共有三篇描寫刺

〔註 94〕原詩如下：「輕薄兒，面（一作白）如玉，紫陌春風纏馬足。雙鐙懸金縷鶻飛，長衫刺雪生犀束。綠槐夾道陰初成，珊瑚幾節敵流星。紅肌拂拂酒光獰（一作凝），當街背拉金吾行。朝遊鼕鼕鼓聲發，暮遊鼕鼕鼓聲絕。入門不肯自升堂，美人扶踏金階月。」

〔註 95〕原詩如下：「金羈白面郎，何處蹋青來。馬嬌郎半醉，躞蹀望樓臺。似見樓上人，玲瓏窗户開。隔花聞一笑，落日不知回。」

〔註 96〕見唐・歐陽詢撰《藝文類聚》卷三十三人部十七，頁 577～578，上海：上海古籍，1999 年。

客行跡，分別爲裴鉶《傳奇》中的〈聶隱娘〉、皇甫枚《三水小牘》中的〈李龜壽〉、及皇甫氏《原化記》中的〈義俠〉，則皆已入《太平廣記》的「豪俠類」。

（6）在唐代詩歌／小說中主要詩句或情節雖非以「俠」爲重點，但在內容上很明顯地穿插與俠相關的詩句或情節，本文亦將之歸於唐代俠詩歌／小說的範疇之內。如李中〈劍客〉:「恩酬期必報，豈是輙輕生。神劍沖霄去，誰爲（一作爲誰）平不平。」、李嶠〈劍〉:「我有昆吾劍，求趨夫子庭。白虹時切玉，紫氣夜干星。鍔上芙蓉動，匣中霜雪明。倚天持報國，畫地取雄名。」，及薛調〈無雙傳〉、蔣防〈霍小玉傳〉、及許堯佐〈柳氏傳〉等都是以愛情故事爲主題，但此時俠者皆以援助者的角色出現，故將其歸於唐代俠小說；另牛肅《紀聞》中的〈吳保安〉與李朝威《異聞集》中的〈柳毅傳〉，全文雖無明示主人翁爲俠者，但其行徑深合俠者之行俠主題，故亦以俠小說看待。

三、資料取材

本文依據上述之六點基本定義，所收集的唐代俠詩歌／小說，將其列表於下，以便查尋翻檢。其中唐代俠詩歌部分以以北京中華書局 1996 年版的《全唐詩》爲資料取材文本，唐代俠小說以陝西人民出版社於 1998 年出版的《全唐五代小說》（1～5 冊），〔註 97〕及河北教育出版社於 1994 年出版的《歷代筆記小說集成・唐代筆記小說》（全二冊）〔註 98〕爲資料取材文本，另因張鷟《朝野僉載》中之〈彭闥高瓚〉，以上二套小說選集皆不收，是而另以北京中華書局 1997 年出版之《朝野僉載》〔註 99〕爲文本。唐代俠詩歌／小

〔註 97〕見李時人編校；何滿子審定《全唐五代小說》（1～5 冊），西安：陝西人民，1998 年。

〔註 98〕見周光培編《歷代筆記小說集成・唐代筆記小說》（全二冊），石家莊：河北教育，1994 年。

〔註 99〕見唐・張鷟撰；趙守儼點校《朝野僉載》，北京：北京中華書局，1997 年。

說分列如下：

（一）唐代俠詩歌

以下的俠詩歌依北京中華書局 1996 年版《全唐詩》的卷數次序排列，詩題後數值意義爲【〔頁〕卷，冊】。

1. **魏徵（卷三一）**

（1）述懷（一作出關）〔441〕31，2

2. **虞世南（卷三六）**

（1）從軍行二首（一作擬古）之二〔470〕36，2

（2）結客少年場行〔471〕36，2

（3）門有車馬客〔472〕36，2

3. **孔紹安（卷三八）**

（1）結客少年場行〔491〕38，2

4. **陳子良（卷三九）**

（1）遊俠篇（一作俠客行）〔497〕39，2

5. **盧照鄰（卷四一～四二）**

（1）結客少年場行〔513〕41，2

（2）詠史四首之一、三、四〔513〕41，2

（3）長安古意〔519〕41，2

（4）劉生〔522〕42，2

6. **李百藥（卷四三）**

（1）少年子〔533〕43，2

7. **賀遂亮（卷四四）**

（1）贈韓思彥〔548〕44，2

8. **楊炯（卷五〇）**

（1）從軍行〔611〕50，2

（2）劉生〔612〕50，2

（3）驄馬〔612〕50，2

（4）紫騮馬〔613〕50，2

9. 李嶠（卷五七～五九）

（1）寶劍篇〔689〕57，3

（2）劍〔707〕59，3

（3）史〔705〕59，3

（4）彈〔708〕59，3

10. 辛常伯（卷六三）

（1）軍中行路難（與駱賓王同作）〔747〕63，3

11. 郭震（卷六六）

（1）古劍篇〔756〕66，3

12. 崔融（卷六八）

（1）詠寶劍〔766〕68，3

13. 蔡孚（卷七五）

（1）打毬篇（并序）〔817〕75，3

14. 駱賓王（卷七七～七九）

（1）夏日遊德州贈高四并序〔828〕77，3

（2）在江南贈宋五之問〔829〕77，3

（3）帝京篇〔834〕77，3

（4）疇昔篇〔835〕77，3

（5）代女道士王靈妃贈道士李榮〔838〕77，3

（6）從軍行〔840〕78，3

（7）送鄭少府入遼共賦俠客遠從戎〔843〕78，3

（8）海曲書情〔853〕79，3

（9）邊城落日〔858〕79，3

（10）詠懷〔861〕79，3

（11）於易水送人〔863〕79，3

15. 張易之（卷八〇）

（1）出塞〔868〕80，3

16. 張昌宗（卷八〇）

（1）少年行〔869〕80，3

17. 劉希夷（卷八二）

（1）公子行〔885〕82，3

18. 陳子昂（卷八三）

（1）感遇詩三十八首之三〇〔893〕83，3

（2）感遇詩三十八首之三四〔894〕83，3

（3）感遇詩三十八首之三五〔894〕83，3

（4）燕太子〔897〕83，3

（5）田光先生〔897〕83，3

（6）送別出塞〔900〕83，3

19. 沈佺期（卷九六）

（1）驄馬〔1031〕96，4

20. 張柬之（卷九九）

（1）出塞〔1067〕99，4

21. 鄭愔（卷一〇六）

（1）少年行〔1105〕106，4

22. 孫處玄（卷一一四）

（1）失題〔1165〕114，4

23. 賀朝（卷一一七）

（1）從軍行〔1181〕117，4

24. 萬齊融（卷一一七）

（1）仗劍行〔1182〕117，4

25. 崔國輔（卷一一九）

（1）襄陽曲二首〔1202〕119，4

（2）長樂少年行（一作古意）〔1202〕119，4

26. **袁瓘（卷一二〇）**

（1）鴻門行〔1208〕120，4

27. **盧象（卷一二二）**

（1）雜詩二首〔1218〕122，4

28. **王維（卷一二五～一二八）**

（1）送從弟蕃遊淮南〔1243〕125，4

（2）送高適（一作道非）弟耽歸臨淮作（坐上作）〔1243〕125，4

（3）濟上四賢詠（三首，濟州官舍作）．崔祿事〔1252〕125，4

（4）濟上四賢詠．成文學〔1252〕125，4

（5）羽林騎閨人〔1253〕125，4

（6）偶然作六首之五〔1254〕125，4

（7）寓言二首（次首律髓入俠少類，題曰雜詩，作盧象詩。）〔1254〕125，4

（8）夷門歌〔1256〕125，4

（9）隴頭吟（樂府詩集收此於漢橫吹曲，注云隴頭水。）〔1257〕125，4

（10）燕支行（時年二十一）〔1257〕125，4

（11）故人張諲工詩善易卜兼能丹青草梗頃以詩見贈聊獲酬之〔1259〕125，4

（12）不遇詠〔1259〕125，4

（13）榆林郡歌〔1260〕125，4

（14）同比部楊員外十五夜遊有懷靜者季〔1261〕125，4

（15）少年行四首〔1306〕128，4

29. **崔顥（卷一三〇）**

（1）古遊俠呈軍中諸將（一作遊俠篇）〔1321〕130，4

（2）渭城少年行〔1324〕130，4

（3）孟門行〔1324〕130，4

（4）代閨人答輕薄少年〔1326〕130，4

30. 李頎（卷一三三）

（1）緩歌行〔1349〕133，4

（2）別梁鍠〔1352〕133，4

（3）崔五六圖屏風各賦一物得烏孫佩刀〔1355〕133，4

（4）古意〔1355〕133，4

31. 儲光羲（卷一三七～一三九）

（1）赴馮翊作〔1392〕137，4

（2）洛陽道五首獻呂四郎中之二、三、五〔1417〕139，4

32. 王昌齡（卷一四〇～一四三）

（1）塞下曲四首之一〔1420〕140，4

（2）少年行二首〔1421〕140，4

（3）雜興〔1430〕141，4

（4）城傍曲〔1437〕141，4

（5）答武陵田太守〔1442〕143，4

（6）留別司馬太守〔1449〕143，4

33. 常建（卷一四四）

（1）張公子行（一作古意）〔1461〕144，4

34. 李嶷（卷一四五）

（1）少年行三首〔1466〕145，4

35. 萬楚（卷一四五）

（1）茱萸女〔1468〕145，4

36. 劉長卿（卷一四八）

（1）少年行〔1518〕148，5

37. 孟浩然（卷一六〇）

（1）醉後贈馬四〔1666〕160，5

（2）送朱大入秦〔1666〕160，5

（3）同儲十二洛陽道中作〔1668〕160，5

（4）涼州詞〔1668〕160，5

38. 李白（卷一六二～一八五）

（1）行行遊且獵篇〔1683〕162，5

（2）行路難三首之一、二〔1684〕162，5

（3）俠客行〔1688〕162，5

（4）獨漉篇〔1689〕163，5

（5）相逢行〔1692〕163，5

（6）臨江王節士歌〔1693〕163，5

（7）結客少年場行〔1694〕163，5

（8）司馬將軍歌（以代隴上健兒陳安）〔1694〕163，5

（9）結襪子〔1694〕163，5

（10）君道曲（梁之雅歌有五篇，今作一章）〔1694〕163，5

（11）幽州胡馬客歌〔1697〕163，5

（12）門有車馬客行〔1698〕164，5

（13）東海有勇婦（代關中有賢女）〔1698〕164，5

（14）白馬篇〔1699〕164，5

（15）秦女休行（魏協律都尉左延年所作，今擬之）〔1704〕164，5

（16）相逢行〔1707〕165，5

（17）君馬黃〔1707〕165，5

（18）少年子〔1708〕165，5

（19）紫騮馬〔1708〕165，5

（20）少年行二首〔1708〕165，5

（21）白鼻騧〔1709〕165，5

（22）少年行（此詩嚴粲云是僞作）〔1712〕165，5
（23）猛虎行（此詩蕭士贇云是僞作）〔1713〕165，5
（24）玉壺吟〔1716〕166，5
（25）扶風豪士歌〔1717〕166，5
（26）悲歌行〔1722〕166，5
（27）贈從兄襄陽少府皓〔1731〕168，5
（28）贈何七判官昌浩〔1735〕168，5
（29）鄴中贈王大（一作鄴中王大勸入高鳳石門山幽居）〔1738〕168，5
（30）贈新平少年〔1739〕168，5
（31）贈崔侍郎（一作御）〔1739〕168，5
（32）敘舊贈江南宰陸調〔1744〕169，5
（33）醉後贈從甥高鎮〔1747〕169，5
（34）贈武十七諤并序〔1750〕170，5
（35）贈張相鎬二首（時逃難在宿松山作。蕭士贇云：此下八首非白作）〔1756〕170，5
（36）贈友人三首之二〔1762〕171，5
（37）陳情贈友人〔1762〕171，5
（38）寄淮南友人〔1768〕172，5
（39）淮陰書懷寄王宗成〔1769〕172，5
（40）遊敬亭寄崔侍御（一本作登古城望府中寄崔侍御）〔1778〕173，5
（41）別魯頌〔1779〕174，5
（42）留別于十一兄逖裴十三遊塞垣〔1780〕174，5
（43）留別王司馬嵩〔1781〕174，5
（44）留別廣陵諸公〔1782〕174，5
（45）魯郡堯祠送竇明府薄還西京（時久病初起作）〔1793〕175，5

（46）送薛九被讒去魯〔1793〕175，5
（47）魯郡堯祠送張十四游河北〔1796〕176，5
（48）送侯十一〔1800〕176，5
（49）五月東魯行答汶上君（一作翁）〔1812〕178，5
（50）冬夜醉宿龍門覺起言志〔1854〕182，6

39. 韋應物（卷一八六～一九五）
（1）擬古詩十二首之二〔1894〕186，6
（2）餞雍聿之潞州謁李中丞〔1930〕189，6
（3）相逢行〔1999〕194，6
（4）古劍行〔2000〕194，6
（5）五弦行〔2005〕195，6
（6）寇季膺古刀歌〔2008〕195，6

40. 芮挺章（卷二〇三）
（1）少年行〔2127〕203，6

41. 高適（卷二一一～二一四）
（1）酬裴員外以詩代書〔2195〕211，6
（2）三君詠・郭代公（元振）〔2208〕212，6
（3）行路難二首〔2216〕213，6
（4）邯鄲少年行〔2217〕213，6
（5）古大梁行〔2217〕213，6
（6）送渾將軍出塞〔2220〕213，6

42. 杜甫（卷二一八～二二六）
（1）後出塞五首之一、四〔2293〕218，7
（2）鹿頭山（山上有關，在德陽縣治北。）〔2302〕218，7
（3）壯遊〔2359〕222，7
（4）遣懷〔2359〕222，7
（5）贈蘇四徯〔2369〕222，7

（6）少年行二首〔2447〕226，7

（7）少年行〔2447〕226，7

43. 錢起（卷二三六～二三九）

（1）送傅管記赴蜀軍〔2605〕236，7

（2）新豐主人〔2664〕238，8

（3）逢俠者〔2683〕239，8

44. 韓翃（卷二四四～二四五）

（1）贈張建〔2736〕244，8

（2）送丹陽劉太真〔2749〕245，8

（3）送王誕渤海使赴李太守行營〔2751〕245，8

（4）羽林騎（一作羽林少年行）〔2757〕245，8

（5）少年行〔2758〕245，8

45. 皇甫冉（卷二四九）

（1）長安路（一作韓〔翃〕（翊）詩）〔2794〕249，8

46. 鄭錫（卷二六二）

（1）邯鄲少年行〔2911〕262，8

47. 顧況（卷二六四～二六五）

（1）從軍行二首〔2933〕264，8

（2）公子行〔2940〕265，8

（3）行路難三首（本集止有前二首，英華第三首居前，合爲一首。）〔2942〕265，8

48. 耿湋（卷二六九）

（1）酬張少尹秋日鳳翔西郊見寄〔2994〕269，8

49. 戴叔倫（卷二七三）

（1）從軍行〔3068〕273，9

（2）邊城曲〔3071〕273，9

50. 盧綸（卷二七八）

（1）贈李果毅〔3160〕278，9

51. 李益（卷二八二～二八三）

（1）從軍有苦樂行（時從司空魚公北征。魚一作冀）〔3202〕282，9

（2）城傍少年（一作漢宮少年行）〔3209〕282，9

（3）輕薄篇〔3212〕282，9

（4）漢宮少年行〔3213〕282，9

（5）紫騮馬〔3218〕283，9

52. 司空曙（卷二九二）

（1）觀獵騎（一作公子行）〔3316〕292，9

53. 王建（卷二九八）

（1）羽林行〔3387〕298，9

（2）贈王樞密〔3402〕300，9

（3）閒說（一作聞說）〔3415〕300，9

54. 冷朝陽（卷三〇五）

（1）送紅線（潞州節度使薛嵩有青衣，善彈阮咸琴，手紋隱起如紅線，因以名之。一日辭去，朝陽爲詞。）〔3473〕305，10

55. 于鵠（卷三一〇）

（1）公子行〔3503〕310，10

56. 劉長川（卷三一一）

（1）寶劍篇〔3512〕311，10

57. 權德輿（卷三二八）

（1）薄命篇（一作妾薄命篇）〔3672〕328，10

58. 令狐楚（卷三三四）

（1）年少行四首〔3750〕334，10

59. **韓愈**（卷三三七～三四三）

（1）利劍〔3784〕337，10

（2）劉生詩〔3795〕339，10

（3）學諸進士作精衛銜石填海〔3845〕343，10

（4）遊城南十六首・嘲少年〔3852〕343，10

（5）贈劍客李園聯句（與孟郊同作）〔8915〕791，22

60. **陳羽**（卷三四八）

（1）公子行〔3888〕348，11

61. **柳宗元**（卷三五一～三五三）

（1）古東門行〔3930〕351，11

（2）韋道安（道安嘗佐張建封于徐州，及軍亂而道安自殺）〔3945〕352，11

（3）詠荊軻〔3959〕353，11

62. **劉禹錫**（卷三五四～三五五）

（1）壯士行〔3964〕354，11

（2）和董庶中古散調詞贈尹果毅〔3979〕355，11

（3）武夫詞并引〔3992〕355，11

63. **張仲素**（卷三六七）

（1）春遊曲三首〔4137〕367，11

64. **呂溫**（卷三七〇）

（1）道州敬酬何處士書情見贈〔4162〕370，11

65. **孟郊**（卷三七二）

（1）灞上輕薄行〔4177〕372，11

（2）羽林行〔4185〕372，11

（3）遊俠行〔4185〕372，11

66. **張籍**（卷三八二）

（1）少年行〔4286〕382，12

67. 李賀（卷三九〇～三九四）

（1）春坊正字劍子歌〔4395〕390，12

（2）貴公子夜闌曲〔4395〕390，12

（3）唐兒歌（杜豳公之子）〔4396〕390，12

（4）走馬引〔4401〕390，12

（5）馬詩二十三首之十三〔4404〕391，12

（6）古鄴城童子謠效王粲刺曹操〔4420〕392，12

（7）榮華樂（一作東洛梁家謠）〔4427〕393，12

（8）白虎行〔4439〕394，12

（9）啁少年〔4440〕394，12

（10）少年樂〔4442〕394，12

68. 劉叉（卷三九五）

（1）嘲荊卿〔4446〕395，12

（2）烈士（一作女）詠〔4447〕395，12

（3）偶書〔4448〕395，12

（4）姚秀才愛予小劍因贈〔4448〕395，12

69. 元稹（卷三九七～四一八）

（1）說劍〔4460〕397，12

（2）和樂天折劍頭〔4462〕397，12

（3）劉頗詩（并序）〔4546〕409，12

（4）寄劉頗二首〔4576〕413，12

（5）俠客行〔4607〕418，12

70. 白居易（卷四二四～四四〇）

（1）李都尉古劍〔4657〕424，13

（2）折劍頭〔4660〕424，13

（3）新樂府・鴉九劍・思決壅也〔4710〕427，13

（4）效陶潛體詩十六首并序之十〔4723〕428，13

（5）戲答諸少年〔4905〕440，13

71. 劉言史（卷四六八）

（1）春遊曲（一作樂府）〔5325〕468，14

72. 李廓（卷四七九）

（1）長安（一作漢宮）少年行〔5456〕479，14

（2）猛士行〔5457〕479，14

73. 鮑溶（卷四八五～四八七）

（1）壯士行〔5507〕485，15

（2）羽林行〔5537〕487，15

74. 施肩吾（卷四九四）

（1）壯士行〔5586〕494，15

（2）少年行〔5598〕494，15

（3）句〔5609〕494，15

75. 崔涯（卷五〇五）

（1）俠士詩〔5741〕505，15

76. 章孝標（卷五〇六）

（1）少年行〔5756〕506，15

77. 張祜（卷五一〇～五一一）

（1）公子行〔5809〕510，15

（2）贈淮南將（一作少年行）〔5823〕510，15

（3）公子行〔5828〕511，15

（4）少年樂（一作貴家郎）〔5832〕511，15

（5）書憤〔5836〕511，15

（6）感春申君〔5849〕511，15

78. 朱慶餘（卷五一四）

（1）公子行〔5865〕514，15

79. 雍陶（卷五一八）

（1）少年行（一作漢宮少年行）〔5914〕518，15

（2）公子行〔5920〕518，15

（3）送客二首〔5927〕518，15

80. 李遠（卷五一九）

（1）讀田光傳〔5935〕519，15

81. 杜牧（卷五二一～五二三）

（1）春申君〔5955〕521，16

（2）少年行〔5956〕521，16

（3）少年行〔5988〕523，16

82. 李商隱（卷五三九～五四一）

（1）公子〔6158〕539，16

（2）少年〔6159〕539，16

（3）少將〔6162〕539，16

（4）富平少侯〔6178〕539，16

（5）偶成轉韻七十二句贈四同舍〔6242〕541，16

83. 喻鳧（卷五四三）

（1）冬日寄友人〔6276〕543，16

84. 薛逢（卷五四八）

（1）俠少年〔6334〕548，16

85. 馬戴（卷五五五～五五六）

（1）廣陵曲〔6434〕555，17

（2）易水懷古〔6451〕556，17

86. 孟遲（卷五五七）

（1）壯士吟〔6459〕557，17

87. 韓琮（卷五六五）

（1）公子行〔6550〕565，17

88. 賈島（卷五七一～五七四）

（1）劍客（一作述劍）〔6618〕571，17

（2）易水懷古〔6621〕571，17

（3）聽樂山人彈易水〔6688〕574，17

（4）壯士吟〔6692〕574，17

89. 溫庭筠（卷五七七～五七九）

（1）俠客行（一作齊梁體）〔6711〕577，17

（2）贈少年〔6728〕579，17

90. 霍總（卷五九七）

（1）關山月〔6911〕597，18

（2）驄馬〔6911〕597，18

91. 邵謁（卷六〇五）

（1）輕薄行〔6996〕605，18

（2）少年行〔6997〕605，18

92. 林寬（卷六〇六）

（1）少年行〔7002〕606，18

93. 陸龜蒙（卷六一九）

（1）雜諷九首之八、之九〔7127〕619，18

（2）別離〔7132〕619，18

94. 司空圖（卷六三四）

（1）馮燕歌（一作沈下賢詩。據唐音統籤云：麗情集以此歌爲沈下賢作。注文苑英華者誤採之，下賢有其傳，未嘗作歌也，集可考。）〔7283〕634，19

95. 周繇（卷六三五）

（1）公子行〔7293〕635，19

96. 聶夷中（卷六三六）

（1）胡無人行〔7296〕636，19

（2）公子行二首〔7297〕636，19

（3）公子家（一作長安花，一作公子行）〔7300〕636，19

97. 曹唐（卷六四〇）
    （1）長安客舍敘（一作懷）邵陵舊宴寄永州蕭使君五首之二〔7344〕640，19
98. 李山甫（卷六四三）
    （1）公子家二首〔7373〕643，19
    （2）遊俠兒〔7375〕643，19
99. 李咸用（卷六四四）
    （1）輕薄怨〔7379〕644，19
    （2）劍喻〔7382〕644，19
    （3）猛虎行〔7384〕644，19
100. 胡曾（卷六四七）
    （1）詠史詩・夷門〔7420〕647，19
    （2）詠史詩・易水〔7421〕647，19
    （3）詠史詩・豫讓橋〔7424〕647，19
101. 方干（卷六四九）
    （1）暮冬書懷呈友人（一作喻凫詩）〔7459〕649，19
102. 羅鄴（卷六五四）
    （1）公子行〔7526〕654，19
103. 羅隱（卷六五九～六六三）
    （1）所思（一題作西上）〔7572〕659，19
    （2）貴游〔7602〕663，19
104. 秦韜玉（卷六七〇）
    （1）紫騮馬〔7660〕670，20
    （2）貴公子行〔7662〕670，20
105. 崔塗（卷六七九）
    （1）灞上〔7777〕679，20
    （2）東晉二首之一〔7782〕679，20

106. 韋莊（卷六九五～七○○）

（1）貴公子〔8000〕695，20

（2）南鄰公子〔8047〕700，20

（3）少年行〔8051〕700，20

107. 王貞白（卷七○一）

（1）少年行二首〔8058〕701，20

108. 徐夤（卷七一○）

（1）公子行〔8171〕710，21

109. 周曇（卷七二八）

（1）春秋戰國門·豫讓〔8343〕728，21

（2）春秋戰國門·季札〔8344〕728，21

（3）春秋戰國門·荊軻〔8345〕728，21

（4）春秋戰國門·（荊軻）再吟〔8345〕728，21

（5）春秋戰國門·侯嬴朱亥〔8351〕728，21

（6）春秋戰國門·（侯嬴朱亥）再吟〔8351〕728，21

110. 黃損（卷七三四）

（1）公子行〔8389〕734，21

111. 孟賓于（卷七四○）

（1）公子行〔8438〕740，21

112. 沈彬（卷七四三）

（1）結客少年場行〔8458〕743，21

113. 李中（卷七四七～七五○）

（1）劍客〔8500〕747，21

（2）思朐陽春遊感舊寄柴司徒五首之五〔8544〕750，21

114. 譚用之（卷七六四）

（1）古劍〔8674〕764，22

115. 劉兼（卷七六六）

（1）貴遊〔8687〕766，22

116. 鄭鏦（卷七六九）

（1）邯鄲俠少年〔8730〕769，22

117. 吳象之（卷七七七）

（1）少年行〔8800〕777，22

118. 盧羽客（卷七七四）

（1）結客少年場行〔8778〕774，22

119. 皎然（卷八一五～八二一）

（1）酬烏程楊明府華將赴渭北對月見懷〔9181〕815，23

（2）長安少年行〔9267〕821，23

120. 貫休（卷八二六～八二八）

（1）少年行〔9305〕826，23

（2）輕薄篇二首〔9306〕826，23

（3）義士行〔9334〕828，23

121. 齊己（卷八三四～八四七）

（1）劍客〔9452〕838，24

（2）古劍歌〔9586〕847，24

（3）輕薄行〔9588〕847，24

122. 慕幽（卷八五〇）

（1）劍客〔9624〕850，24

123. 吳筠（卷八五三）

（1）胡無人行〔9662〕853，24

124. 呂巖（卷八五七～八五八）

（1）七言之四八〔9689〕857，24

（2）七言之四九〔9689〕857，24

（3）絕句之二八〔9697〕858，24

（4）絕句之二九〔9697〕858，24

（5）絕句之三○〔9697〕858，24

（6）絕句之三一〔9697〕858，24

（7）絕句之三二〔9697〕858，24

（8）化江南簡寂觀道士侯用晦磨劍（一作磨劍贈侯道士）〔9700〕858，24

以上唐代俠詩歌共計作者一百二十四人，詩歌三百七十九首。

（二）唐代俠小說

以下依陝西人民出版社於 1998 年出版的《全唐五代小說》（1～5 冊）、河北教育出版社於 1994 年出版的《歷代筆記小說集成・唐代筆記小說》（全二冊）、及北京中華書局 1997 年出版之《朝野僉載》中的唐代俠小說列表，大致按作品的年代排序。

篇名	作者	原出處	備　註
〈彭闥高瓚〉	張鷟（658～730，高宗至玄宗時人）	《朝野僉載》卷六	《太平廣記》卷一九三。
〈諸葛昂高瓚〉		《耳目記》卷一	《歷代筆記小說集成・唐代筆記小說》（一），據說郛本影印。
〈吳保安〉	牛肅（698？～765？，生於武周聖曆前後，約卒於代宗時）	《紀聞》	《太平廣記》卷一六六；《新唐書・忠義傳》載吳、郭事蹟；明清時曾被改題爲〈吳保安傳〉、〈奇男子傳〉，收入《古今說海》、《唐人說薈》等書。
〈柳毅傳〉	李朝威（760？～815？，代宗、德宗時人，〈柳毅傳〉約寫於貞元初〔註 100〕）	《異聞集》	《太平廣記》卷四一九，此篇原出唐代陳翰《異聞集》，於廣記雖屬龍類，但主人翁行事頗富俠氣。

〔註 100〕〈柳毅〉結尾稱：「開元末」，柳毅表弟薛嘏於洞庭湖遇柳毅，「殆四紀，嘏亦不知所在。」由開元末下推四紀（每紀十二年），爲唐德宗貞元前後。

〈上清傳〉	柳珵（741？～827？，玄宗開元末，至文宗太和元年後，〈上清傳〉作於順宗永貞元年後〔註 101〕）	《異聞集》	本篇原附《常侍言旨》，《紺珠集》卷五〈明皇十七事〉所摘十四則，六則屬《常侍言旨》，內〈上清〉、〈陸九〉兩則節本篇；《資治通鑑考異》卷十九引有全文，司馬光言作者爲柳珵；《太平廣記》卷二七五不著撰者，題〈上清〉，注出《異聞集》，當據陳翰所輯入錄。
〈柳氏傳〉	許堯佐（770？～821？，德宗貞元十年前後舉進士第，憲宗元和十四年尚有作品）	《太平廣記》卷四八五	此篇於《唐人說薈》、《五朝小說》、《虞初志》中亦錄全文，不注出處，《類說》作〈柳氏述〉，《綠窗女史》、《龍威祕書》等本又題〈章臺柳傳〉，晚唐孟棨《本事詩》亦載此事。
〈郭元振〉	牛僧孺（779～848，德宗至宣宗時人）	《玄怪錄》，後宋人避趙匡胤始祖玄朗諱，改稱《幽怪錄》	《類說》卷十一《幽怪錄》節題〈烏將軍娶婦〉；《古今事文類聚》、《群書類編故事》節引《幽怪錄》，題〈烏將軍娶女〉；《說郛》卷十五列入牛僧孺《幽怪錄》，無題；《古今說海》說四九題〈烏將軍記〉；《全唐五代小說》作〈郭代公〉。
〈謝小娥傳〉	李公佐（785？～848？，德宗貞元十三年遊湖湘，至宣宗大中二年，〈謝小娥傳〉寫於憲宗元和十四年）	《太平廣記》卷四九一	此篇《太平廣記》題云李公佐撰，未注出處；《類說》卷二八《異聞集》節引，題同；《新唐書》卷二〇五〈列女傳〉採小娥事；《虞初志》卷四、重編《說郛》卷一一二及《全唐文》卷七二五等均收本篇，俱題李公佐撰。

〔註 101〕〈上清傳〉結尾處提及：「（陸）贄竟受讒不迴。」指陸贄被貶謫至外地，後雖被順宗皇帝下令詔回，但尚未至長安，便病死於途中一事。查新舊《唐書》，陸贄歿於順宗永貞元年，時值西元八〇五年。

〈馮燕傳〉	沈亞之（781～832，憲宗元和五年應試，文宗太和五年任司戶參軍）	《沈下賢文集》卷二	《太平廣記》卷一九五題〈馮燕〉，注出沈亞之〈馮燕傳〉，有刪略；《文苑英華》卷七九五選入；晚唐司空圖作〈馮燕歌〉；《綠窗新話》卷下〈馮燕殺主將之妻〉，注出《麗情集》，所引只歌。
〈霍小玉傳〉	蔣防（790？～833？，憲宗元和中做官，至文宗太和，卒於太和五年至開成元年間）	《太平廣記》卷四八七	此篇曾被陳翰收入《異聞集》，《類說》卷二八《異聞集》節錄亦題〈霍小玉傳〉；北宋張君房《麗情集》亦曾採之，見《紺珠集》所引；唐時又有〈霍小玉歌〉；於《唐人說薈》、《龍威祕書》、《五朝小說》、《虞初志》中亦錄全文，皆與《廣記》同，不注出處。
〈賈人妻〉	薛用弱（？～821～827～？，大約生活在長慶、太和年間，長慶中任光州刺史，太和初自儀曹郎出守弋陽）	《集異記》	《太平廣記》卷一九六，云出《集異記》。《集異記》，《新唐志》、《崇文總目》、《通志二十略》等均作薛用弱撰。
〈尼妙寂〉	李復言（？～826～836～？，文宗太和、開成年間人，見廣記卷一二八所引）	《續玄怪錄》，後宋人避趙匡胤始祖玄朗諱，改稱《續幽怪錄》	《太平廣記》卷一二八引《續玄怪錄》；《類說》卷一一《幽怪錄》節題〈申蘭申春〉；《說郛》卷一五歸牛僧孺《幽怪錄》，無題；重編《說郛》卷一一比將本篇列入唐王惲《幽怪錄》，此篇情節與謝小娥大同小異，應爲一事兩記，但篇中女主角及故事年代均與謝小娥異。
〈盜俠〉五則	段成式（803？～863，穆宗時任官，懿宗咸通四年卒）	《酉陽雜俎》	段成式之《酉陽雜俎》卷九，有〈盜俠〉篇九則，其中〈僧俠〉（《太平廣記》卷一九四）、〈京西店老人〉（《太平廣記》卷一九五）、〈蘭陵老人〉（《太平廣記》卷一九
〈僧俠〉		《酉陽雜俎·盜俠》	
〈京西店老人〉			

〈蘭陵老人〉			五）、〈盧生〉（《太平廣記》卷一九五）四則爲《太平廣記》所錄，題爲豪俠類。
〈盧生〉			
〈周皓〉		《酉陽雜俎·語資》	《全唐五代小說》作〈薛平〉。
〈張和〉		《酉陽雜俎續集·支諾臯下》	此篇於《酉陽雜俎》續集內本無題，《類說》卷四二節題〈張和〉。
〈無雙傳〉	薛調（830～872，文宗、武宗、宣宗、懿宗時人）	《太平廣記》卷四八六	北宋張君房《麗情集》曾載本篇；《綠窗新話》卷上節引，題〈王仙客得到《全唐五代小說》作〈薛平〉無雙〉；《麗情集》又載〈無雙歌〉；於《唐人說薈》、《龍威祕書》、《五朝小說》、《虞初志》中亦錄全文，皆與《太平廣記》同，不注出處。
〈紅線〉	袁郊（835？～890？，懿宗咸通中已累官，懿宗、昭宗時人，與溫庭筠 812？～870？友善）	《甘澤謠》，其書據宋晁公武《郡齋讀書志》所云：「《甘澤謠》一卷，載譎異之事九章。」其書已佚，今本從《太平廣記》中輯出，得八則。	《太平廣記》卷一九五引，題同；《類說》卷三六節題〈歌妓紅線〉；《紺珠集》卷一一、《孔帖》卷二四節題〈紅線〉；《姬侍類偶》卷上節題〈紅線掌箋〉；《海錄碎事》卷七下節題〈內記室〉。
〈孄殘〉			《太平廣記》卷九六引，題同；《類說》卷三六節、《紺珠集》卷一一節引，題同；《分門古今類事》卷三節引題〈懶殘撥芋〉；《古今合璧可類備要》前集卷五五節題〈領取宰相〉。
〈虬髯客傳〉	裴鉶（845？～880？，懿宗咸通中爲官，至僖宗乾符五年升官）	《傳奇》	《太平廣記》卷一九三引，題〈虬髯客〉，注出《虬髯傳》，《太平廣記引用書目》有《虬髯客傳》，不注作者姓名；《崇文總目》著錄《虬鬚客傳》一卷，不著撰人；《宋志》著錄杜光庭《虬鬚客傳》

			一卷；《說郛》卷三四〈豪異秘纂〉收本篇，題〈扶餘國王〉，署張說撰，明刻《虞初志》也題爲張說撰；宋人洪邁《容齋隨筆》署杜光庭撰。言本篇爲張說撰者無據，而杜光庭之〈虬髯傳〉見《神仙感遇傳》卷四，較之本篇文字縮略甚多，而《紺珠集》卷一一節引《傳奇》十七則，內有〈紅拂〉，又《海錄碎事》卷七引〈紅拂妓〉、周守忠《姬侍類偶》卷下引〈紅拂擇主〉，亦云出《傳奇》，則宋人所見《傳奇》內確有本篇；《全唐五代小說》題作〈虬鬚客傳〉。
〈崑崙奴〉			《太平廣記》卷一九四引，題同；《類說》卷三二《傳奇》題〈崔生〉；《紺珠集》卷一一節〈手語〉、〈紅綃〉二節；《古今說海》說淵五題〈崑崙奴傳〉，署「唐楊巨源」；《全唐五代小說》題〈昆侖奴〉。
〈韋自東〉			《太平廣記》卷三五六引，題同；《類說》卷三二《傳奇》節引，題同；《古今說海》說淵八題〈韋自東傳〉，不署撰人。
〈聶隱娘〉			《太平廣記》卷一九四引《傳奇》，題同；《古今說海》說淵三六題〈聶隱娘傳〉，署「唐鄭文寶」；又見今傳本《甘澤謠》，據周亮工《書影》卷一，今本《甘澤謠》係明人自《廣記》抄出，不可信，且宋蘇軾亦曾於《漁樵閑話》上篇云裴鉶《傳奇》記本篇故事，故仍依《廣記》。

〈崔煒〉			《太平廣記》卷三四引，題同；《類說》卷三二《傳奇》節錄，題同；《紺珠集》卷一一節〈鮑姑艾〉一節；《歲時廣記》卷二九節題〈會仙嫗〉；《古今說海》說淵三〇題〈崔煒傳〉，不署撰人。
〈侯彝〉	李亢（847？～873？，宣宗至懿宗間在世。《新唐志》、《宋志》作李亢，《崇文總目》、《通志》作李元，《稗海》本作李冗）	《獨異志》卷上	《太平廣記》卷一九四引，李亢生平未詳，《全唐五代小說》據《全唐文》卷八〇六推測爲李伉〈五龍堂記〉，斷定曾任明州刺史的《獨異志》作者爲李伉。《新唐志》小說家類著錄十卷，《崇文總目》小說類、《通志略》傳記類，《宋志》小說類俱同，《四庫總目》小說家類存目錄三卷。
〈田膨郎偷玉枕〉	康軿（850？～900？，咸通中應試，僖宗乾符五年時進士，《劇談錄》爲昭宗乾寧二年時作）	《劇談錄》，《新唐志》、《通志》皆云三卷，《宋志》、《四庫全書》著錄二卷，今本四十二則與《四庫提要》所言四十則略有出入。	《劇談錄》卷上，《太平廣記》卷一九六引，題爲〈田膨郎〉。
〈潘將軍失珠〉			《劇談錄》卷上，《太平廣記》卷一九六引，題爲〈潘將軍〉。
〈管萬敵遇壯士〉			《劇談錄》卷下，宋調露子《角力記》採錄。
〈張季弘逢惡新婦〉			《劇談錄》卷上，宋調露子《角力記》採錄。
〈李龜壽〉	皇甫枚（850？～915？，懿宗咸通末爲縣令）	《三水小牘》，《唐志》未見記載，《崇文總目》、《宋志》作皇甫枚撰。	《太平廣記》卷一九六引；《說郛》卷四九引唐柳公權《小說舊聞記》四則中有本篇。

〈張祜〉	嚴子休（馮翊，郡望馮翊，自號馮翊子。一說子休爲字，名不詳，唐末至五代時人）	《桂苑叢談》,《新唐志》注稱撰者爲「馮翊字子休」，宋晁公武《郡齋讀書志》引《邯鄲書目》云:「馮翊子姓嚴，字子休」，餘無所考。	《太平廣記》卷二三八引，題〈張祜〉;《類說》卷五二節兩節,題〈冬瓜祜子〉、〈椿兒桂子〉;《說郛》卷七亦同。《全唐五代小說》題爲〈崔張自稱俠〉。
〈義俠〉	皇甫氏，其人名字、里籍皆不詳。	《原化記》	《太平廣記》卷一九五引。
〈車中女子〉			《太平廣記》卷一九三引。
〈嘉興繩技〉			《太平廣記》卷一九三引。
〈崔愼思〉			《太平廣記》卷一九四引。

以上唐代俠小說共計四十二篇，其中初唐至盛唐有二篇、盛唐有一篇、中唐有七篇、中唐至晚唐二篇、晚唐有廿六篇、不知年代者有四篇。〔註 102〕

第三節　研究方法與觀點

在研究方法方面，本文採用文獻探討與文本的歸納與演繹分析

〔註 102〕此處的分期乃採明初高棅所編《唐詩品彙》所確定的「初唐、盛唐、中唐、晚唐」四分法，至於唐代四期的起迄，大致以高祖、太宗、高宗、武后、中宗、睿宗時爲初唐（西元 618～711 年），玄宗、肅宗時爲盛唐（西元 712～761 年），代宗、德宗、順宗、憲宗、穆宗、敬宗時爲中唐（西元 762～826 年，文宗、武宗、宣宗、懿宗、僖宗、昭宗、哀帝時爲晚唐（西元 827～907 年），這當然只是一個大致的劃分法，劃分有助於說明文學發展的階段性，但並不排斥少數跨時期的作家。

作爲論述的方法基礎，從《全唐詩》、《全唐五代小說》及《歷代筆記小說集成・唐代筆記小說》中搜尋、整理與俠相關的唐代詩歌／小說，並以其作爲分析探究的焦點，歸納出唐代俠詩歌／小說的共性與異性，再演繹出其背後的深層意識。

本文研究觀點主要由「類型學」的角度切入，乃爲陳平原《千古文人俠客夢——武俠小說類型研究》中四組基本敘事語法的其中一組——「行俠主題」，在陳平原的基礎上再行深化與擴充，類型學的概念基本上是襲自結構主義，結構主義的奠基者之一李維・史特勞斯對結構主義有如下定義：

> 首先，結構展示了一個系統的特徵，它由若干組分構成，任何一組分的變化都要引起其它成分變化；第二，對於任一模式，都應有可能排列出由同類型一組模式中產生的一個轉換系列；第三，上述特徵，便結構能預測，如果某一組分發生變化，模式將如何反應；最後，模式的組成，使一切被觀察到的事實都成爲可以理解的。〔註 103〕

由上可知，結構主義著重的反不是「結構」（structure），而是「系統」（system）。同樣的，在類型研究上，應該注意的是避免被單純的經驗性描述所套牢，而需追求綜合概括和理論分析的系統詮釋。「也就是說，類型學者不應該死守預先設定的理論模式，滿足於尋找可以印證文學理論的文學史材料，而必需隨時準備根據文學史材料修正其理論框架。注重理解、注重描述、注重說明，而不主張『必然的分類』及『純淨的類型』。」〔註 104〕因此，類型並非絕對的而是開放的。在構成類型的諸多因素中，大多數屬於次要的，只有少數因素決定了類型的性質，所以只要找到了這種「主因素」，即可對某一文學類型有較深刻的理解，「行俠主題」即爲武俠文學類型

〔註 103〕見〔法〕克勞德・列維——斯特勞斯著；陸曉禾、黃錫光等譯《結構人類學》（Claude Levi-Strauss：L'Anthropologie Structurale，1958），北京：文化藝術，1991 年。

〔註 104〕見陳平原《千古文人俠客夢——武俠小說類型研究》，頁 269～270。

的一個「主因素」。

「行俠主題」既身爲武俠文學類型學下的一「主因素」,「主因素」又包含了「不變因素」與「可變因素」,因此「行俠主題」除了有其特定的不變因素外,隨著時代的推進,也讓「行俠主題」加入許多可變因素,這些可變因素亦彰顯了時代的特色。本文即以這種「不變因素」與「可變因素」的觀點進行論述,因此以「平不平」、「立功名」、「報恩仇」爲行俠主題的「不變因素」,再從中細析隨著時代或體裁而異的「可變因素」,以求將唐代俠詩歌/小說之行俠主題作一較完整的詮釋。

第貳章　「平不平」之行俠主題

「平不平」爲俠詩歌／小說最基本的行俠主題，唐代的俠詩歌／小說中不乏對「平不平」行俠主題的頌寫。這股不平之氣，對己身激盪成膽氣豪情，對他人則化爲扶危濟困，而無論是自身表現不平之氣的膽氣豪情，或是用這股不平之氣對他人的苦難做出回應，背後皆有一種理想性的存在，這種理想性的存在我們稱之爲「俠者烏托邦」。

因此以下分三部分來分別論說。第一部分討論對做爲一種類型存在的俠詩歌／小說中重要的敘事基調，亦即「膽氣豪情」，在唐代的俠詩歌／小說中的呈現。第二部份則討論在行俠主題中最具純粹道德的「扶危濟困」，在唐代俠詩歌／小說有何實例與特色。最後的第三部分，分析構成俠者這種「平不平」心態的內心理想企盼「俠者烏托邦」，它在唐代俠詩歌／小說中的樣貌顯像。

第一節　「膽氣豪情」的生命基調

凡被目之爲「俠」的，「膽氣豪情」爲其色彩鮮明的旗幟。所謂「膽氣豪情」，是展現生命中豪邁跌宕的激情，是如火如荼飛揚燃燒的生命情調，因它是如此地不羈難馴，也難免走進分岔的抉擇點，因此本節第一部分先論述在唐代俠詩歌／小說中純描寫對膽氣豪情推許的作品，並進一步比較膽氣豪情在詩歌與小說中有著如何的結構限制。本節第二部分則討論如斯之膽氣豪情，在唐代俠詩歌／小說中衍生的次文化，亦即討論若無適當的宣洩方法，任憑這不羈的生命形態毫無節制地「任氣」，所導致純逞勇鬥豪的意氣之爭，或狂妄驕奢的任情遊獵結果的現象。

一、唐代俠詩歌／小說對膽氣豪情的推許

對膽氣豪情的推許是唐代俠詩歌／小說的重要基調，也可說爾後種種的行俠主題都是在充滿膽氣豪情的基礎下，方能成形的。俠者獨立不羈的個性，正是抒發膽氣豪情的最佳溫床。在唐代俠詩歌中常可見俠者飛躍不群的姿采，如李頎的〈別梁鍠〉：

> 梁生倜儻心不羈，途窮氣蓋長安兒。回頭轉眄似雕鶚，有志飛鳴人豈知。雖云四十無祿位，曾與大軍掌書記。抗辭請刃誅部曲，作色論兵犯二帥。一言不合龍額侯，擊劍拂衣從此棄。

詩中正呈現出一顆不受拘束的心靈，是如何的豪情蓋世，詩中所歌頌的梁鍠雖是以布衣身分入幕做個小小的掌書記官，卻能剛直不屈的向主帥力陳自己的意見，請求主帥給予他執行軍法的生殺大權，以平定軍中叛亂。他以猛禽鵰鶚自許，情緒激昂時，不惜冒犯自己府主的威嚴，強力主張以暴力手段制暴，在得不到回應的情況下，即毫不留戀、擊劍拂衣離去。

又如詩人元稹筆下的劉頗也是相當任氣使豪的一位：

> 昌平人劉頗，其上三世有義烈。頗少落行陣，二十解屬文。舉進士科試不就，負氣。狹路間病罥車蔽柩，盡碎之。罄囊酬直而去，南歸唐州。爲吏所軋，勢不支。氣屈，自火其居。出契書投火中〔註 1〕，繇是以氣聞。予聞風四五年

〔註 1〕此事根據元稹所寫〈唐故使持節萬州諸軍事萬州刺史賜緋魚袋劉君墓誌銘〉之載爲：「復田於唐，唐刺史願得君爲婿，君不願爲刺史婿。刺史怒，暴租其田。君乃大集里中諸老曰：『刺史謂田足以累我耶？』由是火其居，出契書投火中，盡畀諸老田，棄土汝上，讀書賦詩，厚

而後見，因以詩許之。

一言感激士，三世義忠臣。破甕嫌妨路，燒莊恥屬人。迥分遼海氣，閒蹋洛陽塵。儻使權由我，還君白馬津。（〈劉頗詩并序〉）

由於家風義烈〔註 2〕，因此也造就他以「氣」聞的俠烈脾氣。因試進士不第，他爲了發洩滿腔的不平之氣，砸碎他認爲妨路的破甕，又掏光所有的錢財賠償主人的損失，其氣之盛、之豪令人咋舌。他回鄉後，爲了對抗刺史的無理，竟將自己所有的田契投入火中，讓一把火燒個乾淨，也使刺史失去要脅的籌碼。種種所作所爲，無一處不是膽氣豪情，亦無怪乎元稹寄予劉頗的詩中，對劉頗的膽氣之豪盡露崇慕之意——「平生嗜酒顛狂甚，不許諸公占丈夫。唯愛劉君一片膽，近來還敢似人無。」（〈寄劉頗〉二首之一）就這「一片膽」做出了許多人（包括詩人自己）所不敢做的事。

在施肩吾的〈壯士行〉裡則速寫了一藝高人膽大的壯士剪影：

一斗之膽撐臟腑，如磥之筋凝臂骨。有時誤入千人叢，自覺一身橫突兀。當今四海無煙塵，胸襟被壓不得伸。凍梟殘蠆我不取，污我匣裏青蛇鱗。

詩人以夸飾筆法凸顯這位壯士的「膽」大與「筋」強，明顯地與社會大眾不相容，他想做一番大事業，不屑對付凍梟殘蠆，只期待在棋逢對手中揮灑一身膽力，「凍梟殘蠆我不取，污我匣裏青蛇鱗」的敘寫，是如何鴻遠高壯的膽氣豪情。

除了寫時人的豪情膽氣外，詩人面對先人烈士遺韻，亦勾起深心震撼，因此藉寫古人豪情之事，寓思古豪之情，如賈島：「朱絲弦

自期待。」見《全唐文》卷六百五十五，頁 2947～2948，上海古籍出版社，1993 年。

〔註 2〕據元稹所寫〈唐故使持節萬州諸軍事萬州刺史賜緋魚袋劉君墓誌銘〉所載，劉頗曾祖、清夷軍使劉拯在侯希逸謀叛，遼海側近軍郡守將皆棄守的情況下，獨立抗叛，軍亂被殺，晉封平州刺史。祖父劉表里爲深州長史，亦因忠戰死於軍。父劉騫爲唐州刺史，李希烈叛，劉騫與他人一起謀潰，事敗被殺。

底燕泉急，燕將雲孫白日彈。嬴氏歸山陵已掘，聲聲猶帶髮衝冠。」（〈聽樂山人彈易水〉）憶昔日易水送別時「士皆瞋目，髮盡上指冠。」（《史記‧刺客列傳》）當時的豪情膽氣是讓詩人感動的。當著眼於古人的膽氣豪情時，詩人的聚光燈普遍打在「壯士一去兮不復還」的荊軻身上，如駱賓王：「此地別燕丹，壯士髮（一作壯髮上）衝冠。昔時人已沒，今日水猶寒。」（〈於易水送人〉）、馬戴：「荊卿西去不復返，易水東流無盡期。落日蕭條薊城北，黃沙白草任風吹。」（〈易水懷古〉）、胡曾：「一旦秦皇馬角生，燕丹歸北送荊卿。行人欲識無窮恨，聽取東流易水聲。」（〈詠史詩　易水〉）等，由初唐至晚唐，皆以易水爲主要場景，荊軻爲主要人物，這是由於燕太子於易水送別荊軻的情景容易渲染悲壯的氣氛，詩人得以藉此豪情膽氣以逞心中不平之塊壘。

在俠小說部分，裴鉶《傳奇》〈虬髯客傳〉中的三俠論交亦是膽氣與豪情奏出的壯麗樂章，小說以李靖懷才謁司空楊素始，他以平民之身，義正辭嚴地訓起楊素的驕縱無禮，毫不畏懼楊素的強權巨勢。楊素府中的歌妓紅拂女因此緣由見到李靖，在僅見一面的情況下，便慧眼識英雄，義無反顧的投奔李靖。虬髯客在進入李靖、紅拂女下榻的客棧後便「投革囊於爐前，取枕欹臥，看張梳頭。」初次見面，虬髯客便呆看年輕女子梳頭，不避唐突冒昧，正是虬髯客不同流俗的粗獷豪放，其灑脫不拘禮法的膽氣豪情展現無遺。李靖此時雖心中恚怒，但還是努力自制，強忍著沒發作，依舊繼續刷著馬，此時紅拂女則「熟視其面，一手握髮，一手映身搖示公，令勿怒。急急梳頭畢，斂衽前問其姓。」再次表現出她豪爽放達的個性及慧眼獨具。因此不論性別角色，膽氣豪情都是俠者的基本氣質，而〈虬髯客傳〉中的李靖、紅拂女、及虬髯客所展露出的膽氣豪情，也爲後世文人一再謳歌，相繼以各種文學形式改寫。

雖說單獨歌詠膽氣豪情的篇章不多，但對膽氣豪情的推許卻是唐代俠詩歌／小說的重要基調，因此爾後種種的行俠主題都是在充滿膽氣豪情的基礎下，方能成形的。所以膽氣豪情在更多的行俠主題中，由「前臺」轉爲「背景」，成爲俠者行俠的必備養分。「膽氣豪情」成爲「背景」的情形在小說中得到更明顯的呈現，小說因有本身須爲一完整描述事件的立體結構限制，而純寫膽氣豪情並無法達到其所需求的戲劇效果，亦可說在小說中所有的俠行皆是膽氣豪情的表現，只不過將其以爲基底，行更複雜的俠行，於行俠中體現膽氣豪情。因此本小節對小說中膽氣豪情的討論較少，俟各章節分別散見。

二、由膽氣豪情衍生的次文化

如前所論，不平之氣對己身激盪成爲膽氣豪情，但這膽氣豪情如未受理性控制，極容易導致行爲上的純逞勇鬥豪的意氣之爭或狂妄驕奢的任情遊獵，而彼屬特殊情性即衍生出一特殊的次文化。

「文化」(Culture)，一直是個以含義模糊著稱的概念，大致而言有二個基本定義：〔註 3〕第一個本質上是古典的、保守的，它將文化視爲美的最高境界標準，包含世界上最優秀的思想和論說，乃源自對「經典」藝術形式（如歌劇、芭蕾舞、文學、藝術等）的一種鑒賞。第二個則根植於人類學，「文化」在此指的是一種特殊的整套生活方式，而「文化研究」則是對這種特殊生活方式的分析，並闡明此特定文化中隱含的和顯明可見的意義與價值觀。

本文所謂的「文化」，指的是第二個基本定義，是以在「俠文化」裡，除了有特定的思想系統與處事方式外，亦有其主流的規範與價值，如喜結客又各行其是、好打抱不平、重義輕生、恩仇必報（唐以後開始匯入俠文化的主流）等皆可說是俠文化的主流特色，而膽氣與豪情則是行俠所必備的行動特質。但在俠文化中，渾身膽氣豪情的俠者，雖常因其敢爲人所不敢爲之事而令人「驚豔」，但亦常流

〔註 3〕以下對「文化」定義的描述參考自迪克·赫布迪齊（Dick Hebdige）著；張儒林譯《次文化：生活方式的意義》，頁 2，臺北：駱駝，1997 年。

於未受理性控御的生命血性衝動，因此膽氣豪情除了體現在上述各項特色外，也使某些俠者一昧地追求純感官刺激，而有著偏離主流文化的行俠主題出現，這些俠者在身份上不出貴介公子與游閑少年，因此這群不屬俠主流的貴游人物的特殊行為方式與生活形態，就是本文所謂的「次文化」。

關於「次文化」（Subculture），誠如陳國霖所言：「在一個多元化社會中，某一部分人因其獨特的社會地位而無法接受並遵守傳統的社會規範與價值。因此，每一個多元社會中，除了多數人遵從的主流文化外，還附存著許多非主流的次文化。」〔註 4〕因此在在同一文化系統中外於主流文化的，即可稱之為「次文化」（Subculture）。觀諸史籍所載，眞實人物被稱「俠」者皆有好結客與急人之難的共性，〔註 5〕東漢荀悅《漢紀》稱俠為：「立威勢，作威福，結私交，以立彊於世者」，荀悅的觀點雖是批判的，但他的立論倒說明了俠的主流文化是以氣義相感而結客、再以結客相從而行強邀名的，而這種振危急、赴險阨所依憑的膽氣豪情，卻又在作威結私中派生了俠的次文化。

俠者次文化的派生可由唐代歐陽詢《藝文類聚》所收「游俠」一類中的魏晉南北朝詩歌看出端倪，從晉張華〈游俠篇〉：「翩翩四公子，濁世稱賢明。食客三千餘，門下稱豪英」對戰國四公子的歌詠開始，已開詠讚貴游公子之風，〔註 6〕只不過彼時仍以「賢明」為標榜，之後的貴游公子許多是只承其皮毛樣相，而競以豪奢以之為俠，出現了奢華揮霍，甚至追逐聲色之娛的貴游俠少，如宋鮑昭（即鮑照）〈擬古詩〉（即〈擬古詩八首〉之一）言貴游俠少：「日晏罷朝歸，輿馬塞衢路。宗黨生光華，賓僕遠傾慕。」的豪奢作風，

〔註 4〕見陳國霖著譯《幫會與華人次文化》，頁 198，臺北：臺灣商務，1993 年。

〔註 5〕詳見龔鵬程、林保淳編《廿四史俠客資料匯編》，臺北：臺灣學生書局，1995 年。

〔註 6〕富室公子之俠，即司馬遷所謂的「卿相之俠」（《史記・游俠列傳》）。

且這位公子哥兒也坦白地說出了「富貴人所欲，道德亦何懼」的只學俠者宏大氣象表層功夫的心態，而到了梁吳筠〈古意〉中描寫恃技自得，持「玉鞭蓮花紐」，成天勒馬冶游「寫鞚長楸北」的惡少年時，〔註 7〕連豪門惡少也已成爲「俠」的一部分，此時膽氣豪情完全已應用在鬥奢競勇的門面上。

何以這些描繪上層社會貴游公子少年靡麗生活文學作品，會於魏晉南北朝時首次出現，可歸因於當時上層社會的富家公子瀰漫著一片濃濃的尚俠夸飾之風，他們極力以自己的方式來表達一種「另類」的膽氣豪情，因此舉凡走馬遊獵等可輕易表示出個人的豪勇特質等的活動，皆趨之若鶩，陳山《中國武俠史》中對這些貴游俠少的心態做了一番很詳盡的解釋：

> 在當時的上流社會，一些貴族子弟、富家公子受當時任俠尚武的流風遺俗的影響，紛紛以戰國、兩漢間的游俠作爲範式，竭力模仿他們的習性。裝扮，騎馬遊獵、學射鬥劍以此來點綴自己奢豪空虛的生活內容，滿足自己身在綺羅膏梁的溫柔鄉中，卻想「雄兒任氣俠，聲蓋少年場」（晉・張華〈博陵王宮俠曲〉）的補償心理。這種以尚俠的模仿性行爲來滿足自我、並進而構成一種奢華生活的消遣方式的社會現象。〔註 8〕

因此，這些貴游俠少只是因年輕人特有的豪情血性無處渲洩，而以縱情遊讌的放蕩生活來武裝自己、麻痺自己，在一種眾口鑠金的掩護下，這些公子哥兒的放蕩與俠的不羈被劃上等號，諷刺地，此時游俠的面目竟與當初司馬遷所暗諷的游閑公子樣貌如出一轍：「游閑公子，飾冠劍，連車騎，亦爲富貴容也。」（《史記・貨殖列傳》）。到了唐代，這種揮霍生命的生活態度同樣地指引了無數的貴游俠少（包括公子與惡少），龔鵬程的《大俠》中解釋了唐代這些闊

〔註 7〕以上所引三首魏晉南北朝的俠詩歌，見唐・歐陽詢撰《藝文類聚》卷三十三人部十七「游俠」，頁 580，上海：上海古籍，1999 年。

〔註 8〕見陳山《中國武俠史》，頁 119，上海：上海三聯，1995 年。

氣俠少的前有所承：

> 唐代的歷史，是漢末魏晉南北朝文化的總結，因此游俠的型態與活動，也仍承繼著以往的歷史。既有邊塞游俠、橫行於州郡山寨之間的盜賊、也有貴游子弟和街閭惡少。〔註9〕

承上所言，唐代的貴游俠少在型態與活動上是承繼了前朝餘緒，但除此之外，唐代俠的次文化還加入了許多新質素，擴大了這些貴游俠少的遊樂規模，可以說俠的次文化在唐代達到了高峰。

「武舉」的選拔是促成此一高峰的動力，據《唐會要》卷五十九〈兵部侍郎〉條載：「（武則天）長安二年正月十七日敕：天下諸州，宜教武藝，每年准明經、進士貢舉例送。」〔註10〕《新唐書》卷四十四〈選舉志〉亦記載：「又有武舉，蓋其起於武后之時。長安二年，始置武舉。」而選拔武舉的考試項目，有射箭、馬槍、翹關（即舉重）、負重、身材等。〔註11〕由於武舉的設立，不僅使唐代的尚武風氣大盛，更助長了任俠風潮的湧起，而射箭跑馬，耍劍使槍等亦成爲唐代游俠少年平日優游的憑藉與內容。即若不是爲了武舉，一些富豪公子與紈袴子弟也因當世尚武與任俠之風興盛，而以「俠」自許，認爲鬪雞走馬是俠，縱酒賭博也是俠，所以他們盡情揮霍、極力享樂，將承魏晉六朝以來的俠者次文化推向一個新階段。故從另一個角度看，武舉制度的存在，讓唐代俠詩歌中這類次文化的內容更形「豐富」、愈見「多彩」。

寫此類次文化的詩歌，在唐代所呈現的數量相當多，尤其在俠者流逸生活部分描繪的著墨上，更可見俠主流文化與次文化間的差異所在，以下先以表格呈現文本，再分兩個層次討論俠主流文化與次文化的異同，藉以呈顯出俠之次文化對俠主流文化行俠主題的承繼與轉化。

〔註9〕見龔鵬程《大俠》，頁117，臺北：錦冠，1987年。

〔註10〕見宋・王溥《唐會要》，頁1030，北京：中華書局，1998年。

〔註11〕見宋・宋祁、歐陽修等撰《新唐書》卷四十四〈選舉志〉，頁1170，臺北：中華書局，1981年。

詩　　句	詩　題	作 者
陳遵（一作財雄）重交結。田蚡（一作戚里）擅豪華。曲臺臨上路，高軒（一作門）抵狹斜。赭汗千金馬，繡軸（一作轂）五香車。白鶴隨飛蓋，朱鷺入鳴笳。夏蓮開劍水，春桃發綬（一作露）花。高談辯飛免（一作輕裙染迴雪），摛藻握靈蛇（一作浮蟻泛流霞）。逢恩出毛羽（一作借羽翼），失路委泥沙。曖曖風煙晚，路長歸騎遠。日斜青瑣第，塵飛金谷苑。危弦促柱奏巴渝，遺簪墮珥解羅襦。如何守直道，翻使谷名愚。	〈門有車馬客〉	虞世南
少年飛翠蓋，上路動金鑣。始酌文君酒，新吹弄玉簫。少年不歡樂，何以盡芳朝。千金笑裡面，一搦抱中腰。挂冠豈憚宿，迎拜不勝嬌。寄語少年子，無辭歸路遙。	〈少年子〉	李百藥
洛陽麗春色，遊俠騁輕肥。水逐車輪轉，塵隨馬足飛。雲影遙臨蓋，花氣近薰衣。東郊鬬雞罷，南皮射雉歸。日暮河橋上，揚鞭惜晚暉。	〈遊俠篇〉	陳子良
少年重英俠，弱歲賤衣冠。既託寰中賞，方承膝下歡。遨遊灞水（一作陵）曲，風月洛城端。且知無玉饌，誰肯逐金丸。金丸玉饌盛繁華，自言輕侮季倫家。五霸爭馳千里馬，三條競騖七香車。	〈疇昔篇〉	駱賓王
御溝大道多奇賞，俠客妖容遞來往。寶騎連花鐵作錢，香輪鶩水珠爲網。香輪寶騎競繁華，可憐今夜宿倡家。	〈代女道士王靈妃贈道士李榮〉	駱賓王
鬬雞過渭北，走馬向關東。	〈結客少年場行〉	盧照鄰
妖童寶馬鐵連錢，娼婦盤龍金屈膝。御史府中烏夜啼，廷尉門前雀欲栖。隱隱朱城臨玉道，遙遙翠幰沒金堤。挾彈飛鷹杜陵北，探丸借客渭橋西。俱邀俠客芙蓉劍，共宿娼家桃李蹊。娼家日暮紫羅裙，清歌一囀口氛氳。	〈長安古意〉	盧照鄰
此日遨游邀美女，此時歌舞入娼家。娼家美女鬱金香，飛來飛去公子傍。	〈公子行〉	劉希夷
妙舞飄龍管，清歌吟鳳吹。三春小苑游，千日中山醉。直言身可沈，誰論名與利。依倚孟嘗君，自知能市義。	〈少年行〉	張昌宗

穎川豪橫客，咸陽輕薄兒。田竇方貴幸，趙李新相知。軒蓋終朝集，笙竽此夜吹。黃金盈篋笥，白日忽西馳。	〈少年行〉	鄭愔
珠彈繁華子，金羈遊俠人。酒酣白日暮，走馬入紅塵。	〈同儲十二洛陽道中作〉	孟浩然
鬪雞下杜塵初合，走馬章臺日半斜。章臺帝城稱貴里，青樓日晚歌鐘起。貴里豪家白馬驕，五陵〔註12〕年少不相饒。雙雙挾彈來金市，兩兩鳴鞭上渭橋。渭城橋頭酒新熟，金鞍白馬誰家宿。可憐錦瑟箏琵琶，玉臺清酒就君（集作倡）家。	〈渭城少年行〉	崔顥
寶劍千金裝，登君白玉堂。身爲平原客，家有邯鄲娼。	〈濟上四賢詠　成文學〉	王維
趙女彈箜篌，復能邯鄲舞。夫婿輕薄兒，鬪雞事齊主。黃金買歌笑，用錢不復數。許史相經過，高門盈四牡。	〈偶然作六首（之五）〉	王維
朱紱誰家子，無乃金張孫。驪駒從白馬，出入銅龍門。問爾何功德，多承明主恩。鬪雞平樂館，射雉上林園。曲陌車騎盛，高堂珠翠繁。奈何軒冕貴，不與布衣言。 君家御溝上，垂柳夾朱門。列鼎會中貴，鳴珂朝至尊。生死在八議，窮達由一言。須識苦寒士，莫矜狐白溫。	〈寓言二首（次首律髓入俠少類，題曰雜詩，作盧象詩。）〉	王維
陌頭馳騁盡繁華，王孫公子五侯家。由來月明如白日，共道春燈勝百花。聊看侍中千寶騎，強識小婦七香車。香車寶馬共喧闐，箇裏多情俠少年。競向長楊柳市北，肯過精舍竹林前。獨有仙郎心寂寞，卻將宴坐爲行樂。儻覺（一作覓）忘懷共往來，幸霑同舍甘藜藿。	〈同比部楊員外十五夜遊有懷靜者季〉	王維
青雲少年子，挾彈章臺左。鞍馬四邊開，突如流星過。金丸落飛鳥，夜入瓊樓臥。夷齊是何人，獨守西山餓。	〈少年子〉	李白
五陵年少金市東，銀鞍白馬度春風。落花踏盡遊何處，笑入胡姬酒肆中。	〈少年行三首〉之二	李白

〔註12〕「五陵」原指渭水以北漢代五個皇帝的陵墓。漢元帝，陵墓地區居住許多豪富人家，這裡泛指長安豪富之區。

君不見淮南少年游俠客，白日毬獵夜擁擲。呼盧百萬終不惜，報讐千里如咫尺。少年游俠好經過，渾身裝束皆綺羅。蕙蘭相隨喧妓女，風光去處滿笙歌。驕矜自言不可有，俠士堂中養來久。好鞍好馬乞與人，十千五千旋沽酒。赤心用盡爲知己，黄金不惜栽桃李。桃李栽來幾度春，一回花落一回新。府縣盡爲門下客，王侯皆是平交人。	〈少年行三首〉之三	李白
銀鞍白鼻騧，綠地障泥錦。細雨春風花落時（一作春風細雨落花時），揮鞭且（一作直）就胡姬飲。	〈白鼻騧〉	李白
相逢紅塵内，高揖黄金鞭。萬户垂楊裏，君家阿那邊。	〈相逢行〉	李白
朝騎五花馬，謁帝出銀臺。秀色誰家子，雲車（一作中）珠箔開。金鞭遙指點，玉勒近遲回。夾轂相借問，疑（一作知）從天上來。蹙（一作邀）入青綺門，當歌共銜杯（一作嬌羞初解佩，語笑共銜杯）。銜杯映歌扇，似月雲中見。相見不得（一作相）親，不如不相見。相見情已（一作已情）深，未語可知心。胡爲守空閨，孤眠愁錦衾。錦衾與羅幃，纏綿會有時。春風正澹蕩，暮雨來何遲。願因三青鳥，更報長相思。光景不待人，須臾髮成絲。當年失行樂，老去徒傷悲。持此道密意，毋令曠佳期（一本長相思下，無此六句）。	〈相逢行〉	李白
我昔鬬雞徒，連延五陵豪。邀遮相組織，呵嚇來煎熬。	〈敘舊贈江陽宰陸調〉	李白
馬上相逢揖馬鞭，客中相見客中憐。欲邀擊筑悲歌飲，正值傾家無酒錢。江東風光不借人，枉殺落花空自春。黄金逐手快意盡，昨日破產今朝貧。	〈醉後贈從甥高鎮〉	李白
邊城兒，生年不讀一字書，但知遊獵誇輕趫。胡馬秋肥宜白草，騎來躡影何矜（一作可憐）驕。金鞭拂雲揮鳴鞘，半酣呼鷹出遠郊。弓彎滿月不虛發，雙鶬迸落連飛髇。海邊觀者皆辟易，猛氣英風振沙磧。儒生不及遊俠人，白首下帷復何益。	〈行行遊且獵篇〉	李白

憶昔作少年，結交趙與燕。金羈絡駿馬，錦帶橫龍泉。寸心無疑事，所向非徒然。	〈留別廣陵諸公（一作留別邯鄲故人）〉	李白
邯鄲城南遊俠子，自矜生長邯鄲裏。千場縱博家仍富，幾度報讎身不死。宅中歌笑日紛紛，門外車馬如雲屯（集作常如雲）。未知肝膽向誰是，令人卻憶平原君。君不見今人交態薄，黃金用盡還疏索。以茲感激（一作歎）辭舊遊，更於時事無所求。且與少年飲美酒，往來射獵西山頭。	〈邯鄲少年行〉	高適
長安少年不少錢，能騎駿馬鳴金鞭。五侯相逢大道邊，美人弦管爭留連。黃金如斗不敢惜，片言如山莫棄捐。安知顦顇讀書者，暮宿虛（集作靈）臺私自憐。	〈行路難二首〉之一	高適
芳草落花如錦地，二十長遊醉鄉裏。紅纓不動白馬驕，垂柳金絲香拂水。吳娥未笑花不開，綠鬢聳墮蘭雲起。陸郎倚醉牽羅袂，奪得寶釵金翡翠。	〈少年樂〉	李賀
射飛誇侍獵，行樂愛聯鑣。薦枕青蛾豔，鳴鞭白馬驕。曲房珠翠合，深巷管弦調。日晚春風裏，衣香滿路飄。	〈少年行〉	劉長卿
俠客邀羅袖，行人挑短書。蛾眉自有主，年少莫踟躕。	〈茱萸女〉	萬楚
遺卻珊瑚鞭，白馬驕不行。章臺折楊柳，春日（一作草）路傍情。	〈長樂少年行（一作古意）〉	崔國輔
蕙草嬌紅萼，時光舞碧雞。城中美年少，相見白銅鞮。 少年襄陽地，來往襄陽城。城中輕薄子，知妾解秦箏。	〈襄陽曲二首〉	崔國輔
任氣稱張放，銜恩在少年。玉階朝就日，金屋夜升天。軒騎青雲際，笙歌綠水邊。建章明月好，留醉伴風煙。	〈少年行〉	芮挺章
輕薄兒，面（一作白）如玉，紫陌春風纏馬足。雙鐙懸金縷鶻飛，長衫刺雪生犀束。綠槐夾道陰初成，珊瑚幾節敵流星。紅肌拂拂酒光獰（一作凝），當街背拉金吾行。朝遊鼙鼓聲發，暮遊鼙鼓聲絕。入門不肯自升堂，美人扶踏金階月。	〈公子行〉	顧況

翠樓春酒蝦蟇陵，長安少年皆共矜。紛紛半醉綠槐道，蹀躞花驄驕不勝。	〈長安少年行〉	皎然
不似京華俠少年，清歌妙舞落花前。	〈邊城曲〉	戴叔倫
爭場看鬬雞，白鼻紫騮嘶。漳水春閨晚，叢臺日向低。歇鞍珠作汗，試劍玉如（一作爲）泥。	〈紫騮馬〉	李益
豪不必馳千騎，雄不在垂雙鞬。天生俊氣自相逐，出與鵰鶚同飛翻。 朝行九衢不得意，下鞭走馬城西原。忽聞燕雁一聲去，回鞍挾彈平陵園。歸來青樓曲未半（一作卒），美人玉色當金尊。	〈輕薄篇〉	李益
玉階霜仗擁未合，少年排入銅龍門。暗聞弦管九天上，宮漏沈沈清吹繁。平明走馬絕馳道，呼鷹挾彈通繚垣。	〈漢宮少年行〉	李益
千點斕斒玉勒（一作斑斕噴玉）驄，青絲結尾繡纏騣。鳴（一作揮）鞭曉（一作晚）出章（一作銅）臺路，葉葉春衣（一作依，又作隨。）楊柳風。	〈少年行〉	韓翃
駿（一作驄）馬牽來御柳中，鳴鞭欲向（一作過）渭橋東。紅蹄亂蹋春城雪，花頷驕（一作頻）嘶上苑風。	〈羽林騎〉（一作羽林少年行）	韓翃
長干道上落花朝，羨爾當年賞事饒。下箸已憐鵝炙美，開籠不奈鴨媒嬌。春衣晚入青楊巷，細馬初過皂莢橋。相訪不辭千里遠，西風好借木蘭橈。	〈送丹陽劉太眞〉	韓翃
長安九城路，戚里五侯家。結束趨平樂，聯翩抵狹斜。高樓臨遠（一作積）水，複道出繁花。唯見（一作有）相如宅，蓬門度歲華。	〈長安路（一作韓〔翃〕（翊）詩）〉	皇甫冉
桃花百葉不成春，鶴壽千年也未神。秦隴州緣鸚鵡貴，王侯家爲牡丹貧。歌頭舞遍回回別，鬢樣眉心（一作分）日日新。鼓動六街騎馬出，相逢總是學狂人。	〈閒說（一作聞說）〉	王建
長安惡少出名字，樓下劫商樓上醉。天明下直明光宮，散入五陵松柏中。百回殺人身合死，赦書尚有收城功。九衢一日消息定，鄉吏籍中重改姓。出來依舊屬羽林，立在殿前射飛禽。	〈羽林行〉	王建

金羈白面郎，何處蹋青來。馬嬌郎半醉，蹬蹀望樓臺。似見樓上人，玲瓏窗户開。隔花聞一笑，落日不知回。	〈公子行〉	陳羽
日（一作白）日鬭雞都市裏，贏得寶刀重刻字。百里報仇夜出城，平明還在娼樓醉。	〈少年行〉	張籍
直把春償酒，都將命乞（音氣）花。衹知閒信馬，不覺誤隨車。	〈遊城南十六首・嘲少年〉〔註 13〕	韓愈
行樂三春節，林花百和香。當年重意氣，先占鬭雞場。	〈春遊曲三首〉之三	張仲素
依倚將軍勢，交結少年場。探丸害公吏，抽刃妒名倡。家產既不事，顧盼自生光。酣（一作醒）歌高樓上，袒裼大道傍。昔爲編户人，秉耒甘哺糠。今來從軍樂，躍馬飫膏粱。猶思風塵起，無種取侯王。	〈武夫詞并引〉	劉禹錫
少年初拜大長秋，半醉垂鞭見列侯。馬上抱雞三市鬭，袖中攜劍五陵遊。玉簫金管迎歸院，錦袖紅妝擁上樓。更向院西（一作東）新買宅，月波（一作碧波，一作月陂）春水入門流。	〈公子行〉	于鵠
金紫少年郎，繞街鞍馬光（一作狂）。身從左中尉，官屬右春坊。剗戴揚州帽，重薰異國香。垂鞭踏青草，來去杏園芳。 追逐輕薄伴，閒遊不著緋。長攏出獵馬，數換打毬衣。曉日尋花去，春風帶酒歸。青樓無晝夜，歌舞歇時稀。 日高春睡足，帖馬賞年華。倒插銀魚袋，行隨金犢車。還攜新市酒，遠醉曲江花。幾度歸侵黑，金吾送到家。 好勝耽長夜，天明燭滿樓。留人看獨腳，賭馬換偏頭。樂奏曾無歇，盃巡不暫休。時時遙冷笑，怪客有春愁。 遨遊攜豔妓，裝束似男兒。盃酒逢花住，笙歌簇馬吹。鶯聲催曲急，春色送（一作訝）歸遲。不以聞街鼓，華筵待月移。 賞春惟逐勝，大宅可曾歸。不樂還逃席，多狂慣衩衣。歌人踏日起，語燕卷簾飛。婦好	〈長安（一作漢宮）少年行〉	李廓

〔註 13〕程學恂《韓詩臆說》云此詩「寫出游俠」。

（一作好婦）唯相妒，倡樓不醉稀。 戟門連日閉，苦飲惜殘春。開鎖通新客，教姬屈醉人。倩（一作請）歌牽白馬，自舞踏紅茵。時輩皆相許，平生不負身。 新年高殿上，始見有光輝。玉雁排方帶，金鵝立仗衣。酒深和椀賜，馬疾打珂飛。朝下人爭看，香街意氣歸。 遊市慵騎馬，隨姬入坐車。樓邊聽歌吹，簾外見鶯（一作插釵）花。樂眼從人鬧，歸心畏日斜。蒼頭來去報，飲伴到倡家。 小婦教鸚鵡，頭邊喚醉醒。犬嬌眠玉簟（一作鼻），鷹掣撼金鈴。碧地攢花障，紅泥待客亭。雖然長按曲，不飲不曾聽。		
鳶肩公子二十餘。齒編貝，脣激朱。氣如虹霓，飲如建瓴。走馬夜歸叫嚴更，徑穿複道遊椒房。龍裘金玦雜花光，玉堂調笑金樓子。臺下戲學邯鄲倡，口吟舌話稱女郎。	〈榮華樂〉（一作東洛梁家謠）	李賀
青驄馬肥金鞍光，龍腦如縷羅衫香。美人狹坐飛瓊觴，貧人喚云天上郎。別起高樓臨碧篠，絲曳紅鱗出深沼。有時半醉百花前，背把金丸落飛鳥。	〈嘲少年〉	李賀
芳草落花如錦地，二十長遊醉鄉裏。紅纓不動白馬驕，垂柳金絲香拂水。吳娥未笑花不開，綠鬢聳墮蘭雲起。陸郎倚醉牽羅袂，奪得寶釵金翡翠。	〈少年樂〉	李賀
花領紅騣（一作顏鬢髮）一何（一作向）偏，綠槐香陌欲朝天。仍嫌眾裏嬌行疾，傍鐙深藏白玉鞭。噴沫（一作珠噴）團香小桂條，玉鞭兼賜霍嫖姚。弄影便從天禁出，碧蹄聲碎五門橋。	〈春遊曲〉（一作樂府）	劉言史
醉騎白馬走空衢，惡少皆稱電不如。五鳳街頭新（一作閒）勒轡，半垂衫袖揖金吾。	〈少年行〉	施肩吾
二十便封侯，名居第一流。綠鬟深小院，清管下高樓。醉把金船擲，閑敲玉鐙遊。帶盤紅鼲鼠，袍砑紫犀牛。錦袋歸調箭，羅鞋起撥毬。眼前長貴盛，那信世間愁。（一作碧瓦坊牆上，朱橋柳巷頭。眼前長少貴，那信有春愁。）	〈少年樂〉（一作貴家郎）	張祜

年少好（一作少年足）風情，垂鞭眦睚（一作賣眼）行。帶金獅子小，裘錦麒麟獰。	〈贈淮南將〉（一作少年行）	張祜
錦堂晝永繡簾垂（一作玉堂前後畫簾垂），立卻花驄待出時。紅粉美人擎酒勸，青（一作錦）衣年少（一作健僕）臂鷹隨。輕將玉杖敲花片，旋把金鞭約柳枝（一作絲）。近地（一作晴日）獨遊三五騎，等閒行傍曲江池。	〈公子行〉	張祜
公子風流嫌（一作輕）錦繡，新裁白紵作春衣。金鞭留當誰家酒，拂柳穿花信馬歸。	〈公子行〉	雍陶
綠眼胡鷹踏錦韝，五花驄馬白貂裘。往來三市無人識，倒把金鞭上酒樓。	〈俠少年〉	薛逢
一盞新羅酒，凌晨（一作霜）恐易消。歸應衝鼓半，去不待笙調。歌好惟愁和，香濃（一作多）豈惜飄。春場鋪艾帳，下馬雉媒嬌。	〈公子〉	李商隱
外戚平羌第一功，生年二十有重封。直登宣室螭頭上，橫過甘泉豹尾中。別館覺來雲雨夢，後門歸去蕙蘭叢。灞陵夜獵隨田竇，不識寒郊自轉蓬。	〈少年〉	李商隱
七國三邊未到憂，十三身襲富平侯。不收金彈拋林外，卻惜銀床在井頭。綵樹轉燈珠錯落，繡檀迴枕玉雕鎪。當關不報侵晨客，新得佳人字莫愁。	〈富平少侯〉	李商隱
金（一作雕）鞍玉勒照花明，過後春（一作香）風特地生。半醉五侯門裏出，月高猶在禁街行。	〈公子行〉	羅鄴
平明小獵出中軍，異國名香滿袖薰。畫榼倒懸鸚鵡觜，花衫對舞鳳凰文。手擡白馬嘶春雪，臂竦青骹入暮雲。落日胡姬樓上飲，風吹簫管滿樓聞。	〈少年行〉	章孝標
紫袖長衫色，銀蟬（一作蟾）半臂花。帶裝（一作長）盤水玉，鞍繡坐雲霞。別殿承恩澤，飛龍賜渥洼。控羅青裹（一作裏）轡，鏤象碧熏（一作重）葩。意氣傾（一作催）歌舞，闌珊走鈿車。袖障雲縹緲，釵轉鳳敧斜。珠卷迎歸箔，雕（一作紅）籠晃醉紗。唯無難夜日，不得似仙家。	〈公子行〉	韓琮

錦衣鮮華手擎鶻，閒行氣貌多輕忽。稼穡艱難総不知，五帝三皇（一作王）是何物。 自拳五色裘，迸入他人宅。卻捉蒼頭奴，玉鞭打一百。 面白如削玉，猖狂曲江曲。馬上黃金鞍，適來新賭得。	〈少年行〉（紀事作公子行，一本後二首作公子行。）	貫休
繡林錦野，春態相壓。誰家少年，馬蹄蹋蹋。鬭雞走狗夜不歸，一擲賭卻如花妾。誰云（一作惟言）不顛不狂，其名不彰，悲夫。	〈輕薄篇二首〉之一	貫休
西上青雲未有期，東歸滄海一（一作去）何遲。酒闌夢覺不稱意，花落月（一作眼）明空所思。長恐病侵多事日，可堪貧過少年時。鬭雞走狗（一作犬）五陵道，惆悵輸他輕薄兒。	〈所思（一題作西上）〉	羅隱
館陶園外雨初晴，繡轂香車入鳳城。八尺家僮三尺箠，何知高祖要蒼生。	〈貴游〉	羅隱
花驄躞蹀遊龍驕，連連寶節揮長鞘。鳳雛麟子皆至交，春風相逐垂楊橋。捻笙軟玉開素苞，畫樓閃閃紅裾搖。碧蹄偃蹇連金鑣，狂情十里飛相燒。西母青禽輕飄飄，分環破璧來往勞。黃金千鎰新一宵，少年心事風中毛。明朝何處逢嬌饒，門前桃樹空夭夭。	〈輕薄怨〉	李咸用
大道青樓御苑東，玉欄仙杏壓枝紅。金鈴犬吠梧桐月，朱鬣馬嘶楊柳風。流水帶花穿巷陌，夕陽和樹入簾櫳。瑤池宴罷歸來醉，笑說君王在月宮。	〈貴公子〉	韋莊
南鄰公子夜歸聲，數炬銀燈隔竹明。醉憑馬鬃扶不起，更邀紅袖出門迎。	〈南鄰公子〉	韋莊
五陵豪客多，買酒黃金錢。醉下酒家樓，美人雙翠幰。揮劍邯鄲市，走馬梁王苑。樂事殊未央，年華已云晚。	〈少年行〉	韋莊
漢代多豪族，恩深益驕逸。走馬踏殺人，街吏不敢詰。紅樓宴青春，數里望雲蔚。金缸焰（一作豔）勝晝，不畏落暉疾。美人盡如月，南威莫能（一作不敢）匹。芙蓉自天來，不向水中出。飛瓊奏（一作綺席戛）雲和，碧簫吹鳳質。唯恨魯陽死，無人駐白日。 花樹出牆頭，花裏誰家樓。一行書不讀，身封萬戶侯。美人樓上歌，不是古涼州。	〈公子行〉二首	聶夷中

階前莎毬綠不捲，銀龜噴香挽不斷。亂花織錦柳撚線，妝點池臺畫屏展。主人公業傳國初，六親聯絡馳朝車。鬬雞走狗家世事，抱來皆佩（一作著）黃金魚。卻笑儒生把書卷，學得顏回忍飢面。	〈貴公子行〉	秦韜玉
葱蘢桂樹枝，高繫黃金羈。葉隱青蛾翠，花飄白玉墀。上鳴間關鳥，下醉遊俠兒。煬帝國已破，此中都不知。	〈廣陵曲〉	馬戴
薄薄身上衣，輕輕浮雲質。長安一花開，九陌馬蹄疾。誰言公子車，不是天上力。	〈輕薄行〉	邵謁
青山薄薄漏春風，日暮鳴鞭柳影中。回望玉樓人不見，酒旗深處勒花驄。	〈公子行〉	周繇
青驪八尺高，俠客倚雄豪。踏雪生珠汗，障泥護錦袍。路傍看驟影，鞍底卷旋毛。豈獨連錢貴，酬恩更代勞。	〈驄馬〉	霍總
柳煙侵御道，門映夾城開。白日莫空過，青春不再來。報讎衝雪去，乘醉臂鷹迴。看取歌鐘地，殘陽滿壞臺。	〈少年行〉	林寬
曾是皇家幾世侯，入雲高第照神州。柳遮門戶橫金鎖，花擁弦歌咽畫樓。錦袖妒姬爭巧笑，玉銜〔驕〕（嬌）馬索閒遊。麻衣酷獻平生業，醉倚春風不點頭。 柳底花陰壓露塵，醉（一作瑞）煙輕罩一團春。鴛鴦占水能嗔客，鸚鵡嫌籠解罵人。騕褭似龍隨日換，輕盈如燕逐年新。不知買盡長安笑，活得蒼生幾戶貧。	〈公子家二首〉	李山甫
遊讌不知厭，杜陵狂少年。花時輕暖酒，春服薄裝綿。戲馬上林苑，鬬雞寒食天。魯儒甘被笑，對策鬢皤然。	〈少年行二首〉之一	王貞白
玉鞭金鐙驊騮蹄，橫眉吐氣如虹霓。五（一作玉）陵春暖芳草齊，笙歌到處花成泥。日沉月上且鬬雞，醉來莫問天高低。伯陽道德何唾咦（一作涕唾），仲尼禮樂徒卑栖。	〈輕薄行〉	齊己
十五轅門學控弦，六街騎馬去如煙。金多倍著牡丹價，髮白未知章甫賢。有耳不聞經國事，拜官方買謝恩箋。相如謾說凌雲賦，四壁何曾有一錢。	〈公子行〉	徐夤

春草綠綿綿，驕驂驟煖煙。微風飄樂韻，半日醉花邊。打鵲抛金盞，招人舉玉鞭。田翁與蠶婦，平地看神仙。	〈公子行〉	黃損
錦衣紅奪彩霞明，侵曉春遊向野庭。不識農夫辛苦力，驕驄蹋爛麥青青。	〈公子行〉	孟賓于
王孫昔日甚相親，共賞西園正媚春。醉臥如茵芳草上，覺來花月影籠身。煙鋪芳草正綿綿，藉草傳杯似列仙。暫輟笙歌且聯句，含毫花下破香牋。南陌風和舞蝶狂，惜春公子戀斜陽。高歌飲罷將迴轡，衣上花兼百草香。春郊飲散暮煙收，卻引絲簧上翠樓。紅袖歌長金斝亂，銀蟾飛出海東頭。昔年常接五陵狂，洪（一作共）飲花間數十場。別後或驚如夢覺，音塵難問水茫茫。	〈思昫陽春遊感舊寄柴司徒五首〉之五	李中
承恩借獵小平津，使氣常遊中貴人。一擲千金渾是膽，家無四壁不知貧。	〈少年行〉	吳象之
繡衣公子宴池塘，淑景融融萬卉芳。珠翠照天春未老，管弦臨水日初長。風飄柳線金成穗，雨洗梨花玉有香。醉後不能離綺席，擬憑青帝繫斜陽。	〈貴遊〉	劉兼

由上表分析，俠者次文化與主流文化的異同，第一呈現在表象上的生活型態，第二呈現在內裡的心態思想。

（一）俠者次文化的生活型態

在一般俠文學作品中所呈現的，生活的貴賤與否往往只是扮演著資助行俠主題的角色，有時俠者有錢有勢，方能仗義疏財而扶危濟困；有時俠者本身是被接濟的一方，而有報恩仇的行俠主題出現。但以貴游俠少綺衣玉食、聲色犬馬的生活型態爲描述重點的，並不多見。而唐代俠詩歌這方面作品爲數相當多，充滿了豪門中追求物質奢華與感官刺激的現象。

這樣追求物質奢華與感官刺激的生活型態，表現在各方面：他們要求珍貴美味的飲食「玉饌」，駱賓王〈疇昔篇〉：「少年重英俠，弱歲賤衣冠。……且知無玉饌，誰肯逐金丸。」且以追求對食物的精美爲榮，如劉禹錫〈武夫詞并引〉：「昔爲編户人，秉耒甘哺糠。今來從軍樂，躍馬飫膏粱。」昔日窮得只能吃穀粒上剝落的外皮，今日以武求得富貴，便改吃了腴肉與美穀；對衣飾的穿著與搭配亦甚爲講究，如「五花驄馬白貂裘」（薛逢〈俠少年〉）中白貂裘的豪富氣象，與「紫袖長衫色，銀蟬（一作蟾）半臂花。帶裝（一作長）盤水玉，鞍繡坐雲霞。」（韓琮〈公子行〉）中衣衫佩飾的豔麗皆是；而更常以豪奢的華宅爲炫耀重點，如以晉石崇的富奢居地「金谷苑」爲比喻：「日斜青瑣第，塵飛金谷苑」（虞世南〈門有車馬客〉）與「金丸玉饌盛繁華，自言輕侮季倫家」（駱賓王〈疇昔篇〉），等乃強調在住處上的不輸石崇；在「行」的方面，更可以看出在俠者次文化下，俠少排場的奢豐靡豔，如虞世南〈門有車馬客〉：「赭汗千金馬，繡軸（一作轂）五香車。」、李百藥〈少年子〉：「少年飛翠蓋，上路動金鑣。」、駱賓王〈疇昔篇〉：「少年重英俠，弱歲賤衣冠。……五霸爭馳千里馬，三條競騖七香車。」充斥著鮮麗的色彩與迷醉的香氣；前述物質生活的流逸或尚可托因於爲這些貴介公子的富裕環境，但眞正次文化顯現的部分便在這些貴游俠少平日的育樂生活裡，這裡充滿了酒色財氣，如張昌宗〈少年行〉：「妙舞飄龍管，清歌吟鳳吹。三春小苑游，千日中山醉。」最常見的是宿娼行徑，如李百藥〈少年子〉：「始酌文君酒，新吹弄玉簫。……千金笑裡面，一搦抱中腰。挂冠豈憚宿，迎拜不勝嬌。」、駱賓王〈代女道士王靈妃贈道士李榮〉：「御溝大道多奇賞，俠客妖容遞來往。……可憐今夜宿倡家。」、盧照鄰〈長安古意〉：「俱邀俠客芙蓉劍，共宿娼家桃李蹊。娼家日暮紫羅裙，清歌一囀口氛氳。」、劉希夷〈公子行〉：「此日遨游邀美女，此時歌舞入娼家。娼家美女鬱金香，飛來飛去公子傍。」、鄭愔〈少年行〉：「穎川豪橫客，咸陽輕薄兒。田竇方貴幸，趙李〔註 14〕新相

〔註 14〕魏阮嗣宗〈詠懷〉：「西遊咸陽中，趙李相經過。」《文選注》引顏延之說：「趙，漢成帝趙后飛燕也；李，武帝李夫人也，並以善歌妙舞幸於二帝也。」清人姚範言：「疑顏注爲近。蓋李夫人，故倡也，而

知。」等皆將俠與色緊緊連結在一起。除此之外，鬥雞走馬與行武刺殺亦是他們平日的生活方式，如盧照鄰〈長安古意〉:「挾彈飛鷹杜陵北，探丸借客渭橋西。」前者指長安俠少的射獵活動，後者指長安俠少的暗殺活動，及陳子良〈遊俠篇〉:「東郊鬬雞罷，南皮射雉歸。」、盧照鄰〈結客少年場行〉:「鬬雞過渭北，走馬向關東。」、孟浩然〈同儲十二洛陽道中作〉:「珠彈繁華子，金羈遊俠人。」等皆然。

（二）俠者次文化的省思

在描述俠者次文化的詩作中，常見玩樂整天的敘述，如虞世南〈門有車馬客〉:「陳遵〔註15〕（一作財雄）重交結。田蚡〔註16〕（一作戚里）擅豪華。……日斜青瑣第，塵飛金谷苑。」中的「日斜」，鄭愔〈少年行〉:「潁川豪橫客，咸陽輕薄兒。……黃金盈篋笥，白日忽西馳。」中的白日西馳，孟浩然〈同儲十二洛陽道中作〉:「珠彈繁華子，金羈遊俠人。酒酣白日暮，走馬入紅塵。」中的「白日暮」，及崔顥〈渭城少年行〉:「鬬雞下杜塵初合，走馬章臺日半斜。」中的「日半斜」等，吐露出俠少無限制揮霍生命的生活型態，且狀寫這些次文化的詩題高度集中在「少年」、「公子」與「輕薄」上，據宋代郭茂倩《樂府詩集》的詩題解釋，〈結客少年場行〉爲「按結客少年場，言少年時結任俠之客，爲游樂之場，終而無成，故作此曲也。」〔註17〕〈輕薄篇〉則爲:「《樂府解題》曰:『〈輕薄篇〉，言乘肥馬。衣輕裘，馳逐經過爲樂，與〈少年行〉同意。何遜云『城

飛燕亦屬陽阿主家歌舞，此詩不過言少時俠游縱倡樂耳。」見清・姚範《筆記四編援鶉堂筆記》，臺北：廣文書局，民1971年。

〔註15〕陳遵，西漢杜陵人，字孟公，好結交賓客，《漢書》收入〈游俠傳〉中。

〔註16〕田蚡，西漢大臣，長陵人，漢景帝王皇后同母弟。爲人驕橫專斷，生活奢侈豪華。《漢書・田蚡傳》，蚡爲相「由此滋驕，治宅由諸第，田園極膏腴，市買郡縣器物相屬於道。」

〔註17〕見宋・郭茂倩編撰《樂府詩集》卷第六十六，頁948，臺北：里仁書局，1999年。

東美少年』，張正見云『洛陽美少年』是也。』」〔註 18〕郭茂倩在解題上明確聚焦在衣輕馬肥的少年遊樂上，而〈公子行〉爲新樂府詩題之一，新樂府爲「諷興當時之事，以貽後世之審音者。」〔註 19〕郭茂倩在此雖無明確題解，但其所收之詩大都描寫公子哥兒的荒唐生活。這些詩題的高度集中，反映出次文化集中在少年、公子等血性較爲浮動的族群身上。

此現象的產生，可從少年的性格特質上解釋。因無論是好馬、美女、華衣、或美酒，在在都顯示出俠者一擲千金、豪興任情的奢狂，但也因此讓慕俠少年眼只見俠的生活流逸部分，而謂只要是揮霍聲色、縱情遊獵就是豪氣、就是俠情！因此將任俠視爲時髦的生活方式，是以此種情形，尤易在個性尚未臻成熟的少年身上顯現。因此一些紈袴子弟動輒自況爲幽并游俠兒，雖身處遠離邊塞的都城當中，卻以此粉飾自己放浪浮華的生活，充滿自以爲英雄與不凡的自我陶醉，是以之前學者或視此爲「僞俠」，〔註 20〕或稱之爲唐代俠客的墮落，〔註 21〕由此可以看出俠者次文化在主流社會中發酵的情況。

在《開元天寶遺事》中，王仁裕記載了不少唐代俠少這方面的新鮮花樣，如「看花馬」條裡寫著：

> 長安俠少，每至春時，結朋聯黨，各置矮馬，飾以錦韉金絡，並轡于花樹下往來，使僕從執酒皿而隨之，遇好囿則駐馬而飲。〔註 22〕

〔註 18〕見宋・郭茂倩編撰《樂府詩集》卷第六十七，頁 963，臺北：里仁書局，1999 年。

〔註 19〕見宋・郭茂倩編撰《樂府詩集》卷第九十，頁 1262，臺北：里仁書局，1999 年。

〔註 20〕鄭春元《俠客史》中稱這些整天走馬飛鷹、不務正業、招搖逸樂的闊少，及不分善惡、橫行鄉里的惡少稱爲「冒牌之俠」，上海：上海文藝，1999 年。

〔註 21〕見商偉〈論唐代的古題樂府〉，收於《文學遺產》1987 年第二期，北平：中國社會科學院文學研究，1987 年。

〔註 22〕見後周・王仁裕《開元天寶遺事》卷上，「看花馬」條，收於《唐五其浮靡奢豔的程度較前朝又更勝一籌。再如長安富家子劉逸仿戰國四公子的養士方式，亦是令人大開眼界：

> 好接四方之士，疏財重義，有難必救，眞慷慨之士，人皆歸仰焉。每至暑伏中，各於林亭內植畫柱，以錦綺結爲涼棚，設坐具，召長安名妓閒坐，遞相延請，爲避暑之會，時人無不愛羨也。〔註 23〕

唐代的俠者次文化尚有一特殊現象，即串聯了任俠之豪氣與貴游愛狎妓二者，塑造一「俠士風流」的形象，因此在前列表中，宿娼明顯地亦被視爲任俠的應然作風，這方面《開元天寶遺事》亦有著墨：

> 長安有平康坊，妓女所居之地，京都俠少萃集於此。兼每年新進士，以紅箋名紙，游謁其中，時人謂此坊爲風流藪澤。〔註 24〕

以〈結客少年場行〉言之，郭茂倩《樂府詩集》的題解云：「……言少年結任俠之客，爲遊樂之場……」故綜觀以上之種種「俠行」，即全任俠之氣，又兼嬉遊之樂，無怪一干王孫豪少皆有樣學樣了，這種情形又以唐代治世的高峰，亦即開元、天寶年間爲最普遍。而這些鬥雞走馬、仗劍橫行的任俠少年，之所以成爲文人筆下欣賞與頌揚的骨幹內容，霍然的《隋唐五代詩歌史論》中有一番精微的揣度：

> 不同的時代有不同的審美標準。倘若以中國封建社會傳統的審美價值尺度來衡量，開元天寶年間的游俠少年們擊劍任俠、縱酒豪博、狂放而不拘禮法的行爲模式，本應屬於被否定之列（起碼是無甚可稱道之處）；但在開元、天寶當年，他們卻代表了那個自武德、貞觀以來就開始了的、意氣飛揚的青春時代的大致的審美趨向和總體的時代性格。他們那春風沉醉的一半爲天眞爛漫的理想所浸透、一半爲雄奇豪放的現實所陶冶的鬥雞走馬、飲酒游樂的生活方

代筆記小說大觀》（下），上海：上海古籍，2000 年。

〔註 23〕見後周・王仁裕《開元天寶遺事》卷下，「結棚避暑」條，收於《唐五代筆記小說大觀》（下），上海：上海古籍，2000 年。

〔註 24〕見後周・王仁裕《開元天寶遺事》卷上，「風流藪澤」條，收於《唐五代筆記小說大觀》（下），上海：上海古籍，2000 年。

> 式，那高亢昂揚、激越明朗、有一股濃郁熱烈的情思流注其中的感情基調，那雄渾壯大、富有感染力、征服力和鼓動力的氣勢力量，分別從各自不同的角度顯示著開天少年那高度強烈的時代自信。〔註25〕

霍然所謂「高亢昂揚、激越明朗、有一股濃郁熱烈的情思流注其中的感情基調」，即是膽氣豪情不同面向的顯露，因此在尚武任氣高度被標榜的唐代中，方會以這類次文化爲寫作對象。

唐代這種「但知遊獵誇輕趫」的次文化之所以能如此盛行不墜，需有相當的經濟後盾，若非經濟條件富庶的豪門大家，也無此耗費巨財的能力。但游俠並非全爲富室，有時若無權貴的收入門下，游俠會爲了物質利益的取得，時而劫掠商賈，如王建〈羽林行〉：「長安惡少出名字，樓下劫商樓上醉」便反映出此種情形。而商人往來頻繁的大都市，也形成俠客活動的大本營。柯錦彥就據此認爲這些游俠的行徑是：

> 是浮現於商業繁盛，文明高度的虛空生命，而無踏實身穩地進於人間社會。經濟的寬裕，城市的奢靡面貌，只能是他們迅速地殞滅虛幻生命的場所罷了。〔註26〕

而這一點常常是游俠墮落的原因，因爲「俠作爲一種時尚的標志和享樂消遣的生活方式進入了上層社會的文化圈，游俠也就成爲貴族文化的一個部分。」〔註27〕所以俠客的俠義思想、復仇意識、及其所蘊含的勇武強悍古老傳統，也就因而幾成蒙塵明珠。如此不羈的少年沈淪結果，往往成爲沒有特定目的的暴力奉行者，因其身份的集中性便會衍生出一些暴力問題，如李賀的〈古鄴城童子謠效王粲刺曹操〉就將如此怵目驚心的畫面用歌謠表現出來：「鄴城中，暮塵起。將（一作探）黑丸，斫文吏。」《新唐書‧薛元賞列傳》亦記載：

〔註25〕見霍然《隋唐五代詩歌史論》，頁111～112，吉林：吉林教育，1995年。

〔註26〕見柯錦彥《唐代劍俠傳奇及其政治社會之關係》，頁48，高雄師範大學國研所碩士論文，1982年。

〔註27〕見陳山《中國武俠史》，頁128，上海：上海三聯，1995年。

> 會昌中，德裕當國，復拜京兆尹。都市多俠少年，以黛墨鑱膚，夸詭力，剽敚坊間。元賞到府三日，收惡少，杖死三十餘輩，陳諸市，餘黨懼，爭以火滅其文。元賞長吏事，能推言時弊，件白之。禁屯怙勢擾府縣，元賞數與爭，不少縱，由是軍暴折戢，百姓賴安。〔註28〕

以上所載乃是武宗會昌年間薛元賞收制俠少的情況，由此段記載可知，當時俠少已藉「以黛墨鑱膚」的「刺青」做爲身分標幟，好勇鬥狠，爲禍鄉里甚巨。而這樣刺青印記與挾武凌人的情形，也屬次文化。在研究暴力次文化時，沃夫根（Wolfgang）與法拉古迪（Ferracuti）曾詮釋次文化與主流文化之間的暴力衝突關係：

> 次文化指有別於主流文化，且同時爲主流文化之一部分的價值判斷與社會價值系統。站在較廣闊的主流文化立場來看，次文化的價值規範造成了次團體間的隔離，甚至偶爾導致了公開的正面衝突。當然，主流文化也許在有意無意間促使這種隔離，而主流文化與次文化之間的互相整合，也因時因地而異。無論如何，次文化之價值規範上的獨立性與自主性，是不容否認的。屬於某一次文化的入會學習、吸收，甚至表達該次文化的價值規範，而這些價值規範在質與量上皆與主流文化的價值規範有所區別。〔註29〕

俠者次文化派生於俠文化，而俠文化又爲中國文化中的一支次文化，在中國大部分的年代裡，儒家道德爲主流文化，依沃夫根（Wolfgang）與法拉古迪（Ferracuti）所言，主流文化在有意無意間隔離了次文化，而俠者次文化身爲中國主流文化中次文化中的次文化，矛盾與衝突更是明顯，如李頎的〈緩歌行〉全首從反面論說，以老年必悔少年任俠的觀點來勸誡俠少，希望俠少能幡然悔悟，折

〔註28〕見宋・宋祁、歐陽修等撰《新唐書》卷一九七〈循吏列傳〉，頁5633，臺北：中華書局，1981年。

〔註29〕見 Wolfgang，Marvin E., and Franco Ferracuti.*The Subculture of Violence*.Reprint of 1967 edition.Beverly Hills, Calif.: Sage Publication, 1982.轉引自陳國霖著譯《幫會與華人次文化》，頁199，臺北：臺灣商務，1993年。

節讀書，回歸至主流文化的懷抱：

> 小來託身攀貴遊，傾財破產無所憂。暮擬（一作夜）經過石渠署，朝將出入銅龍樓。結交杜陵輕薄子，謂言可生復可死。一沈一浮會有時，棄我翻然如脫屣。男兒立身須自強，十年閉戶潁水陽。業就功成見明主，擊鐘鼎食坐華堂。二八蛾眉梳墮馬，美酒清歌曲房下。文昌宮中賜錦衣，長安陌上退朝歸。五陵（一作侯）賓從莫敢視，三省官僚揖者稀。早知今日讀書是，悔作從前任（一作來狂）俠非（一作兒）。

而貫休亦語重心長地勸誨俠少莫只貪圖遊獵之歡樂，而令老大不小時徒遺嗟吁無數，〈輕薄篇〉二首用智慧老者的形象苦口婆心地諄諄訓誡：

> 繡林錦野，春態相壓。誰家少年，馬蹄蹋蹋。鬬雞走狗夜不歸，一擲賭卻如花妾。誰云（一作惟言）不顛不狂，其名不彰，悲夫！
>
> 木落蕭蕭，蟲（一作蛩）鳴唧唧。不覺朱薦臉紅，霜劫鬢漆。世途多事，泣向秋日。方今少壯不努力，老大徒傷悲，如何！

沃夫根（Wolfgang）與法拉古迪（Ferracuti）之說，也論證了前述薛元賞收制俠少的情況，爲次文化與社會規範的極致——法律相衝突的必然性結果。在俠少暴力橫行鄉里的風氣裡，詩人自也痛心疾首，對這種現象提出強烈的批判，如王建的〈羽林行〉：

> 長安惡少出名字，樓下劫商樓上醉。天明下直明光宮，散入五陵松柏中。百回殺人身合死，赦書尚有收城功。九衢一日消息定，鄉吏籍中重改姓。出來依舊屬羽林，立在殿前射飛禽。

與聶夷中的〈公子行二首〉：

> 漢代多豪族，恩深益驕逸。走馬踏殺人，街吏不敢詰。紅樓宴青春，數里望雲蔚。金缸焰（一作豔）勝晝，不畏落暉疾。美人盡如月，南威莫能（一作不敢）匹。芙蓉自天

來，不向水中出。飛瓊奏（一作綺席戛）雲和，碧蕭吹鳳質。唯恨魯陽死，無人駐白日。

花樹出牆頭，花裏誰家樓。一行書不讀，身封萬户侯。美人樓上歌，不是古涼州。

前者是殺人劫商卻憑軍功漂白的長安惡少，後者是憑著權貴地位、無視法律而殺人的豪少，這些「惡俠」憑其武力與地位，爲所欲爲，而所謂王法者，卻無法懲此惡類。

除開這些無法無天的惡俠，有些俠少做一些犯罪的行爲，也是只想表現他的豪氣而已，如杜甫〈少年行〉：「馬上（騎馬）誰家薄媚（白面）郎，臨階（一作軒）下馬坐（一作踏）人牀。不通姓字粗豪（一作疏）甚，指點銀瓶索酒嘗（一作酒未嘗）。」少年隨意闖入私人家宅，還強索酒嚐，這首詩將少年那種旁若無人的意氣，摹寫得栩栩如生。另外聶夷中的〈公子家（一作長安花，一作公子行）〉：「種花滿西（一作田）園，花發青樓道。花下一禾生，去之爲惡草。」與孟賓于的〈公子行〉：「錦衣紅奪彩霞明，侵曉春遊向野庭。不識農夫辛苦力，驕驄蹋爛麥青青。」則寫公子哥兒的不知民間疾苦，只求展現己身的豪情風雅的可笑復可恨行徑。其實俠少結客也未必全做那些如前所引當街行兇的事，龔鵬程的〈少年俠客行〉談及：

以俠者結客少年場來說，其結集未必出於犯罪意識，而常是基於遊玩戲樂之需求。猶如少年街頭組織，大抵爲住在同街兒童少年或鄰居之組合，本無組織可言。但因它們常採取共同行爲，不太容納外人參加，且爲爭取地盤、確保共同利益，不免與其他街頭組合發生衝突，遂常演變爲不良少年幫會。可是縱或它已形成爲一個具有規模的組織，以犯罪爲其目的，依然極少，大多數仍只能視之爲遊戲團體或興趣團體。〔註 30〕

在詩歌中我們也可看到這種結客互爲伴遊兼奧援的情況，如劉禹錫

〔註 30〕見龔鵬程〈少年俠客行〉，收於《縱橫武林：中國武俠小說國際學術研討會論文集》，頁 352，臺北：臺灣學生書局，1998 年。

〈和董庶中古散調詞贈尹果毅〉中寫著：「借名遊俠窟，結客幽并兒。往來長楸（一作秋）間，能帶雙鞬馳」便有些爲著氣義相感而急奔千里的味道。然則這些貴游少年實欠缺古俠精神，徒學俠之皮毛樣相，平日肥馬輕裘、仗勢鬥狠，故詩人貫休即作〈少年行〉三首以諷之：

錦衣鮮華手擎鶻，閒行氣貌多輕忽。稼穡艱難總不知，五帝三皇是何物。

自拳五色毬，迸入他人宅。卻捉蒼頭奴，玉鞭打一百。

面白如削玉，猖狂曲江曲。馬上黃金鞍，適來新賭得。

貫休這組〈少年行〉〔註31〕，是有所指的，時貫休入蜀，王建遇之甚厚，一日王建召令貫休誦詠近時所作之詩，當時貴戚皆坐，貫休欲諷之，乃作〈少年行〉。王建稱善，貴倖皆怨之。〔註32〕

由前列表格中，可發現除了好馬、美女、華衣、美酒等強調身份的奢靡標記外，這些俠少的流逸生活中，「鬥雞走馬」是他們最常見的娛樂行爲，雖是娛樂行爲，卻也反應了俠少的暴力與好鬥，龔鵬程於〈少年俠客行〉即曾言道：

……但其好鬥與暴力，也不僅表現在暴力犯罪方面。例如「鬥雞走馬」，鬥雞等賭博行爲、走馬等遊獵行爲，亦都是其好鬥與暴力的一種表現。〔註33〕

走馬游獵，明顯地帶著原始狩獵的色彩，且還帶著競武較藝的成分，因此其鬥性與暴力性成了貴游俠少的最愛之一。而「鬥雞」亦然，「鬥雞」於周代已出現，如《左傳‧昭公二十五年》云：「季、郈之雞鬭。季氏介其雞，郈氏爲之金距。」〔註34〕其時在鬥雞身上

〔註31〕《唐詩紀事》作〈公子行〉，一本後二首作〈公子行〉。

〔註32〕事見宋‧計有功撰；王仲鏞校箋《唐詩記事校箋》〈僧貫休〉，頁1955，成都：巴蜀書社，1989年。及《全唐詩》，頁9305，北京：中華書局，1996年。

〔註33〕見龔鵬程〈少年俠客行〉，收於《縱橫武林：中國武俠小說國際學術研討會論文集》，頁349，臺北：臺灣學生書局，1998年。

〔註34〕見《十三經注疏6‧左傳》，頁892，臺北：藝文印書館，1993年。

披上特製的鐵甲，還在雞爪子上套以金屬做的套子，鬥雞成爲貴族之間嬉戲與互鬥的工具。流傳至唐代，鬥雞之風更大盛於前朝，唐玄宗是我國古代歷史上最有名的「鬥雞皇帝」，鬥雞首領賈昌因此而官軍職賜金帛。〔註 35〕上既好之，民風尤甚，於是無論是貴游年少或是市井無賴，鬥雞場便成展現生命中野性的舞臺，如李白〈行路難三首〉之二云：「羞逐長安社中兒，赤雞白狗（一作雉）賭梨栗。」即展現了那時少年好賭鬥的生活繪卷。「鬥雞」乃結合了好鬥與暴力，雞的競鬥性很強，把兩隻兇猛的公雞擺在一塊，它們就會激烈地啄咬爭鬥起來，一直鬥到一方敗下陣來，在唐詩中對此慘烈的鬥雞情況有著相當生動的描繪，如韓愈與孟郊的〈鬥雞聯句〉述及鬥雞時情景：「磔毛各噤瘮，怒癭爭碨磊。俄膺忽爾低，植立瞥而改（郊）。腷膊戰聲喧，繽翻落羽皠。中休事未決，小挫勢益倍（愈）。妬腸務生敵，賊性專相醢。裂血失鳴聲，啄殷甚飢餒（郊）。對起何急驚，隨旋誠巧紿。毒手飽李陽，神槌困朱亥（愈）。……事爪深難解，嗔睛時未怠。一噴一醒然，再接再礪乃（郊）。頭垂碎丹砂，翼搨拖錦綵。連軒尚賈餘，清厲比歸凱（愈）。」這種至死方休的血腥場面，與俠少的好勇鬥狠正可相互牽引，俠少藉著鬥雞時的血腥鬥狠，一方面渲洩其血性，另一方面卻又培養了更深層的嗜血意識。

在唐代俠的次文化中，以今日眼光看之，雖充斥著背德與犯罪之事，但詩人在批判之餘，有些詩句倒也透露出支持或羨慕的態度，如李百藥〈少年子〉：「少年不歡樂，何以盡芳朝。」即是勸少

〔註 35〕唐玄宗特地爲鬥雞在宮中建起了皇家雞坊，自全國各處搜集高冠健距、羽豐毛美的雄雞上千隻，養於雞坊之中。玄宗還選派六軍小兒五百人，專司馴養訓練這群鬥雞。每到清明節、千秋節或大酺宴樂之時，便在大庭廣眾前展示鬥雞，且此時樂隊亦高奏樂曲，後宮粉黛盡隨玄宗出現。鬥雞時還有一套專門制度，群雞由鬥雞首領賈昌指揮，開鬥時群雞列隊上場，鬥完時群雞亦須按順序退回。事詳見唐・陳鴻〈東城父老傳〉。

年及時行樂之作，而杜甫〈少年行二首〉之二：「巢燕養（一作引）雛（一作兒）渾去盡，江花結子已（一作也）無多。黃衫年少來宜（一作宜來）數，不見堂前東逝波。」亦鼓舞少年之詞。其實少年任俠使氣是最易表現膽氣豪情的途徑，唐代文人的理想人生模式幾乎可說為「少年游俠，中年游宦，老年游仙」〔註 36〕，而這也暗合榮格（Carl Gustav Jung）所說的：「向上的飛昇似乎總是以向深淵的沈降為先導的。」〔註 37〕人性中有極大的陰暗面，唯有通過這陰暗面的洗禮，方更能有加深向上昇華的衝力。所以如果沒有年少時的「任俠非」這樣的「向深淵沈降」，或許對中年時的建功立業與老年時的得道悟破如此的「向上飛昇」而言，就不是那麼的因勢利導與順理成章了。坎伯（Joseph Campbell）在《神話》裡也提及：「救贖的聲音來自深淵的底層，黑暗時刻傳來的眞正訊息是：轉化即將到來。最晦暗不明的那一刻，也就是光明到來之時。」〔註 38〕因此也許我們可大膽斷言，今日的俠士之所以幾成完美人類的代名詞，也是因為歷經了最黑暗隱晦的邪惡，方能成就如斯之形象轉化。

唐代呈現俠之次文化的作品高度集中在詩歌部分，小說裡的俠者次文化描寫則僅於「瑣語」之屬的小說中出現，其數量雖少，有些篇章卻更變本加厲，令人觸目驚心，計有張鷟的《朝野僉載．彭闥高瓚》〔註 39〕與《耳目記．諸葛昂高瓚》〔註 40〕，及段成式《酉陽雜

〔註 36〕見陳平原《千古文人俠客夢——武俠小說類型研究》，頁 280，臺北：麥田，1995 年。

〔註 37〕見榮格（Carl Gustav Jung）著；鴻鈞譯《分析心理學——集體無意識》，頁 46，臺北：結構群文化事業，1990 年。

〔註 38〕見 Joseph Campbell，Bill Moyers 作；朱侃如譯《神話》，頁 68，臺北：立緒文化事業，1995 年。

〔註 39〕張鷟的〈彭闥高瓚〉亦收於宋．李昉等編《太平廣記》卷一九三，屬豪俠類，北京：中華書局，1994 年。

〔註 40〕張鷟的《耳目記．諸葛昂高瓚》，因所記之事與〈彭闥高瓚〉性質相似，亦列入俠小說。見周光培編《歷代筆記小說集成．唐代筆記小說（一）》，石家莊：河北教育出版社，1994 年。

俎》中的〈周皓〉與〈張和〉〔註41〕四篇，這些未經充分道德化的俠，歷來研究的學者並不重視，認爲這部分看不出哪裡有「俠行」存在，〔註42〕故略而不論。實則不然，這部分在彰顯唐代任俠的特殊性上有其重要意義。如〈彭闥高瓚〉敘述彭闥、高瓚二人鬥豪，「闥活捉一豚，從頭皺至頂，放之地上，仍走。瓚取貓兒從尾食之，腸肚俱盡，仍嗚喚不止。」彭闥於是帖然心服。彭闥與高瓚比的是「敢於活吃牲畜」，以今時看之，雖覺野蠻且無意義至不可思議，但在唐代，這被視爲「膽氣豪情」的比鬥。而另一篇〈諸葛昂高瓚〉所述及的比豪情節，更是發散出濃濃的血腥味，內容爲高瓚聽說諸葛昂性豪俠，就去拜訪他，諸葛昂只用雞肫招待高瓚而已，隔日高瓚欲比豪，就設數十人的豪宴款待，隔日諸葛昂再設數百人奢宴款待，於是高瓚隔日「烹一雙子，十餘歲，呈其頭顱手足」，客皆嘔吐，諸葛昂後日還報設宴，先令愛妾行酒，妾無故笑，諸葛昂叱下後，「須臾，蒸此妾，坐銀盤，仍飾以脂粉，衣以錦繡。遂擘骰肉以啖，高瓚諸人皆掩目。昂於奶房間撮肥肉，食之盡飽而止。」高瓚羞愧，夜遁而去。後諸葛昂遭狂賊求金，無可給後被縛於椽上炙殺之。

在彭闥、高瓚、諸葛昂之間所發生的殘忍比試，是基於血氣的、非理性的，其行爲是一種「乖僻」，是「對於人我同具如此『人性』此一無可奈何之先驗事實的不甘與不滿」〔註43〕所造成的，而他們鬥狠比勇的行爲，依柯慶明對「乖僻」的詮釋：

> 是一種情勢不利的防衛，在顚倒的行爲中，因採取了一種截然不同的價值標準而守護住了自己的隨時可能動搖的

〔註41〕見唐·段成式《酉陽雜俎》，頁116及頁223，臺北：漢京文化事業，1983年。

〔註42〕如崔奉源：《中國古典短篇俠義小說研究》（臺北：聯經出版事業公司，1986年）及林志達：《唐人俠義小說研究》（臺北：輔仁大學中文所碩士論文，1986年）皆持此見。

〔註43〕見柯慶明《境界的探求》，頁53，臺北：聯經，1984年。

「唯我獨尊」。驚世駭俗者的眞正樂趣，往往正在俗人的驚駭之中。〔註 44〕

由於此種「乖僻」的特質使然，在一來一往中，我們看到了睚眥必報及鬥豪鬥氣，這可看出唐代的次文化中的特異野蠻元素，它是膽氣豪情的極端膨脹，且因極端膨脹而顯出異樣的畸形。任俠皆愛使氣，使氣的原始性若不加以理性的調節，即會出現這種以理性道德的角度觀之，只覺無法置信之事，而這也是爲何歷代有意或無意欲將任俠以理性圈範住的原因。

另一在唐詩歌中所呈現的次文化，於小說中亦有所呈現，即爲「風流」，如段成式《酉陽雜俎》中的〈周皓〉，其記載太僕卿周皓少時爲任俠，「常結豪族爲花柳之遊，竟蓄亡命，訪城中名姬，如蠅襲羶，無不獲者。」後來爲了保護寵愛的歌妓，打傷了高力士之子，被迫亡命江湖。而段成式另一篇小說〈張和〉中，被稱爲大俠的張和則「幽房閨稚，無不知之」。後世俠者所鄙夷的「採花」行徑，在唐代似乎成爲俠者的基本修行，陳平原於《千古文人俠客夢——武俠小說類型研究》中亦言：「此類後世武俠小說嚴禁的『風流』行徑，在唐人則似乎是游俠的必備條件。」〔註 45〕由此可見唐代作品中的俠，尙未被賦予過多的倫理意義，保留了較多原始而不完美的樣貌。

第二節　「扶危濟困」的行俠模式

在人類社會裡，亙古以來一直上演著相同「不平」的戲碼，「豪暴侵凌孤弱」（《史記・游俠列傳》）的現象亦一直未曾停歇。但光與影是相互依存的，作爲一種社會黑暗存在的人間不平，總希望有與其相對應的光明正義出現，因此一旦在遭災絕望之時，便冀望那些「不愛其軀，赴士之阨困」（《史記・游俠列傳》）的俠者來扶危

〔註 44〕見柯慶明《境界的探求》，頁 53，臺北：聯經，1984 年。

〔註 45〕見陳平原《千古文人俠客夢——武俠小說類型研究》，頁 68，臺北：麥田，1995 年。

濟困。正如明人張潮所說的：「胸中小不平，可以酒消之；世間大不平，非劍不能消之。」〔註46〕在清人石玉崑《三俠五義》第十三回中，作者也有段插話：

> ……眞是行俠作義之人，到處隨遇而安，非是他務必要拔樹搜根，只因見了不平之事，他便放不下，彷彿與自己的事一般，因此才不愧那個「俠」字。〔註47〕

作者這番有感而發的議論，相當生動地描繪出俠之所以好打不平的基本心態。因此本節即從唐代俠詩歌／小說中，擷取出「扶危濟困」此最不計本身利害的俠行，來討論在唐代「扶危濟困」呈現出何種面貌。

一、扶危濟困的典型

從司馬遷所稱許的：「救人於阸，振人不贍。」（《史記・太史公自序》）開始，路見不平、拔刀相助即成了俠之所以讓人擊節讚賞之處，而俠的愛管閒事、自掌正義也正緣於此。司馬遷也已點出「且緩急，人之所時有也。」（《史記・游俠列傳》）因此在危難時，俠的扶危濟困便格外成及時雨而引人贊佩。且自太史公著〈游俠列傳〉、〈刺客列傳〉，一些「言必信，行必果」、「重然諾、輕生死」之類扶危濟困的任俠精神以來，已漸與文人宣洩不遇不平之氣相結合，而幻化成篇篇歌詠傳頌游俠的詩篇及小說，這些俠客見義勇爲的崇高形象到如今依然激動人心。

在安祿山之亂時，詩人李白於東京陷後，與稚子伯禽因戰亂分隔兩地，此時武諤見義勇爲，答允李白僞裝成胡兵，以救出伯禽。李白感動之餘，作詩贈予武諤，詩的序述說了事情始末：「門人武諤，深於義者也，質本沈悍，慕要離之風，潛釣川（一作江）海，不數數於世間事，聞中原作難，西來訪（一作謁）余。余愛子伯禽在魯，許將冒胡兵以致之，酒酣感激，援筆而贈。」（〈贈武十七諤

〔註46〕見明・張潮《幽夢影》，頁50，臺北：文津，1991年。

〔註47〕見清・石玉崑《三俠五義》，臺北：三民，1998年。

并序〉）武謂「質本沈悍」，本已不汲汲於世間事，但一聞中原作難，便奮起欲做一番鋤強濟弱的事業。而如此被寄託著拯救芸芸眾生希望的俠士們，在清代康芸洲《七劍十三俠》第一回裡有著最清楚的行事說明：

> 這班劍客俠士，來去不定，出沒無跡，吃飽了自己的飯，專替別人家幹事。或代人報仇，或偷富濟貧，或誅奸除暴，或鋤惡扶良。別人並不去請他，他卻自來遷就；當眞要去求他，又無處可尋。〔註48〕

這些「不愛其軀，赴士之阸困」的俠者，出的是「公心」，爭的是「是非」，凡有虧忠孝節義者，亦是他們制裁的範圍。如詩人呂巖即以一系列贈劍客的詩頌揚了俠者的誅奸扶弱，從「蕩兇頑」到誅「虧忠孝」者：「髮頭滴血眼如鐶，吐氣雲生怒世間。爭耐不平千古事，須期一訣蕩兇頑。」（〈七言〉之四八）、「何事行杯當午夜，忽然怒目便騰空。不知誰是虧忠孝，攜箇人頭入坐中。」（〈七言〉之四九），皆是替弱者對霸者的討回公道。詩人又敘及俠者赴義的急如星火，一刻也等不得：「粗眉卓豎語如雷，聞說不平便放杯。仗劍當空千里去，一更別我二更回。」（〈絕句〉之三〇）他筆下那位俠客在掃不平事之餘，更是以其手中寶劍宣誓「背上匣中三尺劍，爲天且示不平人。」（〈絕句〉之三二）直到「姦血默隨流水盡，凶豪今逐漬痕消。削平（一作除）浮世不平事，與爾相將上九霄（一本作絕句，無中四句）。」（〈化江南簡寂觀道士侯用晦磨劍〉（一作磨劍贈侯道士））時，才是他功成退隱之時。

同樣歌頌俠的打抱不平精神的詩歌尚有劉叉的〈偶書〉：「日出扶桑一丈高，人間萬事細如毛。野夫怒見不平處（一作事），磨損（一作盡）胸中萬古刀。」與李中：「恩酬期必報，豈是輙輕生。神劍沖霄去，誰爲（一作爲誰）平不平。」（〈劍客〉）無論是野夫或是劍客，只要是執抱不平之心，行抱不平之事，皆有資格被謳歌。有趣

〔註48〕見清・康芸洲《七劍十三俠》第一回，收於《中國現代小說大系・第二冊》，南昌：江西人民，1988年。

的是，詩人筆下的俠常有神龍見首不見尾的遺憾，如貫休的〈義士行〉:「先生先生不可遇，愛平不平眉斗豎。黃昏雨雹空似翳，別我不知何處去。」與慕幽的〈劍客〉:「去住知（一作如）何處，空將一劍行。殺人雖取次，為事愛公平。」詩中的俠者專遊走江湖，鋤不平之事，「平不平」成了惟一的訴求，因此，一「別我不知何處去」，一「去住知何處」，亦充分凸顯了俠者的神祕趨向，而這些較趨神祕化的作品年代已是偏晚唐時期，所以從這裡也可看出，晚唐出現的劍俠小說並非無據。

至於賈島的〈劍客〉（一作述劍）:「十年磨一劍，霜刃未曾試。今日把似（一作示，一作事）君，誰為（一作有）不平事。」則是別有懷抱，他筆下的「劍客」就是自己，藉「劍」喻自己才華，以「誰為不平事」來表達自己宏大的理想。一種急欲施展才能，作一番事業的壯志豪情，躍然紙上。但選定這個以洗冤昭屈為推銷自己主題的出發點，即是對俠的「義之所趨，無所不在」的一種高度肯定。

「扶危濟困」是崇高的，可真實大千世中真能做到「馬蹄到處天關破，要削人間事不平」〔註49〕的實為鳳毛鱗角，尤其在現實生活有實際的遭遇體驗後，如詩人李白在永王璘亂平後獲罪，只有郭子儀伸手營救，其餘友朋皆杳杳無蹤，於是他寫下了:「猛虎落陷穽，壯夫時屈厄。相知在急難，獨好亦（一作知）何益。」(〈君馬黃〉)的沈痛感慨，對此人心不古的無奈，詩人有著「荊卿一去後，壯士多摧殘。長號易水上，為我揚波瀾。」的遺憾，但他亦自許能成為赴義急難的人，所以將袖中曾經是燕太子丹得自徐夫人，後交予荊軻刺秦王的匕首以贈友人同赴急難:「袖中趙匕首，買自徐夫人。玉匣閉霜雪，經燕復歷秦。其事竟不捷，淪落歸沙塵。持此願投贈，與君同急難（一作歲寒）。」(李白〈贈友人三首〉之二)

〔註49〕「馬蹄到處天關破」引自李開先《寶劍記》中敘林沖語，「要削人間事不平」亦引自李開先《寶劍記》中敘魯智深語。

唐代詩人對荊軻的事跡似乎特別感興趣，故本節與第一小節「膽氣豪情」的情形相若，亦見詩人對荊軻勇於任事的欽慕，如李山甫的〈遊俠兒〉：「好把雄姿渾世塵，一場閒事莫因循。荊軻只爲閒言語，不與燕丹了得人。」詩人以反嘲之筆逆寫，襯出荊軻愛管閒事的「雄姿」，而鄭鏦也借助荊軻及朱亥的例子，將邯鄲俠少年義助不平的心態揣摩得唯妙唯肖：「夜渡濁河津，衣中劍滿身。兵符劫晉鄙，匕首刺秦人。執事非無膽，高堂念有親。昨緣秦苦趙，來往大梁頻。」（〈邯鄲俠少年〉）

同樣是呈現見不平事、行不平義的行俠主題，在小說中俠行得到更完整的紀錄與實現，在唐代小說中對於俠者有情有義的精采情態描繪，實將俠的文學創作帶上另一高峰，因此對於作爲最基本的仗義行俠主題，在小說中有更盪氣迴腸的呈現。俠的基本社會義務，是能救貧弱者目前或即將面臨的危險，即如清人李景星所言：「遊俠一道，可以濟王法之窮，可以去人心之憾。」〔註 50〕。如蔣防〈霍小玉傳〉的黃衫客即是位仗義助弱的任俠者，在故事中李益拋棄了霍小玉，此事引起長安城內「風流之士，共感玉之多情；豪俠之倫，皆怒生之薄情」，於是黃衫客藉故與李益相識，再強行挾至霍小玉處，一圓霍小玉之願。「負心」並不犯法，卻大大的傷情負義，在法令延伸不及的情義上，俠客只能靠一己之力，多做一些，以期少些不平。

扶危濟困不必然仗恃武力，如牛肅《紀聞》〈吳保安〉中的楊安居。吳保安在報友人郭仲翔的薦任之恩時，爲籌措贖資，傾其家產，十年不歸，連妻小都置之不顧，後得姚州都督楊安居之助，方才湊齊贖資贖出郭仲翔。而〈吳保安〉中的楊安居感佩於吳保安的捨身爲人，亦伸出援手救人於厄，他在赴姚州都督的任途中，見到保安之妻哭得悲切，打聽之下，才知吳保安爲了營救郭仲翔，已經與家庭十年不通音訊，保安的妻小日子無以爲繼，只得外出尋夫，可路

〔註 50〕見清・李景星《史記評議・游俠列傳》。

途遙遠，糧食已盡，所以於途中悲泣。楊安居對吳保安的義氣大感於心，因此除了贈錢給保安妻子，及捐助糧資外，到任後，還拿出官絹四百匹，襄助吳保安贖回郭仲翔。郭仲翔回來後，想要報答楊安居的仗義之恩，買了十幾個蠻女要送給楊安居，楊安居拒絕，他說：「吾非市井之人，豈待報耶！欽吳生分義，故因人成事耳。」後因郭仲翔以死相求，楊安居只好爲女兒請一個侍婢，而接受了一位蠻女。楊安居這些不求任何回報的俠行，直讓人覺得人間有義，天地有情。

而李朝威《異聞集》〈柳毅傳〉中的柳毅亦只爲一文弱書生，但他千里跋涉洞庭湖，只爲對龍女的遭遇感到心痛，而事後洞庭龍王之弟錢塘龍王欲嫁龍女於柳毅以爲報酬，柳毅甚至生氣的痛訓了錢塘君一頓。歷來論俠者並不包含柳毅，但細檢柳毅之舉，雖並非以武行俠，卻是以「俠氣」行俠，因此柳毅亦深合扶危濟困的俠行。

値得注意的，唐時出現有俠者之所以義助不平，是因其不平事者乃由己造成，他們爲了不連累無辜，因心的覺醒而救贖，由較早的馮燕以自首來解救張嬰之屈，至較晚的車中女子以超強武功來解救舉子之屈皆是。

沈亞之的〈馮燕傳〉中馮燕的自首救張嬰，充滿了自覺的理性精神。其始馮燕與張嬰妻通姦，而張嬰常毆打其妻。一天，張嬰飲醉歸來，馮燕卻尚未離去，張嬰妻掩護馮燕至門後，卻發現馮燕的頭巾落於枕下，剛好在配刀之旁，馮燕指巾，張嬰妻卻轉身授刀，馮燕熟視張嬰妻後，斷其頸而去。隔天張嬰即被告以殺妻凶手，而問成死罪。在張嬰即將被斬之際，馮燕排眾而來，大聲呼道：「且無令不辜死者。吾竊其妻，而又煞之，當繫我。」相國賈公聽說此事，請歸其印以贖燕死，後皇帝下詔凡滑城死罪皆免。沈亞之於篇末讚曰：「殺不誼，白不辜，眞古豪矣！」因爲當馮燕執刀在手，熟視張嬰妻的頃間，他內心的片刻掙扎，將帶領其走向救贖或是更爲沈淪，而後的自首亦是這步行動的延續。故馮燕的舉動，被看成正義、良知的表現。司空圖甚至作歌謳之：「自顧平生心不欺⋯⋯唯將大義斷胸襟。」〔註 51〕（司空圖〈馮燕歌〉）這種不顧牽累無辜而坦然承擔滅絕後果的表現，需要更大的道德勇氣。

皇甫氏《原化記》〈車中女子〉篇中，那位舉子被關禁於深坑內，起因於車中女子手下的二少年借騎舉子的馬來偷東西，所以罪名也落至舉子身上。雖如此，車中女子並不因自己的緣故而連累他人，所以車中女子憑其超人的武功，飛入深坑，救舉子出坑，一起騰身飛出宮城。

牛僧孺《玄怪錄》〈郭元振〉記郭元振的義助汾地少女，同樣是路見不平、拔刀相助，他爲了不平事而身犯妖邪〔註 52〕，憑藉的是過

〔註 51〕司空圖〈馮燕歌〉全首如下：「魏中義士有馮燕，遊俠幽并最少年。避讎偶作滑臺客，嘶風躍馬來翩翩。此時恰遇鶯花月，堤上軒車畫不絕。兩面高樓語笑聲，指點行人情暗結。擲果潘郎誰不慕，朱門別見紅妝露。故故推門掩不開，似教歐軋傳言語。馮生敲鐙袖籠鞭，半拂垂楊半惹煙。樹間春鳥知人意，的的心期暗與傳。傳道張嬰偏嗜酒，從此香閨爲我有。梁間客燕正相欺，屋上鳴鳩空自鬬。嬰歸醉臥非讎汝，豈知負過人懷懼。燕依户扇欲潛逃，巾在枕傍指令取。誰言狼戾心能忍，待我情深情不隱。回身本謂取巾難，倒柄方知授霜刃。馮君撫劍即遲疑，自顧平生心不欺。爾能負彼必相負，假手他人復在誰。窗間紅豔猶可掬，熟視花鈿情不足。唯將大義斷胸襟，粉頸初迴如切玉。鳳皇釵碎各分飛，怨魄嬌魂何處追（一作歸）。凌波如喚遊金谷，羞彼〔揶揄〕（椰榆）淚滿衣。新人藏匿舊人起，白晝喧呼駭鄰里。誣執張嬰不自明，貴免生前遭考捶。官將赴市擁紅塵，掉臂人來擗看人。傳聲莫遣有冤濫，盜殺嬰家即我身。初聞僚吏翻疑歎，呵叱風狂詞不變。縲囚解縛猶自疑，疑是夢中方（一作云）脫免。未死勸君莫浪言，臨危不顧始知難。已爲不平能割愛，更將身命救深冤。白馬賢侯賈相公，長懸金帛募才雄。拜章請贖馮燕罪，千古三河激義風。黃河東注無時歇，注盡波瀾名不滅。爲感詞人沈下賢，長歌更與分明說。此君精爽知猶在，長與人間留炯誡。鑄作金燕香作堆，焚香酬酒聽歌來。」（〈馮燕歌〉（一作沈下賢詩。據唐音統籤云：麗情集以此歌爲沈下賢作。注文苑英華者誤採之，下賢有其傳，未嘗作歌也，集可考。））

〔註 52〕郭元振對付的是號稱「烏將軍」的妖怪，能幻化成人形，其實是一頭大豬，每年都要娶一名年輕貌美的女孩子，如鄉民不允，即爲禍鄉里。

人的膽識與勇力。而〈義俠〉篇中的那位義俠，他本來是受縣令的委託來刺殺仕人，但一聽到仕人原來是縣令當年的救命恩人，而如今縣令卻想恩將仇報，這事一入義俠之耳，頓覺義憤塡膺，馬上將縣令夫婦的首級取來給仕人。這些都是仗義助人的動人篇章。

裴鉶《傳奇》〈崔煒〉記貞元中之事，崔煒不事家產、多尚豪俠，因此數年間殫盡家財，故宿於佛舍，見一乞食老嫗，爲了一緡錢而遭人毆打，崔煒不忍，脫去身上衣爲老婦賠償那一緡錢，因此老婦以越井岡艾贈之，言可治任何疣贅。此篇後漸轉至神怪上，但崔煒的仗義扶弱，亦屬俠者扶危濟困的典型。

當然相助的觸角並不僅止於陌生人，平日生活，一遇不平事者，即馬上起而扶弱的例子亦多。如許堯佐〈柳氏傳〉中的許虞侯於宴會席間一聽韓翃與柳氏相愛卻無法相聚的不平事，馬上策馬至蕃將沙吒利處，以勇力及計謀將柳氏帶回韓翃身邊。裴鉶《傳奇》〈韋自東〉中，韋自東碰到的是夜叉佔山食人，因此他決定上山除害，憑他的勇力及智謀完成了此艱險的仗義行爲。較特殊的情形爲袁郊《甘澤謠》〈嬾殘〉，主角嬾殘是衡嶽寺的執役僧，平時食人所食餘之食，「性嬾而食殘，故號嬾殘也。」當衡嶽寺之緣山磴道，爲大石所攔時，眾皆無技可施，此時嬾殘神力，解決大家的問題，但也因爲解決問題後，「眾僧皆羅拜，一郡皆呼至聖，刺史奉之如神」，嬾殘遂懷去意，由此看來，嬾殘一點都不希望得到報酬，對他而言，只要除害安民，看到不平事解決即可。所以後來成群虎豹傷人，嬾殘以身誘虎豹，虎銜去嬾殘後，虎豹也絕了蹤跡。

其中裴鉶《傳奇》〈虬髯客傳〉的虬髯客在行扶危濟困的俠行時，算是較特殊的「異彩」，虬髯客沒有奪得天下，並非他能力不及，而是天命不屬意於他。他在認清這個事實之後，毅然將全數家財贈予李靖，使李靖「得以助文皇締構之資，遂匡天下。」同時李靖的兵法，也是「半乃虬髯所傳耳」。他把天下讓給李世民，是他主動退避，而非戰爭失敗，可見李唐之成就霸業，乃間接得自虬髯客的幫助，虬髯客這種犧牲自己所有而助李靖的行徑這可說是另一種形式的扶危濟困。

由於詩歌與小說的結構形式不一樣，對於詩人來說，只要是表達俠的豪情，即可從意象不同的選擇上不斷的抒發，可小說不行，小說有其特定的結構形式，「平不平」此行俠主題有隨意性及偶然性的特點，故常無法獨立撐起一完整小說的構架，因此在小說中「平不平」的行俠主題，常伴著其他內容出現。如〈霍小玉傳〉描述黃衫客強挾負心郎李益至霍小玉面前相會的義行，然這段黃衫客濟弱的俠行並非〈霍小玉傳〉的主題，它被做為這段愛情故事中的一小段轉捩插曲。而〈柳氏傳〉中的許虞侯亦同，許虞侯的義劫柳氏以歸韓翃，在整篇小說中同是伴隨著愛情故事而舖展。

再如薛調〈無雙傳〉中的俠客古押衙，既濟王仙客、劉無雙之困，亦報王仙客之恩，此處就存在著雙重的行俠主題。袁郊《甘澤謠》〈紅線〉與裴鉶《傳奇》〈崑崙奴〉、〈聶隱娘〉也有雙重的行俠主題情形出現，紅線與崑崙奴雖皆是報主人之恩，然則平常他們的本事並不讓他人得知，只是默默無聞的隱藏著自己，所以他們的出頭亦是出於己心的濟困之意，至於聶隱娘的高強雖早已為主所知，但她的衛主行徑也隱寄著不平之心。

由以上論述不難發現，俠者所扮演的角色通常是「賞善懲惡」故事中的「施予者」，據羅綱在《敘事學導論》藉結構主義先驅普羅普（Vladimir Propp）在其名著《民間故事型態學》（Morphology of the Folktale）中分析方法所操作的結果：

> 賞善懲惡故事的特徵是：它由兩個對立的主人公和兩個對稱的行動（move）構成，每一個「行動」有六個功能和三個職接性因素。在具體的故事中，功能和聯接因素的數目可以增減。〔註53〕

在「賞善懲惡」故事模式有五個敘事角色：一是主人公 A，二是主

〔註53〕見羅綱《敘事學導論》，頁54，昆明：雲南人民，1995年。

人公 B，三是嚮導，四是施予者，五是賞賜。〔註 54〕姑且不論複雜的分析方法，顯而易見地，俠者在扶危濟困的文學作品中，乃身扮「施予者」的角色，「施予者」在施予的過程中，常給予主人公考驗，如古押衙讓王仙客一等三年，及聶隱娘讓劉昌裔費盡心思相迎等皆是。由此可看出其實在「平不平」的文學作品中，俠常無法成爲主角，限於敘事功能的限制，「扶危濟困」只能是故事內容的一部分，即如前面所論，「平不平」此行俠主題有隨意性及偶然性的特點，故常無法獨立撐起一完整小說的構架，在此這一點亦再度得到證明。

二、扶危濟困的變型

在唐代俠小說中，「平不平」的行俠主題還有一特殊的俠行，即爲「略施薄懲」，可視爲「扶危濟困」俠行的變型，行此俠行的俠者雖缺少了扶危濟困的積極道德意義，但其主動性與扶危濟困無殊，要言其分別，則可說「略施薄懲」是「扶危濟困」的消極版。

「略施薄懲」時，所遇到的「不平」事，通常是由於對象的狂傲所引起，如段成式《酉陽雜俎・盜俠》〈京西店老人〉，寫韋行規少時自負勇武，遇京西店老人，以劍術折其銳氣。韋行規有一回遊京西，黃昏時抵達一小客店，還想繼續前進，但店中老人警告他：「客勿夜行，此中多盜。」韋行規自恃「某留心弓矢，無所患也。」仍繼續前行，於是天黑後果然於野地中遇到離奇事，被不知名物襲擊，韋生雖恃己之勇，最後依然「（韋）驚懼，投弓矢，仰空乞命，拜數十。」此時鞍馱已失，只得再折回京西客店，發現店中老人果是奇人，便跟其學劍。韋行規自負勇武，因此對老人的勸告，只當耳邊風，而老人也因韋行規的狂傲，乃出手教訓韋行規，讓他知人外有人、天外有天的道理。

再如段成式《酉陽雜俎・盜俠》〈蘭陵老人〉，亦是描寫俠士訓誡狂傲官吏的故事。故事大意是黎幹當京兆尹時，前往曲江塗龍祈

〔註 54〕見羅綱《敘事學導論》，頁 54，昆明：雲南人民，1995 年。

雨的現場，碰到一老人，竟「植杖不避」，黎幹生起氣來，便用杖擊二十處罰他，沒想到「如擊鞔革」，老人走掉後，黎幹心知其異，就趁著黑夜去拜訪老人，果然老人是位隱於市跡的俠客，在酒席間舞劍「時時及黎之衽」，把黎幹嚇得「叩頭股慄」，回家後，「氣色如病，臨鏡方覺鬚剃落寸餘。」俠者如此懲戒平時作威作福的官吏，眞乃大快人心。

而段成式《酉陽雜俎·盜俠》〈盧生〉則寫戒傳奇異道術之事。大意爲唐山人本好道，擅縮錫術，偶遇盧生者同行，兩人甚相得。但盧生突要唐山人教他縮錫術，唐山人拒之，盧生言己乃刺客，並取出一匕首「勢如偃月」，且「執火前熨斗削之」，唐山人遂恐而具述。盧乃笑曰：「某師，仙也。令某等十人索天下妄傳黃白術者殺之；至添金縮錫，傳者亦死，某久得乘蹻之道者。」後唐山人「遇道流，輒陳此事戒之。」因唐山人擅縮錫術，盧生怕他妄傳此術，所以假意相試且兼先給他個下馬威，讓唐山人今後不敢再犯。

至於康軿《劇談錄》〈管萬敵遇壯士〉此篇是典型的教訓狂妄無禮。大意是有一位左軍壯士名管萬敵，他因爲「富有膂力，扛鼎挾輈，眾所推伏。」所以頗自負於自己的勇力，某天在酒肆裡喝酒，有麻衣張蓋者「直入其座，引觥而飲，傍若無人。」管萬敵認爲對方瞧不起自己，於是相約對拳。管萬敵施全力，竟絲毫未動麻衣張蓋者一毛，待麻衣張蓋者一出手，管萬敵「方甚恐慄」，其眾謝罪乃擁之而去。

康駢的《劇談錄》中還有一篇〈張季弘逢惡新婦〉，敘唐懿宗咸通年間，左軍有一名壯士，名張季弘。他勇猛過人，一日曾在雨中經過勝業坊，道路泥濘，見一位和尚騎驢背柴而至，擋住了道路，他大怒之下捉住驢的四蹄，將驢扔過「水渠數步」，四周的人見到後「無不驚駭」。後來張季弘至襄州軍中做事，黃昏時住在一山中小店中，遇到一位老婦人對其子說：「惡人將歸矣，速令備辦茶飯，勿令喧噪！」說罷「愁憤吁嘆」。張季弘見狀追問原因，原來老婦人畏懼的是剛過門的兒媳婦，她「壯勇無敵」，大家都怕她。張季弘自恃武勇，又好打不平，便自告奮勇要替老婦人教訓兒媳婦。很晚新婦才擔柴回來，狀貌並無特奇處。在小店後有一塊比較平整的大石頭，張季弘便坐於其上，將驢鞭放在身旁，召新婦近前，對她加以訓斥，新婦躬身辯解，數說婆婆的不對之處，「每言一事，引手於季弘所坐石上，以中指畫之，隨手作痕，深可數寸。季弘汗落神駭，但言道理不錯。」面對武藝如此驚人的新婦，他哪敢出言頂撞，嚇得一夜沒睡好，第二日一早便趕緊離開了。此篇中的張季弘，平日即恃武勇而行，他想幫老婦人教訓兒媳婦，美其名爲打抱不平，實則爲對此「壯勇無敵」的新婦產生了一較短長的心理，因此在新婦趁機懲戒了他的狂傲之後，他連哼都不敢哼一聲，只因他自知武藝遜人一大截。

俠者懲戒狂傲之人，可說是另一面貌的扶危濟困，但以「扶危濟困」的典型而言，俠幫助某一特定人物的色彩較重，而「略施薄懲」，則雖亦包含了任俠的不平之氣，但其之所以懲戒並非爲了要幫某一特定人物，而是表現了俠者個人的反抗特質。如蘭陵老人之「植杖不避」即是對大官出巡浩大聲勢的反動，京西店老人言：「客勿恃弓矢，須知劍術。」是在劍術上對弓矢的反抗，而管萬敵碰見的「麻衣張蓋」壯士與張季弘所遇的那位新婦亦然，皆隱藏著由「不服」而至反抗的意味，因此在此透露出的任俠精神是純粹的主動性，與「扶危濟困」的典型比較，較沒有倫理道德上的包袱。

而在唐代俠詩歌中便較缺乏明確的「扶危濟困」變型，由於詩歌體裁較不適合描述事件，因此唐代俠詩歌中大多以「見不平」、「蕩不平」、「心中不平」等簡潔辭彙一筆帶過俠者扶危濟困的過程，是以遍檢唐代俠詩歌，並無發現有「扶危濟困」變型之例。

值得注意的是，唐代小說扶危濟困的俠行中，無論是典型或變型，發現俠者在除不平事之時，就其可能造成犯法行爲的意義言，行俠者幾乎皆成爲「犯法者」，如馮燕、虬髯客、紅線、聶隱娘、許虞侯、古押衙、蘭陵老人等俠客，他們或本身即為犯法，或以非法手段私自處理事件，此等現象緣自俠者的自掌正義以致於不軌於法，而這種高度的行為「自主性」正可說明俠者的理想國度，是有著烏托邦精神的俠者烏托邦，茲於後文述之。

第三節　「俠者烏托邦」的建構

前面提及俠者無論是自身表現不平之氣的膽氣豪情，或是用這股不平之氣對他人的苦難做出回應，背後皆有一種理想性的存在，這種理想性的存在我們稱之為「俠者烏托邦」。

「烏托邦」一詞出自英國文學家兼政治家托馬斯・摩爾爵士（Sir Thomas More）在西元一五一年出版的名著《烏托邦》（UTOPIA）中的烏托邦島，是作者空想的理想境地，烏托邦的本義即為「烏有之鄉」（英語 utopia，在新拉丁語意思為「無所在」，由希臘語 ou——否定詞〔無、非〕，與 tōpos——場所〔地方、所在〕組合而成）。書中的烏托邦是一假想島國，實行社會主義，凡社會上、政治上的各種措施，無不盡善盡美。因為烏托邦包含著否定現實、追求理想的意義，所以烏托邦也被用來當做理想國的代名詞。

與西方的烏托邦遙相呼應的尚有東方的桃花源，桃花源也是理想國的代名詞，但桃花源是建構在「逃避」的基點上，這與烏托邦的革命思想有很大的不同。在桃花源裡，人人日出而作，日落而息，不管外頭是三皇當家，或是五帝作主，沒有一明確的社會組成條例，如硬說桃花源有其基本準則，就是「清靜無為」、「我不犯人、人不犯我」了，而這與俠這類的武者所遵遁的信條是截然迥異的。烏托邦雖為一假想，但它有其政治體系、宗教思想等較明確的理想藍圖，相形之下，唐代俠者雖然缺乏具體的組織與疆域，但積極性別無二致，故本文乃取廣義的解釋，稱俠者行俠背後的理想性為「俠者烏托邦」。且因有「俠者烏托邦」此一理想性的存在，亦促進了俠者「江湖」意識的形成，下文分述之。

一、俠者烏托邦的形成

常有將俠與儒、墨相評比者，或言俠的求忠類儒，或言俠的尚義如墨。〔註55〕其實「俠」的層級並非等同於「儒」、「墨」，儒、墨皆擁有專屬理論，但俠則缺乏。嚴格地說，它是一種帶有超越性的精神——烏托邦精神。德國宗教哲學家保羅・蒂里希言：「烏托邦是眞實的。爲什麼烏托邦是眞實的？因爲它表現了人的本質、人生存的深層目的；它顯示了人本質上所有的那種東西。每一個烏托邦都表現了人作爲深層目的所具有的一切，和作爲一個人爲了自己將來的實現而必須具有的一切。」〔註56〕保羅・蒂里希「摒棄了以往人們那種將烏托邦看做是毫無意義的海市蜃樓的輕蔑態度，而從人的本性中尋找烏托邦作爲一種精神存在的必然性與必要性。」〔註57〕因此，這種既可表

〔註55〕俠出於墨之說，晚清以降即相當盛行，如譚嗣同〈自敘〉中將俠歸於墨，其謂：「墨有兩派：一曰任俠，吾所謂仁也。」（見蔡尚思等編《譚嗣同全集》，頁289，北京：中華書局，1981年。）再如梁啓超於1902年作〈中國學術思想變遷之大勢〉，分墨爲兼愛、游俠、名理三派，且主張游俠一派自戰國以至漢初極盛，斷言朱家、郭解之流實皆爲墨徒。（收於梁啓超《飲冰室全集》卷二，頁117，臺南：博元，1989年。）之後馮友蘭的〈原儒墨〉則言墨家源自武士，即最初的俠，其「摩頂放踵，以利天下」，極爲符合後世所說的大俠風範。（收於馮友蘭《中國哲學史補》）而章太炎則三著〈儒俠〉，將「儒俠」並舉，且謂「世有大儒，固舉俠士而並包之。而特其感慨奮厲，矜一節以自雄者，其稱名有異於儒焉耳。」他認爲《韓非子・顯學》中的漆雕氏之儒「最與遊俠相近」，而俠者「殺身成仁」、「除國之害」的行徑又與儒義之用相若，因此章氏言「漆雕氏之儒廢，而閭裡有遊俠。」（〈儒俠〉三篇，分見《章太炎全集》卷三，頁12，上海：上海人民，1984年。）稍後黃侃釋俠時，即隨章氏之跡，其言「俠之，在昔恆與儒儗。〈儒行〉（指《禮記・儒行》中的十五儒）所言，固俠之模略。」（見運甓〔黃侃〕〈釋俠〉，《民報》第十八期，1907年12月。轉引自陳平原《中國現代學術之建立：以章太炎、胡適之爲中心》，頁289，臺北：麥田，2000年。）

〔註56〕見保羅・蒂里希《政治期望》，頁214，四川人民出版社，1998年。

〔註57〕見李春青《烏托邦與詩：中國古代士人文化與文學價值觀》，頁25，北京師範大學出版社，1995年。

現主體精神，又可體現社會理想的烏托邦精神一落實於人心，即出現了中國文化中最富生命活力的「俠」。

「俠者烏托邦」既爲行俠所隱寓的理想性，在這虛擬想望中，必有其基本的組織性與信條，因此歷來才可在史籍詩文中尋閱俠者結客的蹤跡。觀察他們結客的凝聚力，即爲重義與輕生，而重義與輕生這兩項「信條」也堪稱是俠者的信仰，在唐代俠詩歌／小說裡得到高度展現。「重義」爲重結交之義，「輕生」乃輕自身之生。如虞世南的〈結客少年場行〔註58〕〉：「韓魏多奇節，倜儻遺聲利。共矜然諾心（一作情），各負縱橫志（一作意）。結交一言重，相期千里至。」及王維的〈濟上四賢詠·成文學〉：「使氣公卿坐，論心（一作交）遊俠場。」就充分顯露出了在俠者烏托邦的共同理想下，「信仰」是如何地宰制他們的言與行，同時也隱隱透出俠者結客行爲既相互依存又特立獨行的特徵。再如李白：「洛陽因劇孟，託宿話胸襟。」（〈贈崔侍郎（一作御）〉）劇孟爲漢初大俠，以趨人之急、解人之難聞名，在游俠意識中所形成的俠者烏托邦裡，大俠被當成能交心交情交義者，因此「劇孟的家」幾已成游俠場的託名，所以錢起於偶逢俠者時方吟：「燕趙悲歌士，相逢劇孟家。寸心言不盡，前路日將斜。」（〈逢俠者〉）

在唐代俠詩歌／小說中，「重結交之義」集中表現於對「重然諾」的推許上。以唐代詩歌論，即完全表示出文人被濃濃俠風所浸淫，即使本身不爲俠，亦以此原始純樸的道德的實現者自居，或對其寄予無限敬重，如「季布無二諾，侯嬴重一言。」（魏徵〈述懷〉（一作出關））、「一諾黃金信，三復白珪心。」（駱賓王〈夏日遊德州贈高四并序〉）、「百金孰云重，一諾良匪輕。」（盧照鄰〈詠史四首之一〉）、「縱橫意不一，然諾心無二。白璧贈穰苴，黃金奉毛遂。」

〔註58〕〈結客少年場行〉爲樂府舊題。唐·吳兢《樂府古題要解》云：「〈結客少年場行〉，言輕生重義，慷慨以立功名也。」中即已點出「輕生」與「重義」便是結客的基本條件。

（張昌宗〈少年行〉）、「三盃吐然諾，五嶽倒爲輕。」（李白〈俠客行〉）皆然，而「四海重然諾，吾嘗聞白眉。秦城遊俠客（一作窟）。相得半酣時。」（孟浩然〈醉後贈馬（一作高）四〉）詩人更直接表達對俠義之士的推許和得與俠士結交的豪興。也有詩人爲「本期漢代金吾婿，誤嫁長安遊俠兒」的閨人抱不平，反面側寫俠者爲重結客之義而冷淡了嬌妻的情況：「兒家夫婿多輕薄，借客探丸重然諾。」（崔顥〈代閨人答輕薄少年〉）。但現實世界的醜陋卻讓這些信條反成致命之器：「樂毅吾所憐，拔齊翻見猜。荊卿吾所悲，適秦不復迴。然諾多死地，公忠成禍胎。」（高適〈酬裴員外以詩代書〉）最後詩人只能感歎：「世路如秋風，相逢盡蕭索。腰間玉具劍，意許無遺諾（一作願爲經冬柏，不逐天霜落）。壯士不可輕，相期在雲閣。」（李白〈遊敬亭寄崔侍御（一本作登古城望府中寄崔侍御）〉）尤有甚者，爲「重義」而輕生的情形，如劉叉：「烈士（一作女）或（一作不）愛金，愛金不爲貧。義死天（一作人）亦許，利生鬼（一作天）亦嗔。」（〈烈士（一作女）詠〉）爲仗義而亡，亦不足惜。

「重然諾」在唐人小說中獨見李亢《獨異志》中的〈侯彝〉。「言必信，行必果」是自太史公來就標示的俠德，〈侯彝〉即專寫守信重諾，主角侯彝是位做萬年尉的小官，窩藏了國賊，御史追究盜賊的所在，侯彝不肯說出，於是御史以鏊貯烈火，置其腹上，受此酷刑，他仍不開口。後來皇帝召見他，問他詳情，他才說：「賊臣實藏之，已然諾於人，終死不可得。」將然諾看得比自己的性命還重，這在晚唐時期充斥的不死超人俠中，成爲尚保留有古俠之風的一個例子。由此也可看出，「重然諾」在支撐小說的立體結構上，亦較缺乏獨立主題所應具有的完整功能性，因此如是純粹歌詠俠的重然諾，只能以短篇形式出現。

俠者烏托邦的信條除了「重義」，另一很能表現俠者的特殊道德標準的信條即是「輕生」，其中最關鍵處是爲「知遇」而輕生，如盧照鄰所述寫的俠客劉生：「但令一顧重，不吝百身輕。」（〈劉生〉）結客本身的形成，即是對氣息相近的同類的惺惺相惜，而「惺惺相惜」的性質可說是某種形式的「知遇」，即如賀遂亮所言：「意氣百年內，平生一寸心。欲交天下士，未面已虛襟。」（〈贈韓思彥〉），因此俠者烏托邦的形成，很大程度是在「知遇」的前提下形成。本小節不擬討論爲知遇而輕生的情形，因在爲「知遇」而輕生的情形下，即衍生出是爲報恩而輕生、爲報仇而輕生，無論是爲知遇而報恩或爲知遇而報仇，相關的問題將在「報恩仇」行俠主題中討論，不再贅言。

在唐代俠小說裡，俠者烏托邦意識的想望顯然不比俠詩歌明確，因俠小說裡的俠較偏重個人特質的顯露，是以欲覓得唐代俠小說裡的俠者烏托邦想望，只有從蛛絲馬跡中去尋。如李公佐〈謝小娥傳〉中謝小娥之父有巨產，隱名商賈間，顯爲俠之大隱於市也，而其夫爲歷陽俠士，平日「負氣重義，交遊豪俊」，這就透露出俠者以氣義相感的結客行爲中，所寓含的俠者烏托邦想望。而裴鉶《傳奇》〈聶隱娘〉中聶隱娘的師父在收聶隱娘爲徒前，已收二女爲徒，這也是種結客行爲，而其俠者烏托邦的信條便是「惡即斬」，其師父每令聶隱娘取那些犯有過惡之人的性命。但從俠小說中很清楚的可以看出，這種俠者烏托邦的信條是集團性的，如聶隱娘之後本爲魏帥陣營，後服劉昌裔神算，改事劉，助其擊退魏帥所派出的俠刺，這就牽涉到俠者結客的性質，只要是俠者，莫不重義輕生，因此俠者烏托邦的想望極易流入集團式的效忠，此種情形亦發生在康軿《劇談錄》〈田膨郎偷玉枕〉裡，當王敬弘小僕爲了報恩，設計讓另一俠者田膨郎折足以捕獲之時，田膨郎即歎曰：「我偷枕來，不怕他人，唯懼於爾。既此相値，豈復多言？」由其談話可知，俠者之間必是互相知聞的，但爲了報恩仇，往往形成了無數各自爲政的集團，這就釀成了「江湖文化」。

二、俠者烏托邦與「江湖」文化

在俠者烏托邦裡，既有結客行爲，又有基本信條，這對後世武俠小說中富麗奇詭的「江湖」的形成有著推波助瀾的作用，甚至可將「俠者烏托邦」與「江湖」兩個名詞畫上等號。

何謂「江湖」，「江湖」最初指的是長江和洞庭湖，乃純是地理名詞，後來泛指三江五湖。據《史記・河渠書》的〈索隱〉，三江一爲北江，從會稽毗陵縣北東入海；二爲中江，從丹陽蕪湖縣東北至會稽陽羨縣東入海；三爲南江，從會稽吳縣南東入海。所以所謂三江，其實都是長江下游入海的支流。五湖則包括今日太湖、鄱陽湖、洞庭湖等地。總地來看，三江五湖都在長江中下游，三國之前，這些地方是所謂的東夷南蠻之地：吳越之地，斷髮紋身；荊楚之地，煙瘴毒蠱。這些地方，長期被以北方文化崛起的華夏民族視爲化外之地，和中原京城自然形成一種地理上的相對關係。

因此談到「江湖」，就隱然成爲與朝廷相對的社會名詞，如高適詩「天地莊生馬，江湖范蠡舟」（〈古樂府飛龍曲留上陳左相（陳希烈）〉），杜甫詩「欲寄江湖客，提攜日月長」（〈豎子至〉），及杜牧詩：「落魄江湖載酒行，楚腰纖細掌中輕」（〈遣懷〉），此時的「江湖」，指的已是遠離廟堂的市井間了。

《史記》爲俠作傳，並沒有使用「江湖」這一名詞，但傳裡強調「至如閭巷之俠，修行砥名，聲施於天下，莫不稱賢，是爲難耳」，這對身處市井的布衣、閭巷之俠是絕高的評價，但其後出現的俠，大都是結交權貴或本身即爲權貴之輩，但在唐代，俠再度現身江湖，並形成了江湖文化，如古押衙的「居於村墅」，紅線來時布衣，去時亦布衣，聶隱娘根據自己的標準來選擇輔助對象，蘭陵老人「埋形雜跡」，崑崙奴身爲老奴。一旦行俠成功，紅線「遂亡其所在」，聶隱娘「自此尋山水訪至人」，〈義俠〉中取負心賊首的劍客則「不知所之」。錢穆在〈略論中國社會學（二）〉中，即將中國文化區分爲城市文化、鄉鎮文化、山林文化、江湖文化。他說：

> 中國古代有游俠，富流動性，山林人物富靜定性：在山林而具流動性者，則謂之江湖。……中國主要乃一靜態社會，而江湖則爲靜態下層一動態，其人多豪俠，其名亦多爲忠義。〔註59〕

「江湖」之所以從地理名詞至社會名詞，再至文化名詞，實與想望俠者烏托邦的意識相關，俠者既有其基本行事信條，「同類相聚」的心理下，使促成了江湖文化的形成。而俠者平日之隱於江湖，即再非簡單的地域概念，亦非泛指人世間，而是隱隱有和朝廷相衡之意的「法外世界」。這一點龔鵬程即有討論到：

> 自古以來，遊俠都被視爲是正常社會之外的游離分子。遊俠社會被形容成是一個足以與正常社會相對比的單位。一個正常、一個異常。一個依循法治，一個服膺暴力。一個法治的來源是代表公眾的王權，一個則以天道正義或個人恩仇，來做爲判斷暴力是否合理的依據。一個是尋常士農工商日常的生活，一個是涉奇探險、兇殺搏命的歷程。一個是社會，一個是黑社會。一個是公開的，一個則是隱密的，或者是封閉的。一個是我們所身處且熟悉的世界，一個則是天涯、是江湖。……。這種種對比，無非是替遊俠、遊俠生活、遊俠社會添妝著彩，使得俠客的社會深裹在一層神祕的「異國」情調中，以增強人們對它的好奇與嚮往，建立武俠的神聖性。〔註60〕

是以人們透過對「江湖」種種與正常社會對比的建構，達到對「江湖」「陌生化」（defamiliarization）的效果，「陌生化」手法就等於文學形式本身，它的直接外在表現讓人們對作品的感知變得困難，使藝術感知過程受到「阻滯」而變得更長更複雜，而產生藝術的審美功能。透過全新的感官表現，人們增強了對它的好奇與嚮往，也

〔註59〕見錢穆〈略論中國社會學（二）〉，收於《現代中國學術論衡》，頁206，臺北：東大圖書，1990年。

〔註60〕見龔鵬程《年報：1998龔鵬程年度學思報告》，頁447，嘉義：南華管理學院，1999年。

建立了俠者烏托邦的神聖性。因此，江湖文化影響所及，令後世的武俠小說的根基皆在江湖，〔註61〕連帶的也讓華人的幫會文化大大盛行，這也可說是俠者烏托邦的進一步實現。

〔註61〕見陳平原《千古文人俠客夢——武俠小說類型研究》，頁190，臺北：麥田，1995年。

第參章　「立功名」之行俠主題

如前所論，「平不平」爲俠詩歌／小說最基本的行俠主題，而本節與下節所要討論的行俠主題「立功名」與「報恩仇」，則爲「平不平」行俠主題的衍變與延伸。「立功名」此一行俠主題肇始於魏晉南北朝，盛行於唐代〔註1〕。何以逮至魏晉南北朝方有俠客立功沙場的文學作品產生，陳山於《中國武俠史》解釋道：

> 由於魏晉六朝戰亂頻繁，名臣良將大都建功立業於戎馬生涯之中，正所謂「要功非汗馬，報效乃鋒端」（梁·徐徘〈白馬篇〉）。在世人的心目中，不但豔羨產生於沙場征戰中的英雄人物，而且昔日田家子，一朝萬户侯，習武從軍不失爲一條改換門庭的終南捷徑。唐詩人崔塗〈東晉〉詩所說的「五陵豪俠笑爲儒，將謂儒生只讀書。看取不成投筆後，謝安功業復何如」，確實表現了那個時候人們價值取向的微妙變化。在諸多武裝集團進行權力角逐的政治格局中，魏晉六朝的最高統治者當然要對人們的這種價值取向有意引導。〔註2〕

但魏晉南北朝的新舊勢力更迭太快，每一朝的年代究竟短促，至唐

〔註1〕「立功名」行俠主題在魏晉時期的詩歌已啓其端，如曹植〈白馬篇〉、鮑照〈結客少年場行〉等，但作品數量較少，僅十餘首，而至唐代，截取游俠「立功名」意象以謳歌的作品方大量湧現。

〔註2〕見陳山《中國武俠史》，頁117，上海：上海三聯，1995年。

代乃因國勢鼎盛，崇拜開疆拓土的英雄戰將，且唐代文人亦有著冠於前朝的從政熱情，兩者結合之下，唐代吟詠俠者立功名的文學作品便如雨後春筍般的冒了出來。唐代之前的俠，由《史記・游俠列傳》與《漢書・游俠傳》中所載可看出，彼時之俠以氣義結交見長，並不時興效忠君王，而後刺客的道德價值觀漸融於游俠的行事準則，因此刺客的報主恩便轉化爲報國君之恩，於是俠爲國效命的歷程開始了。時至唐代，由於特殊的政治環境造成了尚武風氣〔註3〕，且有主政者並不諱言俠，甚至本身亦行俠的情況，《隋唐嘉話》即記載著唐開國元勳李勣的一段自白：

> ……我年十二三爲無賴賊，逢人則殺；十四五爲難當賊，有所不快者，無不殺之；十七八爲好賊，上陣乃殺人；年二十，便爲天下大將，用兵以救人死。〔註4〕

開國元勳如此，可見任俠已被當時社會視爲一種英雄氣質，這種現象亦反應在詩人對郭代公的詠嘆，如高適的〈三君詠郭代公（元振）〉：

> 代公實英邁，津涯浩難識。擁兵抗矯徵，仗節歸有德。縱橫負才智，顧盼安社稷。流落勿重陳，懷哉爲悽惻。

據《新唐書》記郭元振：「任俠使氣，撥去小節，嘗盜鑄及掠賣部中口千餘，以餉遺賓客，百姓厭苦。武后知所爲，召欲詰，既與語，奇之，索所爲文章，上寶劍篇，后覽嘉歎，詔示學士李嶠等，即授右武衛鎧曹參軍，進奉宸監丞。」《新唐書》所載亦相差無幾。〔註5〕從史實可知，郭元振早年任俠荒唐，但竟因此而使他受到武則天的

〔註3〕突厥、薛延佗、吐谷渾等邊疆少數民族與我國紛啓戰端，就是因爲戰鼓頻催，才將詩人們的視野拉至廣闊無際的塞漠。而在這種強敵環伺的情況之下，重視邊功也成了唐代的重要政策之一。

〔註4〕轉引自陳伯海《唐詩學引論》，頁 60，上海：東方出版中心，1996年。

〔註5〕《舊唐書》言郭元振：「任俠使氣，不以細務介意，前後掠賣所部千餘人，以遺賓客，百姓苦之。則天聞其名，召見與語，甚奇之。時吐蕃請和，乃授元振右武衛鎧曹，充使聘於吐蕃。」

賞識，進而擁兵勤王〔註 6〕，立下不朽功名。這些活生生的例子，也間接促成了唐代文人喜以任俠從軍立功爲題材的情形大量躍現。因爲對俠的敬佩一部分轉成植基於俠的能立功名，因此才有「不倚軍功有俠名，可憐毬獵少年情。」（雍陶〈少年行〉（一作漢宮少年行））的感嘆，嘲諷只以從事毬獵搏得俠名的少年，而此一任俠好武欲立軍功的風氣也沾染了儒生：「五陵豪俠笑爲儒，將爲儒生只讀書。看取不成投筆後，謝安功業復何如。」（崔塗〈東晉〉二首之一）

「立功名」尚有一重要的功能，因爲文人私心既欣賞俠氣與狂醉，但俠又有太多與法治不合之處，所以「立功名」也成了一讓俠合理、合法化的手段。而唐代詩歌出現的「立功名」行俠主題，所作一番讓游俠形象合法化的努力，一直延續至清代的俠義小說也都被遵奉著。本章分三部分來論述，第一節是對功名之思的考察，第二節說明「立功名」的模式，第三節則是功成不受的心理探討。

第一節　「功名之思」的考察

如前所述，俠初始現身於歷史舞臺，是以氣義結交見長的，因此彼時俠所施之「義」的對象乃傾向個人與個人間的情感關係，這與儒家的信仰實爲南轅北轍，儒必須合乎治世的常軌，是一切文化倫理的擁護者，而俠則有如文化離軌者，不容易被約束。如欲讓俠的「私義」轉化爲「公義」，只能尋覓既讓俠保有其原始生命血性，又能讓其發揮原始生命血性於公義之處，於是文人找著了一解決方法，即讓俠者憑其優異武事，由邊烽卻敵至揚名立萬的行公義路徑，這是看中了立功揚名可做爲讓俠從此納入政權體系的重要敘事功能。

〔註 6〕《舊唐書·郭元振傳》：「先天元年爲朔方軍大摠管，始築定遠城，以爲行軍計集之所，至今賴之。明年復同中書門下三品，及蕭至忠、竇懷貞等附太平公主，潛謀不順，玄宗發羽林兵誅之。睿宗登承天門，元振躬率兵侍衛之。事定，論功進封代國公。」

當然讓俠者從軍報國也是在唐代天時、地利、人和的良好配合下，方能蓬勃發展，蔚爲大觀，柯慶明於《境界的探求》中對唐代尋求功名的現象做了一番說明：

> 承續於六朝的衰敝之後，唐代在文治與武功上的輝煌成就幾乎是空前的。這反映在當時社會的是，新帝國給尋求功名的才志之士提供了雙重的大顯身手的良機。影響所及則爲：或者讀書隱居山林，自「終南捷徑」以求徵辟；或者負羽遠赴絕域，立功邊荒，以覓封侯，這樣的兩種謀求出身的社會風氣的盛行。〔註 7〕

讀書隱居山林與俠勇武粗豪的形象顯然不合，因此負羽遠赴絕域，立功邊荒，以覓封侯，在有俠傾向的文人眼中成了積極性的選擇。而何以致功名的願望如此強烈，本節從兩方面討論，一是唐代俠詩歌／小說之「立功名」緣由；二是唐代俠詩歌／小說功名之思的創作審視。以下分述之以考察功名之思的緣由與內涵。

一、以「立功名」爲行俠主題的緣由

在唐代俠詩歌中，俠士的功名思想普遍可見，表現出報效國家的精神及爭取邊疆安和的願望，如王維：「孰知不向邊庭苦（一作死），縱死猶聞俠骨香。」（〈少年行四首〉）其直抒爲國捐軀亦無悔的榮譽感，與豪情萬丈的樂觀情懷，已爲「立功名」行俠主題立下一壯氣凌雲的慷慨氛圍。而分析唐代俠詩歌中欲立功名的緣由，可分三方面論述，茲論如下。

第一是爲著報君恩與赴國難。雖然征戰艱險辛苦，但爲報君主知遇之恩，一切都是値得的，如魏徵的〈述懷（一作出關）〉：「豈不憚艱險，深懷國士恩。」及辛常伯的〈軍中行路難〉（與駱賓王同作）：「重義輕生懷一顧，東伐西征凡幾度。……絳節紅旗分日羽，丹心白刃酬明主。但令一被君王知，誰憚三邊征戰苦。」而鮑溶的〈壯士行〉更直接挑明其立功名爲的不是天下河山，而是君王對他的賞

〔註 7〕見柯慶明《境界的探求》，頁 182，臺北：聯經，1984 年。

遇之恩：「西方太白高，壯士羞病死。心知報恩處，對酒歌易水。沙鴻嗥天末，橫劍別妻子。蘇武執節歸，班超束書起。山河不足重，重在遇知己。」也有俠者雖欲報君恩，惜苦無立功機會，如李白〈贈張相鎬二首之一〉：「一生欲報主，百代思榮親。其事竟不就，哀哉難重陳。」俠者平生之志，本想竭力報君，以期榮親於百世，但風雲壯志卻不得伸，誠爲可哀。

當然也有俠者審時度勢，驚覺當是奮起報國以赴國難之時，如陳子昂的〈感遇詩三十八首之三五〉：「感時思報國，拔劍起蒿萊。」即是描寫這種愛國情懷。再如李白的〈獨漉篇〉爲因國恥未雪而自動請纓「爲君一擊」：「雄劍挂壁，時時龍鳴。不斷犀象，繡澁苔生。國恥未雪，何由成名。神鷹夢澤，不顧鴟鳶。爲君一擊，鵬（一作〔摶〕（搏））鵬九天。」李白的〈贈何七判官昌浩〉更對這種欲報國救世的理想陳現得淋漓盡致：「有時忽惆悵，匡坐至夜分。平明空嘯吒，思欲解世紛。心隨長風去，吹散萬里雲。羞作濟南生，九十誦古文。不然拂劍起，沙漠收奇勳。老死阡陌間，何因揚清芬。夫子今管樂，英才冠三軍。終與同出處，豈將沮溺群。」因爲時事方艱，俠者想要解糾紛、息禍亂，而致寢不能安，竟夕不成眠，故欲拂劍而起，掃沙漠之敵，收攘夷之績，使戎狄再不敢輕侮華夏。而駱賓王之〈送鄭少府入遼共賦俠客遠從戎〉則云：「邊烽警榆塞，俠客度桑乾。柳葉開銀鏑，桃花照玉鞍。滿月臨弓影，連星入劍端。不學燕丹客，空歌易水寒。」這位俠士不屑荊軻的爲報私恩而行俠，他著眼的是邊關戰事已吃緊，故獻身於報國行列之中。既報君恩又抒國難的俠客有：「俠客重恩光，驄（集作駿）馬飾金裝。瞥聞傳羽檄，馳突救邊荒。」（張易之〈出塞〉）及：「俠客（一作使君）白雲中，腰間懸轆轤。出門事嫖姚，爲君西擊胡。」（常建〈張公子行〉（一作古意））而李廓的〈猛士行〉：「戰鼓驚沙惡天色，猛士虯眼前黑。單于衣錦日行兵，陣頭走馬生擒得。幽并少年不敢輕，虎狼窟裏空手行。」則描寫了一位深入敵境，生擒單于的猛士，讓幽并俠少既敬且重。

第二是爲著功利思想。在此詩人純粹是由「從軍立功，多得頂戴」上著眼，俠客們孜孜以求的是功名富貴，他們平時勤練騎射，便是期望有功成名就的一天，因此詩句中明顯流露出對晉侯封爵的渴望，詩中的天子也成爲讓俠客行爲合理化的重要角色，由此亦不難體會當時文人追求功名的熱情。

這追求功名的熱情可說是源於人性中的「戀權情結」（power complex），「權力」這一概念語源爲拉丁語的autorias，它通常有二基本含義：一是把權力視爲法令，二是把權力視爲權威。在中國，一般把權力界定爲某種支配力量，而「戀權情結」的本質是對權力的崇拜和趨從，由於權力常使人懷有巨大的恐懼，但權力也給人帶來榮耀、便利、威嚴和實惠，因此人們便從對權力的畏懼發展到羨慕角逐，這便成了一種「慕權」的心態。〔註8〕西方哲人尼采（Nietzsche，F.W.，1899）也認爲，權力意志是一切生物固有的本能，凡是有生物的地方，那裡便有追求權力的意志。〔註9〕羅素（Russell，B.A.W.， 1938）則認爲，追求權力的慾望是人性的主要組成部分，在人類無限的慾望中，居首位的是權力慾和榮譽慾。〔註10〕因此唐代文人筆下的俠客即因這種不見矯飾的原始純樸情結，而使其深具「異彩」。

由於射取功位的動機較世俗化，因此此類詩作在俠文學史上具有相當特殊的地位，可說是有唐一代特殊的產物，當時的風氣並不

〔註8〕以上參考自朱永新〈論中國人的戀權情結〉，收於楊國樞、余安邦編著《中國人的心理與行爲：理念及方法篇（一九九二）》，頁177～203，臺北：桂冠圖書，1994年。

〔註9〕見Nietzsche, F.W.（1899／1968）. *The will to power.* Trans.by W. Kaufmann & R. J. Hollingdale.New York: Vintage.轉引自朱永新〈論中國人的戀權情結〉，收於楊國樞、余安邦編著《中國人的心理與行爲：理念及方法篇（一九九二）》，頁191，臺北：桂冠圖書，1994年。

〔註10〕見Russell，B.A.W.（1938）.*Power：A new social analysis.* London：George Allen & Unwin Brothers.轉引自朱永新〈論中國人的戀權情結〉，收於楊國樞、余安邦編著《中國人的心理與行爲：理念及方法篇（一九九二）》，頁191，臺北：桂冠圖書，1994年。

以此功利思想爲鄙，而是以積極正面的態度去歌頌，這與後世俠者行爲定須加上一層道德掩護的情形大異其趣。嚴格地說，「戀權情結」在俠的原始純樸情結中，僅見自掌正義，一旦擴大爲功名之思，實際上已經悖離了俠的本義。但是，不可否認的，引進「功名之思」的世俗動機，卻是俠文學大眾化乃至大量創作的重要因素。特別是俠氣質與軍功的合流，更起了加成作用，把俠文學書寫推向了另一個高峰。

這類充滿干祿思想的俠詩歌又可分三種，第一種是詩句中充滿必求功名的凌雲壯志，屬「未來進行式」。他們共同藉以立功的對象與夢想都在外敵上，如孔紹安〈結客少年場行〉：「若使三邊定，當封萬户侯。」與楊炯〈紫騮馬〉：「匈奴今未滅，畫地取封侯。」皆是寄望能以己之力平定邊疆、消滅外族以求功名，而令狐楚〈年少行〉四首之二、之三：「家本清河住五城，須憑弓箭得（一作覓）功名。等閒飛鞚秋原上，獨向寒雲試射聲。弓背霞明劍照霜，秋風走馬出咸陽。未收天子河湟地，不擬回頭望故鄉。」中的俠少，其欲復山河的凌雲壯志比起其他詩作所述來得更爲決絕些，而顧況〈從軍行〉二首之二：「醜虜何足清，天山坐寧謐。不有封侯相，徒負幽并客。」亦是以民族之間的衝突做爲升官封侯的晉身梯。

對邊功所帶來富貴的渴求也表現在不安土重遷一面上，李白〈鄴中贈王大（一作鄴中王大勸入高鳳石門山幽居）〉：「紫燕櫪下（一作上）嘶，青萍匣中鳴。投軀寄天下，長嘯尋豪英。恥學瑯琊人，龍蟠事躬耕。富貴吾自取，建功及春榮。」即諷刺了三國時諸葛亮躬耕南陽、甘於龍蟠的株守一丘做法，因此當投軀委身天下，不滯一隅，遨遊四方以及時建功，富貴的取得需靠自己主動去掌握。相似的論點亦見於杜甫〈後出塞五首〉之一：「男兒生世間，及壯當封侯。戰伐有功業，焉能守舊丘。」舊丘雖穩定，可永無封侯之望，是以在立功報國的鼓舞下，不耕不讀，割慈忍愛，離邦去里，奮不顧身，獨自走向戰場，爲的是一旦成功的封侯拜將，因此秦韜玉〈紫騮馬〉：

「若遇丈（一作大）夫能控馭，任從騎（一作驅）取覓封侯。」中也就藉寶馬的習性顯露出對立功名的主動積極性，如此強烈地建功立業志向，在陸龜蒙〈別離〉中以別具一格的表現方法呈現：「丈夫非無淚，不灑離別間。杖（一作仗）劍對尊酒，恥爲游子顏。蝮蛇一螫手，壯士即解腕。所志在功名，離別何足歎。」這裡強烈地刻畫出壯士爲了事業的勝利與理想的實現而不畏艱險、不怕犧牲的大無畏精神。所志既在功名，離別怎值一嘆呢？但這一去不可能是一年半載就可奏功的，戴叔倫〈從軍行〉：「酬恩仗孤劍，十年弊貂裘。封侯屬何人，蹉跎雪盈頭。……報國期努力，功名良見收。」中的俠者即花了十年光陰，當初嶄新的貂裘現在都破舊了，可封侯之事似尚遙遙無期，最後只能怨怪自己報國不夠努力，而期許自己能付出更多心血，功名必定在望。

上述第一種「未來進行式」基本上都是懷著熱切積極的希望，但在現實世界裡，名揚邊朔並不容易，因此第二種的詩句中充滿了功業未就的感嘆與悲哀，屬「過去否定式」。如王維的〈榆林郡歌〉：「山頭松柏林，山下泉聲傷客心。千里萬里春草色，黃河東流流不息。黃龍戍上游俠兒，愁逢漢使不相識。」中所記的游俠兒便愁虛耗青春，依舊沒沒無名。而陳子昂的〈感遇詩三十八首之三四〉中的俠客更是戰至垂垂老矣，仍未見封侯：「何知七十戰，白首未封侯。」所以經由邊陲戰事求功名當非易事，因此俠少也只能以立邊功自命，再以成功自勵：「長安少年遊俠客，夜上戍樓看太白。」（王維〈隴頭吟〉（樂府詩集收此於漢橫吹曲，注云隴頭水。））〔註 11〕

第三種則是最讓人欽羨的情形，經過艱辛鏖戰，俠客終於享受

〔註 11〕這首詩後半尚有老將感慨等語，王維：「長安少年遊俠客，夜上戍樓看太白。隴頭明月迥臨關，隴上行人夜吹笛。關西老將不勝愁，駐馬聽之雙淚流。身經大小百餘戰，麾下偏裨萬户侯。蘇武纔爲典屬國，節旄空（集作落）盡海西頭。」（〈隴頭吟〉），清沈德潛的〈唐詩別裁集〉卷五云：「少年看太白星，欲以立邊功自命也。然老將百戰不侯，蘇武只邀薄賞，邊功豈易立哉！」

到功名利祿，詩句中洋溢著濃濃的志得意滿情懷，因此屬於「現在完成式」。特別列表如下：

詩　句	詩　題	作者
方知萬里相，侯服見光輝。	〈從軍行〉（一作擬古）二首之二	虞世南
天子臨軒賜侯印，將軍佩出明光宮。	〈少年行四首〉之四	王維
斬得名王獻桂宮，封侯起第一日中。不爲（一作同）六郡良家子，百戰始取邊城功。	〈少年行〉	張籍
捷報雲臺賀，公卿拜壽卮。	〈少年行〉	杜牧
常聞爲突騎，天子賜長戈。	〈少年行〉二首	王貞白

萬里百戰所獲得的邊功，得到天子、公卿的讚賞，內心的光彩，已經使得所有艱辛拋諸腦後。值得注意的是，這第三種的「現在完成式」的主角幾乎全是少年，詩句裡面所完成的殺敵首立大功之事，也滿載著夢幻的浪漫想像，文人藉著少年與得首功的戲劇性組合，讓現實中立功之難的焦點模糊了，繼續鼓舞著成千上萬的俠少投入戰場，以冀求那其實並不易得的功名。

唐代俠文學中欲立功名的第三個緣由，是爲著經世致用之思。詩人欲立功名的著眼點，已不是僅局限於追求一己之利祿，而是以「致君堯舜，齊衡管樂」自期。如李白的〈梁甫吟〉感歎：「吳楚弄兵無劇孟，亞夫咍爾爲徒勞。」詩人以西漢大俠劇孟自比，隱指若朝無豪俠之士，將無法有所拓展與功效，徒然爲亞夫所笑。詩人渴望爲世所用、渴望立功名的心可見。在唐代詩人中，李白爲最喜以俠者自命者，〔註12〕且懷抱著滿腔雄心壯志，欲以一己之才與所

〔註12〕李白的任俠思想和行爲，在他自己的詩文和同時代或後人的記錄中都有反映。他自言：「十五好劍術。」（〈上韓荊州書〉）「結髮未識事，所交盡豪雄。卻秦不受賞，救趙寧爲功。脫身白刃裏，殺人紅塵中。當朝揖高義，舉世稱英雄。」（〈贈從兄襄陽少府皓〉）魏顥〈李翰林集序〉說他「少任俠，手刃數人。」劉全白〈唐故翰林學士李君碣記〉則言其「少任俠，不事產業。」范傳正〈唐左拾遺翰林學士李公新墓碑並序〉亦言李白「少以俠自任，而門多長者車。」且依李

持之劍，而為上所用，如〈鄴中贈王大（一作鄴中王大勸入高鳳石門山幽居）〉：「欲獻濟時策，此心誰見明。君王制六合，海塞無交兵。壯士伏草間，沈憂亂縱橫。」俠者雖明瞭方今天子在上，六合晏如，四夷賓服，無兵燹之患，似無須對後日憂慮，但對仍持壯心，抱濟時之策的俠者而言，不免有些遠憂，恐亂生於怠忽之際，禍隱於細微之處而無所備，所以俠者雖伏處於草莽之間，但依然希冀能有一展長才之處。另一首李白的〈臨江王節士歌〉亦為抒發此種壯志凌雲的經世之思：「白日當天心，照之可以事明主。壯士憤，雄風生。安得倚天劍，跨海斬長鯨。」期許自己可仗劍以斬鯨鯢也。

而駱賓王的〈詠懷〉則以古俠自許：「寶劍思存楚，金鎚許報韓。虛心徒有託，循迹諒無端。」期望將一己所學貢獻出來，能以寶劍拯國家於危難中，能效法朱亥之舞金槌劫晉鄙以救國，但此經世之心卻因不遇而成徒然，這令俠者情何以堪？所以此處的俠者空有經世致用之思，功名卻遙遙無期。

另有一特殊的主題在唐代俠詩歌中出現，清平之世成了俠者欲立功名的羈絆，讓他們有志不得伸，而無所作為，因此竟期待亂世以期能作一番大事業，如施肩吾：「一斗之膽撐臟腑，如磦之筋礙臂骨。有時誤入千人叢，自覺一身橫突兀。當今四海無煙塵，胸襟被壓不得伸。凍梟殘蠆我不取，污我匣裏青蛇鱗。」（〈壯士行〉）及沈彬：「重義輕生一劍知，白虹貫日報讎歸。片心惆悵清平世，酒市無人問布衣。」（〈結客少年場行〉）皆然，俠者怨天下清平無煙塵，以致一身武藝無處伸展，因此便少了讓俠客活躍的舞臺，這

白在〈上安州裴長史書〉中的記載，可明確說明李白的行事是以仗義任俠為準則的。這可分兩方面來說，第一是「存交重義」：蜀中友人吳指南死於洞庭之上，李白伏屍痛哭，「猛虎前臨，堅守不動。」數年後又「躬身洗削，裹骨徒步，負之而趨。」「丐貸營葬於鄂城之東。」第二是「輕財好施」：「東遊維揚，不逾一年，散金三十萬。有落魄公子，悉皆濟之。」凡此種種，皆可明瞭李白為最喜以俠者自命者。以上論述引自郁賢皓《天上謫仙人的祕密：李白考論集》，頁 354～355，臺北：臺灣商務，1997 年。

亦可解釋何以俠多出於亂世的現象。

在小說方面，裴鉶《傳奇》〈虬髯客傳〉中的李靖在天下變亂之時，欲以經世之思求建功立業，故拜謁楊素，並呈獻匡世計策，楊素亦虛心接受李靖的指正，但紅拂女看出楊素已無可爲，因此兩人欲投靠太原的李世民，共襄大業。而另一位主角虬髯客亦身懷奇韜偉略，因此方思逐鹿中原，但後因認知到其非中原之主，而轉戰扶餘，進而稱王。由於小說的成熟期已屆晚唐，晚唐國勢衰弱，而「立功名」的存在與國勢的富強與積弱息息相關，因此小說中幾無敘及立功名的行俠主題，唯一存在「立功名」行俠主題的小說篇章爲〈虬髯客傳〉，但其內容亦是描寫初唐開國元勳行俠立功的事蹟，因此才充滿蓬勃朝氣之開國氣象以及另闢江山的思考。

二、「功名之思」的創作審視

何以文人要將標幟著鮮明獨立自由色彩的俠，扭身一變成爲爲朝廷效命，大展雄威的殺敵英雄？這涉及了俠本身的根本性矛盾——「不軌於法」與「邀譽揚名」的矛盾，〔註13〕當俠者信守深心那塊烏托邦所發出的「遊戲規則」時，就難免會與世間本有的家法、國法相扞格。對「境內之民，其言談必軌於法。」（《韓非子・五蠹》）的政治規範來說，俠「以匹夫之細，竊殺生之權。」（《漢書・游俠傳》）定致「時扞當世之文罔」（《史記・游俠列傳》），所以游俠活動的一大特點即是對法律的藐視與衝擊，因爲他們會堅持道德選擇的自由，爲了捍衛這份自由，可置禮義倫常於不顧，超越於家庭、家族、社會、官府與皇權之外。

更重要的，俠可以不好色、不貪財、不怕死，卻很珍惜名聲，他們揚名的方法是「赴士之阨困」及「以軀借交報仇」，雖令人心大快，但常觸犯法令，至於俠的時扞文罔「這不等於說游俠已經成

〔註13〕引用陳平原之語，見氏著《千古文人俠客夢——武俠小說類型研究》，頁164，臺北：麥田，1995年。

爲封建制度的否定，實際上，那種效忠於恩主和講求江湖義氣的表現，都還屬於封建倫理的範疇。但他們不假手合法的途徑以解決面臨的矛盾，卻倚仗一己的主動行爲來『替天行道』，自不免要干犯既定的社會秩序，而爲封建政權所不容。」〔註 14〕因此才有「赤丸殺公吏，白刃（一作日）報私讎。」（陳子昂〈感遇詩三十八首之三四〉）的情況發生。唐代以統一的國家爲背景，以強大的國力爲依憑，以異質文化的湧入爲契機，且以勇於追求身份地位的士人爲主體，而這些士人普遍不受外物束縛，自覺性地把個人功名與社會責任繫聯起來，因此縱恣人生，笑傲王侯的風采處處可見。而如此風采與俠的狂放不羈款曲暗通，是故反映至俠文學作品，俠成了爲實現自我價值，樂於以一己之力推進國家的事業的文人代言者。

如前所述，俠時以身觸法，故當權者不容俠爲理所當然，而文人在不得意於世，卻又不甘消極地在詩中歎卑訴怨的情況下，轉而欣賞俠的大有人在。所以文人爲了解決這個矛盾，便利用邊關戰事，讓俠勇赴國難，「借君馳沛艾，一戰取雲中。」（沈佺期〈驄馬〉）運用了「任俠、報國、立功名」三部曲讓俠爲社會所認可。這三部曲可以張籍的〈少年行〉爲例：「百里報仇夜出城，平明還在倡樓醉。遙聞虜到平陵下，不待詔書行上馬。斬得明王獻桂宮，封侯起第一日中。」文人有意避開俠以武犯禁的一面，盡量不與王法相衝突，因而這三部曲也就成爲消除俠者行俠與揚名基本矛盾的進行曲，陳平原於《千古文人俠客夢——武俠小說類型研究》中便將此情形歸因於文人欲拉俠客回文明體制中：

> ……於是游俠詩篇往往借助於「仗劍行游——馳騁邊關——立功受賞」這麼一個三部曲，使得俠客少年時代的不法行爲不但可以原諒，彷彿還是日後保家衛國的「前奏」，以便讓這令人仰慕又令人害怕的軼出常軌的「流浪兒」重新回到文明社會。〔註 15〕

〔註 14〕見陳伯海《唐詩學引論》，頁 59，上海：東方，1996 年。
〔註 15〕見陳平原《千古文人俠客夢——武俠小說類型研究》，頁 50～51，臺這種「保家衛國的前奏」，卻往往以負面作爲顯像出來，唐代詩人似乎認爲爲了將俠「導入正軌」，亦必需付出一些社會成本，即是容許俠在立功名前所做的違法亂紀之事。因爲詩人先安排俠者們的不法，再對照至俠者後來的急公赴義，這種「遷善」的過程，可讓俠者的「立功名」得到更高的倫理意義肯定。

歷史上最早記載「立功」不朽價值的是《左傳》，魯襄公二十四年（B.C.549），魯國的叔孫豹出使到晉國去，士匄接待他，並問叔孫豹「死而不朽，何謂也？」叔孫豹答以：

> ……豹聞之，大上有立德，其次有立功，其次有立言。雖久不廢，此之謂不朽。〔註16〕

「立德、立功、立言」這三不朽既是民族文化公認的存在價值所在，因此如要將俠者從私義的奉行者提升至具有民族文化共認的不朽價值者，自需費一番加工功夫。何以選擇「立功」做爲讓俠一躍公義龍門的終南捷徑，而非「立德」或「立言」，亦有其必然原因。首先來檢測以俠「立德」的可行性，班固於《漢書．游俠傳》中曾對游俠發出「惜乎不入於道德」的惋嘆。所謂「道德」，指的是應遵循的理法，以及合於理法的行爲。俠既是以激烈燃燒生命、揮霍血性爲本身特質，因此才時扞當世之文罔，所以如要俠遵循理法，一舉一動皆合乎法度，那末俠勢必失去本身特色，是故「立德」一途對俠的回歸體制有實行上的困難。再來看看以俠「立言」如何，「立言」者，指著書立說，言語得其切要，道理足可流傳。顯而易見地，此乃明指讀書立世，與俠的粗獷豪放風格大相逕庭。綜上所言，三不朽已抉其二，只餘「立功」一途，由於俠對武事的嫻熟，因此建立功業對俠而言，可爲因勢利導之便，俠者本具「私義廉潔退讓，有足稱者」（《史記．游俠列傳》）之美，但屬個人與個人間的情感，「立功」使俠者的情感由私義轉換至公義，文人對俠者人生價值地位的提升可說是煞費苦心。

北：麥田，1995年。

〔註16〕見《十三經注疏6．左傳》，頁608，臺北：藝文印書館，1993年。

立功名的條件定得與朝廷牽扯上千絲萬縷理不清的關係，否則「功名」何來？讓「俠」或「劍」表達「立功名」的願望，因其著眼點不同而分化爲歌頌功德與悲憤無爲兩類。因爲喜歡書與劍的文人，都有一明顯傾向，即個性豪放不羈，不拘世俗禮法，不肯爲五斗米折腰，而又嫉惡如仇的硬漢性情，當然「學而優則仕」的宦途就不會太順利。但在當時的政治體制下，並無其他出路可讓他們伸展雄心壯志，而這也可解釋何以文人會有明顯的主戰傾向？甚至於可以不惜生命，因爲他們想出將封侯。而這答案告訴我們，那時代的文人對從政的追求有一股狂熱。且唐代俠詩歌／小說中的俠客，不管得意還是失意，「仗劍」與「行俠」皆爲憑自己的能力去奪得功名，並不依賴門第背景，故詩人於古俠多取「閭巷之俠」，很少取「卿相之俠」。〔註17〕因「卿相之俠」乃憑祖業，跟俠客所應具備的主動性相扞格，而「閭巷之俠」雖名不見經傳，卻是以自己的能力脩行砥名，以博俠者之名，因此具備了「功名之成，決之在我」的絕對主動性，而這一行動的主動性也激勵著無數的寒門子弟們，只要時代條件允許，文人們熱切的進取精神就完全被激發起來了。

俠既欲出將封侯，那失去個人獨立自由的犧牲是可預期的，但在唐代詩歌中，看不到對這特質失去的悲哀，只見已化爲滿腔忠誠的開邊卻敵及歡欣鼓舞的迎接名祿之來，如「烽火照西京，心中自不平。牙璋辭鳳闕，鐵騎繞龍城。雪暗凋旗畫，風多雜鼓聲。寧爲百夫長，勝作一書生。」（楊炯〈從軍行〉）、「方知萬里相，侯服見光輝。」（虞世南〈從軍行〉（一作擬古）二首之二）、「若使三邊定，當封萬户侯。」（孔紹安〈結客少年場行〉）及「不求生入塞，唯當

〔註17〕在《史記·游俠列傳》中，司馬遷區分了兩種俠，一是孟嘗君、春申君、平原君、信陵君一類「皆因王者親屬，藉於有士卿相之富厚，招天下賢者，顯名諸侯」者，我們稱之爲「卿相之俠」，另一則是「脩行抵名，聲施於天下」的「閭巷之俠」，爲住在閭巷之中的布衣之俠，亦即司馬遷提到的長安樊仲子、西河郭公仲、東陽田君孺等人之屬。

死報君。」(駱賓王〈從軍行〉)等充滿忠肝義膽的報國行爲，在先前的俠史上是找不到的。

在唐代俠小說中的「立功名」行俠主題，對俠者的「報國」、「報君」行爲則做了較多樣的處理，如裴鉶《傳奇》〈虬髯客傳〉中的風塵三俠，李靖是以國家爲依附對象，他本寄望於楊素能扶危持顚，經拜謁過楊素，陳述自己的理想抱負之後，由紅拂處知楊素只是個虛食重祿，尸位素餐而但事淫侈；坐作驕奢，破敗而不及傳世的無所做爲者爾爾。遂轉而全力支持李世民，後果建功立業，以左僕射平章事，此處所呈現的李靖俠形象，是爲公爲民的，但與唐代俠詩歌中立功名的俠者一般，此身已非己有，而屬於君王、國家。而紅拂女的依附對象爲李靖，小說一開始對紅拂的果斷機智做相當的鋪陳，也充分展露出這位美麗多情俠女的自我風格與獨立思考，至此紅拂的人物個性塑造尚見俠者本色，但之後仍免不了落入「出嫁從夫」的傳統思維方式，她陪著李靖一起匡助世民之鴻圖偉業，雖說落入傳統窠臼，但她所報效的對象非是人主，亦非家國，在意義上便不等同於李靖的國家君主觀念。至於虬髯客依附的對象則是自己與天命，在三俠中以他的獨立性格最完整，自我風格受斲喪的程度也最輕，一開始虬髯客的行爲，從恣意打量陌生女子到取仇人心肝下酒，已洋溢著一身不合世俗的桀傲不馴，之後他更透露出自己欲逐鹿天下的雄心，是以虬髯客個性上的完全自我便透顯出來了，可惜最後他仍屈從於天命，讓前面大力鋪陳所建立起的不羈形象有了損毀。以〈虬髯客傳〉而言，可發現依次第出現的三俠，其俠者不羈本質的發揮與其出現的順序呈反比現象，首先出場的李靖個人獨立特質最低，接著紅拂女以一弱質女流主動連夜投奔於李靖，其所散發的自我風格居第二，而最後出場的虬髯客則是最能保持俠者獨立特質的，這除了讓讀者有高峰不斷、驚奇跌宕之感外，還透顯出作者創作思想之隱微處，作者如此安排，無形中做了俠者還是以獨立本質爲最令人推崇處的最佳辯證。

總而言之，俠本悠遊法制體例之外，但俠的游手好閒雖讓人稱羨，俠的快意恩仇也讓人讚佩，可是俠的這種生活方式畢竟無法被傳統禮教所認同，因此詩人爲其筆下的俠做一重返文明社會的努力——藉由邊關戰事，將本不爲文明社會所理性接受的「俠」，塑造成保家衛國的英雄形象，所以讓俠立功名的目的，是讓本爲以武犯禁的社會邊緣兒——「俠」，可重歸文明社會，被文明社會的道德規範所包容、接納，這情形早自曹植歌詠俠客：「慷慨赴國難，視死忽如歸。」（〈白馬篇〉）便已開始。故俠客「急公赴義」的形象出現了：「俠客重恩光，驄馬飾金裝。瞥聞傳羽檄，馳突救邊荒。」（張柬之〈出塞〉）由於詩人借邊陲戰事來爲游俠兒鍍上一層「保家衛國」的金，而邊疆烽煙即成俠重歸文明社會的最佳憑依，征戰歸來的俠，已完全轉換爲民族英雄的形象，此即俠的形象由「以武犯禁」轉換至「以武助邊」的過程。由不軌於正義的好逞私勇到濟強扶弱的正義化身，到建立邊功的民族英雄，我們看到「游俠」形象的不斷轉化，爲何會如此？文學作品的美化是很重要的，因此唐代俠詩歌與俠小說便扮演了重要的過渡角色——讓游俠兒以立功取代私勇——重歸文明社會的道德條例後，再加以加工改造成完美人格的大俠就更容易了。

第二節　「立功名」的行俠模式

如前所論，「立功名」行俠主題在魏晉時期的詩歌已啓其端，首創伊始的是曹植〈白馬篇〉，爲了說明唐代俠詩歌的「立功名」模式，以下便舉其爲例：

白馬篇　　魏・曹植

白馬飾金羈，連翩西北馳。
借問誰家子，幽并遊俠兒。
少小去鄉邑，揚聲沙漠垂。
宿昔秉良弓，楛矢何參差。　｜任俠
控弦破左的，右發摧月支。
仰手接飛猱，俯身散馬蹄。
狡捷過猿猴，勇剽若豹螭。

邊城多警急，胡虜數遷移。	
羽檄從北來，厲馬登高堤。	
右驅蹈匈奴，左顧陵鮮卑。	報國
寄身鋒刃端，性命安可懷。	
父母且不顧，何言子與妻。	
名編壯士籍，不得中顧私。	立功名
捐軀赴國難，視死忽如歸。	

此詩乃爲游俠少年從軍報國之始，並且在「任俠」部分做了相當多的著墨，之前俠者在文學作品中的地位僅爲陪襯，如班固〈兩都賦〉及張衡〈西京賦〉中的俠客只是在繁華都城中的一抹剪影，並無得到作品的明確聚焦與顯影。故在文學作品中認眞敘寫任俠行爲的首推曹植〈白馬篇〉，而此詩作也呈見了一初步的游俠立功模式：「任俠→報國→立功名」〔註 18〕，可說之後魏晉南北朝詩人及唐代詩人筆下游俠少年的勇武精神與報國形象，皆脫胎於此，惟曹植的俠客立功名模式，其功名仍指俠形象自身，尚未涉及現實的功名利祿。以下便舉另二首魏晉南北朝此類詩作爲對照：

白馬篇　　梁・徐悱

研蹄飾鏤鞍，飛鞚度河干。	
少年本上郡，遨遊入露寒。	任俠
劍琢荊山玉，彈把隋珠丸。	
聞有邊烽急，飛候至長安。	
然諾竊自許，捐軀諒不難。	
占兵出細柳，轉戰向樓蘭。	
雄名盛李霍，壯氣勇彭韓。	報國
能令石飲羽，復使髮衝冠。	
要功非汗馬，報效乃鋒端。	

〔註 18〕在陳平原的《千古文人俠客夢——武俠小說類型研究》中，將此三部曲的第一部認爲是「行俠」而非「任俠」，但證諸眾多俠詩歌作，其「行俠」部分全爲敘寫俠者任氣之事，與後世所謂「行俠」的道德標準有一定差距，因此第一部本文以「任俠」名之。見氏著頁 166，臺北：麥田，1995 年。

日沒塞雲起，風悲胡地寒。
西征馘小月，北去腦烏丸。
歸報明天子，燕然石復刊。　——立功名

白馬篇　　隋・王胄

白馬黃金鞍，蹀躞柳城前。　——任俠
問此何鄉客，長安惡少年。
結髮從戎事，馳名振朔邊。
良弓控繁弱，利劍揮龍泉。
披林扼彫虎，仰手接飛鳶。
前年破沙漠，昔歲取祈連。
折衝摧右校，搴旗殪左賢。
虒彌還謝力，慶忌本推儇。
海外平遐險，來庭識負褰。　——報國
三韓勞薄伐，六事指幽燕。
良家選河右，猛將征西山。
浮雲屯羽騎，蔽日引長旃。
自矜有餘勇，應募忽爭先。
王師已得俊，夷首失求全。
鼓行徇玉檢，乘勝蕩朝鮮。
志勇期功立，寧憚微軀捐。　——立功名
不羨山河賞，唯希竹素傳。

在此，可發現在曹植之後的詩人對俠者「任俠」行爲的關注漸減，且任俠行徑集中敘寫俠者次文化部分，較曹植〈白馬篇〉所描繪俠少之雄心壯氣陰柔許多，唐代有些俠詩歌的立功模式便承繼這種貴游少年的任俠行徑，且相形之下更爲放浪形骸。除了對俠者「任俠」行爲的關注漸減外，亦可發現「報國」所占的比例增多了，焦點移轉至對邊陲戰事摹寫的原因，可歸於隨著中原之間不斷的紛爭，漢胡之間的戰事愈見頻繁，因此詩人對俠少報國與戰地景況的形態狀寫部分便增多了。

另一方面，魏晉南北朝時這類提供游俠一躍「公義」的舞臺也有集中在〈白馬篇〉的情形，宋郭茂倩《樂府詩集》云：「白馬者，見乘白馬而爲此曲。言人當立功立事，盡力爲國，不可念私也。」〔註 19〕至於爲何獨稱「白馬」，王立於《心靈的圖景——文學意象的主題史研究》中推測：

> 清人褚人獲《堅瓠廣集》卷六指出：「凡物純白，年久多成精，即白雞白鼠亦無不然。」李賀詩中「白」有九十四個，人稱「瘋狂心理表現」〔註 20〕，其實《宋書・符瑞志》就詳盡地列舉許多白獸白馬，被當作祥瑞奉獻。這種神祕思維當來自魏晉胡漢文化交融時，北方游牧民族的「白色崇拜」。《隋書・音樂志》說：「神白馬之類，生於胡戎。胡戎歌非漢魏遺曲，故其樂器聲調，悉與書史不同。」匈奴常刑白馬爲盟；契丹用白馬祭天；相傳成吉思汗出征時，每次與軍旗並行的是一匹象徵戰神的白馬。而白馬崇拜與佛教亦不無因緣。《太平廣記》卷一百九引《法苑珠林》稱晉有釋縣邃住在河陽白馬寺，有神送其白馬一匹；常任俠先生也介紹過印度〈秾頭王之歌〉詠白馬勇力。只不過中原詩人詠白馬，多注意其蘊含的邊塞建功之意，將神祕的白馬崇拜，轉化爲人駕馭著白馬爭鬥的價值必得肯定上。〔註 21〕

「白馬」既意謂著邊塞胡風與戰功崇拜，因此於魏晉南北朝凡詠俠者立功名事者，幾全集中在〈白馬篇〉，而「白馬」的特殊意涵亦可解釋爲何曹植會擇〈白馬篇〉，做爲將游俠兒帶入邊陲風沙以赴國難、立戰功詩作的原因。在魏之前有關俠的表述，非逞個人之恩怨，即結黨以邀名。至曹植乃以〈白馬篇〉爲俠做了倫理化的先聲，魏晉南北朝此類作品雖少，但已開俠客報國之例；逮有唐一代，武功鼎盛、任俠風熾，兼以武舉之行，詩作承前朝俠者立功報國作品之

〔註 19〕見宋・郭茂倩編撰《樂府詩集》卷第六十三，頁 914，臺北：里仁書局，1999 年。

〔註 20〕按：王立引自李鼎彝《中國文學史》。

〔註 21〕見王立《心靈的圖景——文學意象的主題史研究》，頁 145～146，上海：學林，1999 年。

餘緒，故在質上係脫胎於曹植〈白馬篇〉而面貌更爲複雜，在量上亦呈相當可觀之進展，因此在有心文人的渲染下，俠者的身份遂由豪暴惡少漸往民族英雄靠攏了。

唐代歌詠俠者報國立功的俠詩歌既承前朝俠者立功報國作品之餘緒，因此立功名模式亦不出「任俠→報國→立功名」的基本雛形，姑且稱其爲「立功名」模式的「典型」，以「A→B→C」示之，而唐代文人在這基本雛形下，亦有所翻新與變動，因此在此便稱其爲「變型」，「變型」包括九種模式，除了「A」代表「任俠」、「B」代表「報國」、「C」代表「立功名」之外，亦加了變數符號，「任俠」之變以「a」表示、「報國」之變以「b」表示、「立功名」之變以「c」表示，而唐人特增的思想內容以「X」示之，以下便分論立功名的典型模式與九種變型模式。

一、立功名的典型

◎典型模式：「A→B→C」

此爲「任俠→報國→立功名」標準範式的「典型」，詩作如下：

結客少年場行　　盧照鄰

長安重遊俠，洛陽富財雄。	任俠
玉劍浮雲騎，金鞭明月弓。	
鬬雞過渭北，走馬向關東。	
孫賓遙見待，郭解暗相通。	
不受千金爵，誰論萬里功。	報國
將軍下天上，虜騎入雲中。	
烽火夜似月，兵氣曉成虹。	
橫行徇知己，負羽遠從戎。	
龍旌昏朔霧，鳥陣捲胡風。	
追奔瀚海咽，戰罷陰山空。	立功名
歸來謝天子，何如馬上翁。	

少年行四首　　王維

新豐美酒斗十千，咸陽遊俠多少年。　——任俠
相逢意氣爲君飲，繫馬高樓垂柳邊。

出身仕漢羽林郎，初隨驃騎戰漁陽。
孰知不向邊庭苦，縱死猶聞俠骨香。
　　　　　　　　　　　　　　　　　報國
一身能擘兩雕弧，虜騎千重只似無。
偏坐金鞍調白羽，紛紛射殺五單于。
　　　　　　　　　　　　　　　　　立功名
漢家君臣歡宴終，高議雲臺論戰功。
天子臨軒賜侯印，將軍佩出明光宮。

少年行　　張籍

少年從獵出長楊，禁中新拜羽林郎。
獨對輦前射雙虎，君王手賜黃金璫。　——任俠
日日鬬雞都市裏，贏得寶刀重刻字。
百里報仇夜出城，平明還在娼樓醉。
遙聞虜到平陵下，不待詔書行上馬。　——報國
斬得名王獻桂宮，封侯起第一日中。　——立功名
不爲六郡良家子，百戰始取邊城功。

少年行　　杜牧

官爲駿馬監，職帥羽林兒。
兩綬藏不見，落花何處期。　——任俠
獵敲白玉鐙，怒袖紫金鎚。
田竇長留醉，蘇辛曲讓岐。
豪持出塞節，笑別遠山眉。　——報國
捷報雲臺賀，公卿拜壽卮。　——立功名

少年行二首　　王貞白

遊譿不知厭，杜陵狂少年。
花時輕暖酒，春服薄裝綿。　——任俠
戲馬上林苑，鬬雞寒食天。
魯儒甘被笑，對策鬢皤然。

弱冠投邊急，驅兵夜渡河。 ─┐ 報國
追奔鐵馬走，殺虜寶刀訛。 ─┘
威靜黑山路，氣含清海波。 ─┐ 立功名
常聞爲突騎，天子賜長戈。 ─┘

上述這些詩作皆是「立功名」模式「任俠→報國→立功名」的「典型」，雖與魏晉南北朝謳歌俠客立功名詩作的模式相同，細究之下，唐代仍有許多自己創發之處。在形式上，唐代首用了「詩組」來表現「立功名」模式的三部曲，這使得詩歌內容更具一幕一幕般推進的戲劇效果，如王維與王貞白的〈少年行〉便是。在內容上，可發現唐代比之魏晉南北朝在這方面的詩作上，關於「立功名」的著眼點，唐代多了許多濃濃的功利味兒，唐之前的「立功名」並無思及封侯晉爵等富貴事，甚至說出「不羨山河賞」（隋・王冑〈白馬篇〉）的話來，而唐代在立功揚名方面入世些、也實際些，這些俠者經過立功之後，祿位自來，此點顯露出唐人的從政狂熱。在內容上另外一個與魏晉南北朝詩歌相異的是「任俠」的部分，魏晉南北朝俠詩歌的任俠過程著重俠立功前的「訓練課程」，較詳細地描繪俠者在武事技擊上的成就，之後才轉入報國與立功名。而唐代的俠詩歌普遍缺乏此職前訓練，通常一開始的任俠行爲與武技較無牽涉，之後直接上戰場報國卻敵，在立功名的形象上是速成的，略帶投機的。

二、立功名的九種變型

◎變型一：「A（a）→B（b）→C（c）」

如前所述，唐人在「典型」的基礎下，對此基本模式有所翻新與變動，形式較前朝豐富，內容也更廣泛深入，在此稱爲「變型」。「變型」亦分多項，第一型大致遵循「任俠→報國→立功名」的典型，但在內容上稍加變化，此類只見「A→B→（c）」的模式。以下列舉之：

結客少年場行　孔紹安

結客佩吳鉤，橫行度隴頭。 ┐ 任俠
雁在弓前落，雲從陣後浮。 ┘
吳師驚燧象，燕將警奔牛。 ┐ 報國
轉蓬飛不息，冰河結未流。 ┘
若使三邊定，當封萬户侯。 ——欲立功名

從軍行二首之二　顧況

少年膽氣粗，好勇萬人敵。 ——任俠
仗劍出門去，三邊正艱厄。 ┐
怒目時一呼，萬騎皆辟易。 │ 報國
殺人蓬麻輕，走馬汗血滴。 │
醜虜何足清，天山坐寧謐。 ┘
不有封侯相，徒負幽并客。 ——欲立功名

從軍行　戴叔倫

丈夫四方志，結髮事遠遊。 ——任俠
遠遊歷燕薊，獨戍邊城陬。 ┐
西風壠水寒，明月關山悠。 │
酬恩仗孤劍，十年弊貂裘。 │ 報國
封侯屬何人，蹉跎雪盈頭。 │
老馬思故櫪，窮鱗憶深流。 │
彈鋏動深慨，浩歌氣横秋。 ┘
報國期努力，功名良見收。 ——欲立功名

驄馬　沈佺期

西北五花驄，來時道向東。 ┐ 任俠
四蹄碧玉片，雙眼黃金瞳。 ┘
鞍上留明月，嘶間動朔風。 ——報國
借君馳沛艾，一戰取雲中。 ——欲立功名

如典型一所列之例，可知在典型的「立功名」方面皆明確表示了俠者的「封賞」結局，但並非每位報國戍邊的俠者都這麼順利名列公卿，因此上述變型一的詩作末，勉勵俠者能報國卻敵、立功揚名，

而結尾表達出的對功名的企求，再度說明了唐代文人的積極入世思想。

◎變型二：「A（a）→B（b）→C（c）」+X（+X）

變型二爲在基本的「任俠→報國→立功名」上，融合其他內容，使得詩作更爲深邃有情思，而不再只是純任血氣陽剛，列詩如下：

出塞　　張柬之

俠客重恩光，驄馬飾金裝。	任俠
瞥聞傳羽檄，馳突救邊荒。 歙野山川動，囂天旌旆揚。 吳鈎明似月，楚劍利如霜。 電斷衝胡塞，風飛出洛陽。 轉戰磨笄俗，橫行戴斗鄉。	報國
手擒郅支長，面縛谷蠡王。 將軍占太白，	立功名
小婦怨流黃。 騣裹青絲騎，娉婷紅粉妝。 三春鶯度曲，八月雁成行。 誰堪坐愁思，羅袖拂空牀。	怨思

送從弟蕃遊淮南　　王維

讀書復騎射，帶劍遊淮陰。 淮陰少年輩，千里遠相尋。 高義難自隱，明時寧陸沈。	任俠
島夷九州外，泉館三山深。 席帆聊問罪，卉服盡成擒。	報國
歸來見天子，拜爵賜黃金。	立功名
忽思鱸魚鱠，復有滄洲心。 天寒蒹葭渚，日落雲夢林。 江城下楓葉，淮上聞秋砧。 送歸青門外，車馬去駸駸。 惆悵新豐樹，空餘天際禽。	隱逸

白馬篇　　李白

龍馬花雪毛，金鞍五陵豪。	
秋霜切玉劍，落日明珠袍。	
鬬雞事萬乘，軒蓋一何高。	任俠
弓摧南山虎，手接太行猱。	
酒後競風采，三杯弄寶刀。	
殺人如剪草，劇孟同遊遨。	
發憤去函谷，從軍向臨洮。	報國
叱吒萬戰場，匈奴盡奔逃。	立功名
歸來使酒氣，未肯拜蕭曹。	隱逸
羞入原憲室，荒徑隱蓬蒿。	

和董庶中古散調詞贈尹果毅　　劉禹錫

昔聽東武吟，壯年心已悲。	興情
如何今濩落，聞君辛苦辭。	
言有窮巷士，弱齡頗尚奇。	
讀得玄女符，生當事邊時。	任俠
借名游俠窟，結客幽并兒。	
往來長楸間，能帶雙鞬馳。	
崩騰天寶末，塵暗燕南垂。	
爟火入咸陽，詔徵神武師。	
是時占軍幕，插羽揚金羈。	
萬夫列轅門，觀射中戟支。	
誓當雪國讎，親愛從此辭。	報國
中宵倚長劍，起視蚩尤旗。	
介馬晨蕭蕭，陣雲竟天涯。	
陰風獵白草，旗槊光參差。	
勇氣貫中腸，視身忽如遺。	
生擒白馬將，虜騎不敢追。	立功名
貴臣上戰功，名姓隨意移。	
終歲肌骨苦，他人印纍纍。	

謁者既清宮，諸侯各罷戲。
上將賜甲第，門戟不可窺。
背血下沾襟，天高問無期。　失意
卻尋故鄉路，孤影空相隨。
行逢里中舊，撲遨昔所嗤。
一言合侯王，腰佩黃金龜。
問我何自苦，可憐眞數奇。
遲回顧徒御，得色懸雙眉。
翻然悟世途，撫己昧所宜。
田園已蕪沒，流浪江海湄。
鷙禽毛翮摧，不見翔雲姿。
衰容蔽逸氣，孑孑無人知。　隱逸
寂寞草玄徒，長吟下書帷。
爲君發哀韻，若扣瑤林枝。
有客識其眞，潺湲涕交頤。
飲爾一杯酒，陶然足自怡。

結客少年場行　盧羽客

幽并俠少年，金絡控連錢。——任俠
竊符方救趙，擊筑正懷燕。
輕生辭鳳闕，揮袂上祁連。
陸離橫寶劍，出沒驚徂旃。　報國
蒙輪恆顧敵，超乘忽爭先。
摧枯逾百戰，拓地遠三千。——立功名
骨都魂已散，樓蘭首復傳。
龍城含曉霧，瀚海接遙天。　入情
歌吹金微返，振旅玉門旋。
烽火今已息，非復照甘泉。

年少行四首　令狐楚

少小邊州慣放狂，驏騎蕃馬射黃羊。——任俠
如今年老無筋力，猶倚營門數雁行。——入情一

家本清河住五城，須憑弓箭得功名。　┐ 欲立功名
等閒飛鞚秋原上，獨向寒雲試射聲。　┘

弓背霞明劍照霜，秋風走馬出咸陽。　┐ 報國
未收天子河湟地，不擬回頭望故鄉。　┘

霜滿中庭月滿樓，金樽玉柱對清秋。　┐ 入情二
當年稱意須行樂，不到天明不肯休。　┘

感遇詩三十八首之三四　　陳子昂

朔風吹海樹，蕭條邊已秋。　┐ 興情
亭上誰家子，哀哀明月樓。　┘
自言幽燕客，結髮事遠遊。　┐ 任俠
赤丸殺公吏，白刃報私讎。　┘
避讎至海上，被役此邊州。　┐
故鄉三千里，遼水復悠悠。　│ 報國
每憤胡兵入，常爲漢國羞。　┘
何知七十戰，白首未封侯。　——未立功名

變型二的詩作除了繪寫任俠馳騁邊關、功成名就之事，再加入了其他內容調味，或與閨怨主題結合；或代入了隱逸思想；或是對滄海桑田、物換星移之際的感傷，並回應及時行樂之情的初衷，因此讓游俠立功名的作品內容更爲豐足多樣。有些詩作在起頭處不直接以任俠行爲爲始，而是以「興情」替之，劉禹錫〈和董庶中古散調詞贈尹果毅〉與陳子昂〈感遇詩三十八首〉之三四皆有「興情」部分，皆以悲涼的心境帶出倒敘手法，因此爲整首詩的基調抹上一層哀壯的色調，這與文人脾性有關，因爲喜歡書寫俠的文人，都有一個頗類似的通病，如前所述，都是個性豪放不羈，不拘治世禮法，且不肯爲五斗米折腰而改變性情，當然個個「學而優則仕」的過程就不太順利。但在當代體制下，除了做官，並無其他地方可抒展雄心壯志，於是文人在書寫俠時，亦不忘以自我調侃式的憤懣不平來投射自己的理想所在。另外在形式上，變型二有些詩作也稍作調整，如

令狐楚的〈年少行四首〉，即不以「任俠→報國→立功名」的順序爲準則，次序調動之後，讓述說俠者立功名的事不再是平鋪直敘，婉轉變化地增添了情思感慨。

◎變型三：「A（a）→B（b）」

少年行二首之一　王昌齡

西陵俠少年，送客短長亭。｜任俠
青槐夾兩道，白馬如流星。｜任俠
聞道羽書急，單于寇井陘。｜報國
氣高輕赴難，誰顧燕山銘。｜報國

古意　李頎

男兒事長征，少小幽燕客。｜任俠
賭勝馬蹄下，由來輕七尺。｜任俠
殺人莫敢前，鬚如蝟毛磔。｜任俠
黃雲隴底白雪飛，未得報恩不能歸。｜報國
遼東小婦年十五，慣彈琵琶解歌舞。｜報國
今爲羌笛出塞聲，使我三軍淚如雨。｜報國

張公子行（一作古意）　常建

日出乘釣舟，嫋嫋持釣竿。｜任俠
涉淇傍荷花，驄馬閒金鞍。｜任俠
俠客白雲中，腰間懸轆轤。｜任俠
出門事嫖姚，爲君西擊胡。｜報國
胡兵漢騎相馳逐，轉戰孤軍西海北。｜報國
百尺旌竿沈黑雲，邊笳落日不堪聞。｜報國

邯鄲少年行　鄭錫

霞鞍金口騮，豹袖紫貂裘。｜任俠
家住叢臺近，門前漳水流。｜任俠
喚人呈楚舞，借客試吳鉤。｜任俠
見說秦兵至，甘心赴國讎。——報國

少將　　李商隱

族亞齊安陸，風高漢武威。　┐任俠
煙波別墅醉，花月後門歸。　┘
青海聞傳箭，天山報合圍。　┐報國
一朝攜劍起，上馬即如飛。　┘

胡無人行　　聶夷中

男兒徇大義，立節不沽名。　┐
腰間懸陸離，大歌胡無行。　│任俠
不讀戰國書，不覽黃石經。　┘
醉臥咸陽樓，夢入受降城。　┐
更願生羽翼，飛身入青冥。　│
請攜天子劍，斫下旄頭星。　│報國之思
自然胡無人，雖有無戰爭。　│
悠哉典屬國，驅羊老一生。　┘

變型三乃截取「任俠→報國→立功名」三部曲之前二部，由於本類詩作著重在遊俠兒的慷慨赴國難，因而予人以俠客乃民族英雄的感覺，姑且不論是否爲錯覺，文人將俠者塑造成急公赴義的形象，在本類詩作是成功了。本類詩作雖無述及第三部曲「立功名」的部分，但經由對俠者的氣高赴國讎描寫，即使本身立節不沽名，其所立之功名仍將傳頌千古，如王昌齡的〈少年行二首〉之一對這種情形就寫得相當清楚：「西陵俠年少，送客過長亭。青槐夾兩路（集作道），白馬如流星。聞道羽書急，單于寇井陘。氣高輕赴難，誰顧燕山銘。」西陵俠少在聽聞單于入侵後，馬上勇赴國難，雖不以燕山勒銘爲目標，而將必留下燕山不朽之銘卻是無庸置疑的。

◎變型四：「B（b）→C（c）」

從軍行二首（一作擬古）之二　　虞世南

烽火發金微，連營出武威。　┐
孤城塞雲起，絕陣虜塵飛。　│報國
俠客吸龍劍，惡少縵胡衣。　┘

朝摩骨都壘，夜解谷蠡圍。
蕭關遠無極，蒲海廣難依。
沙磴離旌斷，晴川候馬歸。　立功名
交河梁已畢，燕山斾欲揮。
方知萬里相，侯服見光輝。

從軍行　　賀朝

朔胡乘月寇邊城，軍書插羽刺中京。
天子金壇拜飛將，單于玉塞振佳兵。
騎射先鳴推任俠，龍韜決勝佇時英。
聞有河湟客，愔愔理帷帟。
常山啓霸圖，汜水先天策。
銜珠浴鐵向桑乾，釁旗膏劍指烏丸。　報國
鳴雞已報關山曉，來雁遙傳沙塞寒。
直爲甘心從苦節，隴頭流水嗚嗚咽。
邊樹蕭蕭不覺春，天山漠漠長飛雪。
魚麗陣接塞雲平，雁翼營通海月明。
始看晉幕飛鵝入，旋聞齊壘啼烏聲。

自從一戍燕支山，春光幾度晉陽關。
金河未轉青絲騎，玉箸應啼紅粉顏。
鴻歸燕相續，池邊芳草綠。　立功名
已見氛清細柳營，莫更春歌落梅曲。
烽沈竈滅靜邊亭，海晏山空肅已寧。
行望鳳京旋凱捷，重來麟閣畫丹青。

司馬將軍歌（以代隴上健兒陳安）　　李白

狂風吹古月，竊弄章華臺。
北落明星動光彩，南征猛將如雲雷。
手中電擊倚天劍，直斬長鯨海水開。
我見樓船壯心目，頗似龍驤下三蜀。
揚兵習戰張虎旗，江中白浪如銀屋。　報國
身居玉帳臨河魁，紫髯若戟冠崔嵬。

細柳開營揖天子，始知灞上爲嬰孩。
羌笛橫吹阿嚲迴，向月樓中吹落梅。
將軍自起舞長劍，壯士呼聲動九垓。
功成獻凱見明主，丹青畫像麒麟臺。——立功名

猛士行　李廓

戰鼓驚沙惡天色，猛士虬髯眼前黑。——報國
單于衣錦日行兵，陣頭走馬生擒得。——立功名
幽并少年不敢輕，虎狼窟裏空手行。

變型四爲截取後二部曲—「報國」與「立功名」的部分，本類詩作將俠者直接帶入邊陲戰事，以賀朝的〈從軍行〉爲例，其歌詠了任俠報國，得以讓天子嘉其功，圖畫其像於麒麟閣之上的事蹟，這首詩作雖直接從邊庭戰役敘起，卻把「任俠」當作戰役上騎射先鳴、奮勇殺敵的先決條件，使俠者的膽氣豪情有了正當揮灑的管道。因此，本類詩作主要是強調任俠精神在軍功中的意義，也可說是膽氣豪情的正當轉換。

◎變型五：「A（a）→C（c）」

紫騮馬　楊炯

俠客重周遊，金鞭控紫騮。
蛇弓白羽箭，鶴轡赤茸鞦。——任俠
發跡來南海，長鳴向北州。
匈奴今未滅，畫地取封侯。——欲立功名

紫騮馬　秦韜玉

渥洼奇骨本難求，況是豪家重紫騮。
膔大宜懸銀壓胯，力渾欺著玉銜頭。——任俠
生獰弄影風隨步，踥蹀衝塵汗滿溝。
若遇丈夫能控馭，任從騎取覓封侯。——欲立功名

結客少年場行　沈彬

重義輕生一劍知，白虹貫日報讎歸。——任俠
片心惆悵清平世，酒市無人問布衣。——欲立功名

不同於變型三與變型四的連串部曲，變型五鏤空了「報國」的部分，由任俠行徑始，直接轉入想要一展長才、求得祿位的願望，故此類詩作缺乏實際戰事的描寫，所以不見俠者已立功名的結局，而皆以想立功名之心作結，由此看出，此類詩作也反映了俠者想一舉成名的投機心態。

◎變型六：「A（a）→B（b）」+X

詠懷　駱賓王

少年識事淺，不知交道難。	任俠
一言芬若桂，四海臭如蘭。	
寶劍思存楚，金鎚許報韓。	報國之思
虛心徒有託，循迹諒無端。	
太息關山險，吁嗟歲月闌。	
忘機殊會俗，守拙異懷安。	
阮籍空長嘯，劉琨獨未懽。	悲不遇
十步庭芳斂，三秋隴月團。	
槐疏非盡意，松晚夜凌寒。	
悲調弦中急，窮愁醉裡寬。	
莫將流水引，空向俗人彈。	

變型六的詩作只有一首，所加的變數 X 是悲不遇主題，因爲俠者存著報國之思，卻一直苦無機會，因此「報國」部分未化成具體行動，持雄大抱負而轉眼落空，悲歎之餘，亦巧妙結合了中國士人的「不遇」主題，只不過主人翁換爲俠者，由渺小俠者與龐大帝國之間觸目驚心的對比，來顯出個體處境的窮困與欲爲國用的精神寄託。

◎變型七：「B（b）→C（c）」+X

鄴中贈王大（一作鄴中王大勸入高鳳石門山幽居）　李白

一身竟無託，遠與孤蓬征。	興情
千里失所依，復將落葉并。	

中途偶良朋，問我將何行。
欲獻濟時策，此心誰見明。
君王制六合，海塞無交兵。
壯士伏草間，沈憂亂縱橫。　｜報國之思
飄飄不得意，昨發南都城。
紫燕櫪下嘶，青萍匣中鳴。
投軀寄天下，長嘯尋豪英。
恥學瑯琊人，龍蟠事躬耕。

富貴吾自取，建功及春榮。
我願執爾手，爾方達我情。
相知同一己，豈惟弟與兄。　｜欲立功名
抱子弄白雪，琴歌發清聲。
臨別意難盡，各希存令名。

變型七的詩作也僅一首，雖無明確寫出任俠行徑，但可看出任俠精神已與報國之思融和在一塊兒了。因俠者在此只能有報國的心意，卻無實戰機會可證明己身的滿腔熱血，因此由變型六與變型七的詩例可歸納出，緊臨著報國之思的內容多半充塞悲哀傷怨之息。

◎變型八：「A（a）」或「B（b）」或「C（c）」

述懷（一作出關）　　魏徵

中原初逐鹿，投筆事戎軒。
縱橫計不就，慷慨志猶存。
杖策謁天子，驅馬出關門。
請纓繫南粵，憑軾下東藩。
鬱紆陟高岫，出沒望平原。　｜報國
古木鳴寒鳥，空山啼夜猿。
既傷千里目，還驚九折魂。
豈不憚艱險，深懷國士恩。
季布無二諾，侯嬴重一言。
人生感意氣，功名誰復論。

從軍行　　楊炯

烽火照西京，心中自不平。 ┐
牙璋辭鳳闕，鐵騎繞龍城。 │報國
雪暗凋旗畫，風多雜鼓聲。 │
寧爲百夫長，勝作一書生。 ┘

從軍行　　駱賓王

平生一顧重，意氣溢三軍。 ┐
野日分戈影，天星合劍文。 │報國
弓弦抱漢月，馬足踐胡塵。 │
不求生入塞，唯當死報君。 ┘

送鄭少府入遼共賦俠客遠從戎　　駱賓王

邊烽警榆塞，俠客度桑乾。 ┐
柳葉開銀鏑，桃花照玉鞍。 │報國
滿月臨弓影，連星入劍端。 │
不學燕丹客，空歌易水寒。 ┘

感遇詩三十八首之三五　　陳子昂

本爲貴公子，平生實愛才。 ┐
感時思報國，拔劍起蒿萊。 │
西馳丁零塞，北上單于臺。 │報國
登山見千里，懷古心悠哉。 │
誰言未忘禍，磨滅成塵埃。 ┘

壯士行　　鮑溶

西方太白高，壯士羞病死。 ┐
心知報恩處，對酒歌易水。 │
沙鴻嘷天末，橫劍別妻子。 │報國
蘇武執節歸，班超束書起。 │
山河不足重，重在遇知己。 ┘

羽林行　　鮑溶

朝出羽林宮，入參雲臺議。 ┐
獨請萬里行，不奏和親事。 │

君王重少年，深納開邊利。
寶馬雕玉鞍，一朝從萬騎。
煌煌都門外，祖帳光七貴。　　報國
歌鍾樂行軍，雲物慘別地。
簫笳整部曲，幢蓋動郊次。
臨風親戚懷，滿袖兒女淚。
行行復何贈，長劍報恩字。

後出塞五首之一　　杜甫

男兒生世間，及壯當封侯。
戰伐有功業，焉能守舊丘。
召募赴薊門，軍動不可留。
千金買馬鞭，百金裝刀頭。　　欲立功名
閭里送我行，親戚擁道周。
斑白居上列，酒酣進庶羞。
少年別有贈，含笑看吳鉤。

別離　　陸龜蒙

丈夫非無淚，不灑離別間。
杖劍對尊酒，恥爲游子顏。　　欲立功名
蝮蛇一螫手，壯士即解腕。
所志在功名，離別何足歎。

變型八的詩作皆屬單一部曲，因爲本處是討論俠者從軍報國立功名的情況，故單一任俠部曲（「A（a）」）的詩作從缺。在「B（b）」部分，報國是唯一的焦點，因在彼時，國君所代表的，即是整個國家，是以此處的「報國」也包含著因報國君之恩的報國行爲。而變型八的詩作雖說缺乏任俠行徑做前提，但如同於前變型七處所言，詩作雖無明確寫出任俠行徑，但從報國動機可得知任俠精神充斥在「報國」的字裡行間，如「豈不憚艱險，深懷國士恩。」（魏徵〈述懷（一作出關）〉）、「不求生入塞，唯當死報君。」（駱賓王〈從軍行〉）、「山河不足重，重在遇知己。」（鮑溶〈壯士行〉）、「行行復何贈，長劍

報恩字。」（鮑溶〈羽林行〉）等，釀出一慷慨悲涼的意象。在「C（c）」部分，予人以與「B（b）」迥異的感受，因爲只截取「立功名」部分，對功名的希冀渴求躍然紙上，也生動地反應出唐代社會對男性的社會地位要求。

◎變型九：「A（a）」+X 或「B（b）」+X 或「C（c）」+X

贈何七判官昌浩　李白

有時忽惆悵，匡坐至夜分。	興情
平明空嘯吒，思欲解世紛。	
心隨長風去，吹散萬里雲。	
羞作濟南生，九十誦古文。	
不然拂劍起，沙漠收奇勳。	報國
老死阡陌間，何因揚清芬。	
夫子今管樂，英才冠三軍。	
終與同出處，豈將沮溺群。	

獨漉篇　李白

獨漉水中泥，水濁不見月。	興情
不見月尚可，水深行人沒。	
越鳥從南來，胡鷹亦北渡。	
我欲彎弓向天射，惜其中道失歸路。	
落葉別樹，飄零隨風。	
客無所托，悲與此同。	
羅幃舒卷，似有人開。	
明月直入，無心可猜。	
雄劍挂壁，時時龍鳴。	報國
不斷犀象，繡澁苔生。	
國恥未雪，何由成名。	
神鷹夢澤，不顧鴟鳶。	
爲君一擊，鵬摶九天。	

臨江王節士歌　　李白

洞庭白波木葉稀，燕鴻始入吳雲飛。 吳雲寒，燕鴻苦。 風號沙宿瀟湘浦，節士悲秋淚如雨。	興情
白日當天心，照之可以事明主。 壯士憤，雄風生。 安得倚天劍，跨海斬長鯨。	報國之思

最後一項變型九是單一部曲加上變數 X，出現的詩作皆是「B（b）」+X，且變數 X 三首詩作皆爲「興情」，這與報國之思容易引起愁憤的情緒有關。

另在「任俠→報國→立功名」的立功模式中，「任俠」行爲尚可再分爲二類，這兩類的主要分別，是在「任俠」內容的殊異上，一類爲任俠的正面表現「快意恩仇」，另一類爲任俠的消極行爲「縱情遊讌」。以下即以表分列出此二類詩作。

1. 快意恩仇→報國→立功名

快　意　恩　仇	報　　國	立功名	詩　作
男兒事長征，少（一作生）小（一作作）幽燕客。賭勝馬蹄下，由來輕七尺。殺人莫敢前，鬚如蝟毛磔。	黃雲隴底白雪飛，未得報恩不能（一作得）歸。遼東小婦年十五，慣彈琵琶解歌舞。今（一作合）爲羌笛出塞聲，使我三軍淚如雨。	缺	李頎〈古意〉
幽并俠少年，金絡控連錢。竊符方救趙，擊筑正懷燕。	輕生辭鳳闕，揮袂上祁連。	缺	虞羽客〈結客少年場行〉

2. 縱情遊讌→報國→立功名

縱　情　遊　讌	報　　國	立功名	詩　作
長安重遊俠，洛陽富財雄。玉劍浮雲騎，金鞭（一作鞍）明月弓。鬬雞過渭北，走馬向關東。孫賓遙見待，郭解暗相通。	不受千金爵，誰論萬里功。將軍下天上，虜騎入雲中。烽火夜似月，兵氣曉成虹。橫行徇知己，負羽遠從戎。龍旌昏朔霧，鳥陣捲胡風。追奔瀚海咽，戰罷陰山空。	歸來謝天子，何如馬上翁。	盧照鄰〈結客少年場行〉

新豐美酒斗十千，咸陽遊俠多少年。相逢意氣爲君飲，繫馬高樓垂柳邊。	出身仕漢羽林郎，初隨驃騎戰漁陽。孰知不向邊庭苦（一作死），縱死猶聞俠骨香。 一身能擘（一作臂）兩雕弧，虜騎千重（一作羣）只似無。偏坐金鞍調白羽，紛紛射殺五單于。	漢家君臣歡宴終，高議雲臺論戰功。天子臨軒賜侯印，將軍佩出明光宮。	王維〈少年行四首〉
霞鞍金口騮，豹袖紫貂裘。家住叢臺近（一作下），門前漳水流。喚人呈楚舞，借客試吳鉤。	見說秦兵至，甘心赴國讐。	缺	鄭錫〈邯鄲少年行〉
少年從獵出（一作出獵）長楊，禁中新拜羽林郎。獨對輦前射雙虎，君王手賜黃金璫。日（一作白）日鬭雞都市裏，贏得寶刀重刻字。百里報仇夜出城，平明還在娼樓醉。	遙聞虜到平陵下，不待詔（一作勅）書行上馬。	斬得名王獻桂宮，封侯起第一日中。不爲（一作同）六郡良家子，百戰始取邊城功。	張籍〈少年行〉
官爲駿馬監，職帥羽林兒。兩綬藏不見，落花何處期。獵敲白玉鐙，怒袖紫金鎚。田竇長留醉，蘇辛曲讓岐。	豪持出塞節，笑別遠山眉。	捷報雲臺賀，公卿拜壽巵。	杜牧〈少年行〉
族亞齊安陸，風高漢武威。煙波別墅醉，花月後門歸。	青海聞傳箭，天山報合圍。一朝攜劍起，上馬即如飛。	缺	李商隱〈少將〉
豈無惡年少，縱酒遊俠窟。	募爲敢死軍（一作士），去以梟叛卒。	缺	陸龜蒙〈雜諷九首〉之八
男兒徇大義，立節不沽名。腰間懸陸離，大歌胡無行。不讀戰國書，不覽黃石經。醉臥咸陽樓，夢入受降城。更願生羽翼，飛身入青冥。	請攜天子劍，斫下旄頭星。自然胡無人，雖有無戰爭。悠哉典屬國，驅羊老一生。	缺	聶夷中〈胡無人行〉

遊讌不知厭，杜陵狂少年。花時輕暖酒，春服薄裝綿。戲馬上林苑，鬭雞寒食天。魯儒甘被笑，對策鬢皤然。	弱冠投邊急，驅兵夜渡河。追奔鐵馬走，殺虜寶刀訛（一作批）。威靜黑山路，氣含（一作吞）清海波。	常聞爲突騎，天子賜長戈。	王貞白〈少年行〉二首

由上列二表可發現二個有趣的現象：其一，原本最能體現任俠本色的「快意恩仇」在唐代表現俠者報國的詩作數量，竟遠比任俠的消極行為「縱情遊讌」少上許多。其二，即是凡俠客的出場以快意恩仇的情態出現者，則缺少了立功名的描寫。而以縱情遊讌的負面行徑登場的俠客，幾乎結局都能獲得君王賞識。何以產生這樣奇特的情況，並無法確知原由，卻頗能呈現詩作的戲劇張力，甚至以大幅著墨於游俠子徘徊歌樓舞榭的墮落流靡情景後，再繼之以遊俠子改弦易轍而爲公赴難的英勇形象，最後則以封侯拜相的戲劇性結果收場。在這樣由極負至極正的過程中，也渲染了俠者欲一躍即登龍門的投機心理。而陸龜蒙的〈雜諷九首〉之八，其惡少漂白的戲劇性，也說明了活躍於唐代的俠者面貌之「異彩紛呈」，與後世越趨聖人化的俠士大相逕庭。

在裴鉶的小說《傳奇‧虬髯客傳》中李靖與虬髯客的立功模式，亦是「任俠→報國→立功名」三部曲，只不過兩人報國的途徑略有差異，立功的方向也不甚相同。李靖先以布衣身份獻濟時之策，以凜然俠氣驚服了倨傲的司空楊素，之後又以穎異之材輔佐李世民，終能締造不世之功業。而虬髯客登場時即展現了他快意恩仇的一面，先是恣意盯著陌生女子梳頭，再是生食仇人心肝，凸顯出亂世的法紀蕩然無存，之後虬髯客捐出所有家產協助李靖夫婦輔佐李世民，自己在十餘年後，也成了扶餘國的國王。綜上所言，「任俠→報國→立功名」這讓游俠形象合理化的三部曲一直沒變，只是報國內涵由邊關戰事與輔佐明主，延續到清代的俠義小說，就成爲平息奸王叛亂了。

第三節　「功成不受」的結局探討

由前所述，不難發現俠者於立功名後，並不全然是封侯晉爵，有些反而是與其相對的「功成不受」，換言之，在洋溢著一片從政熱情的唐代，俠者對名祿的蔑視亦現蹤跡。其實，功成不望報，此本古俠的基本行事理念，如漢代大俠朱家「既陰脫季布將軍之阨，及布尊貴，終身不見也。」(《史記・游俠列傳》)《史記・游俠列傳》亦記載了同時代另一位大俠郭解的功成不望報，他調停相仇兩家的情形如下：

> 雒陽人有相仇者，邑中賢豪居閒者以十數，終不聽。客乃見郭解。解夜見仇家，仇家曲聽解。解乃謂仇家曰：「吾聞雒陽諸公在此閒，多不聽。今子幸而聽解，解奈何乃從他縣奪人邑中賢大夫權乎？」乃夜去，不使人知，曰：「且無用待我。待我去，令雒陽豪居其閒，乃聽之。」

郭解調停成功，卻將功勞歸於雒陽賢豪，並令人不要說出是自己調解的。以此爲基準觀察唐代俠者立功之後的結局，發現在功利思想盛行的唐代，這種古俠精神雖顯式微，但仍有不少是詠唱俠者功成不受賞的高義潔行，至晚唐俠小說出現，俠客的蹤影更加神祕，已與仙道思想匯流，功成之後幾全「不知所之」。因此以下對功成不受的結局分二部份探討：第一部分討論俠者立功之後的隱身江湖情形，第二部分討論由隱身江湖所帶出的俠者名士化的問題。以下分述之。

一、隱身江湖

早在《周易・繫辭》即曾指出：「君子之道，或出或處，或默或語。」出，是作官仕進；處，是歸處隱退。俠，在唐代雖無可避免地受到傳統文化價值選擇的影響，而以進取參與的積極姿態投入公義的洪流，本質上卻與正統政治格格不入。因此，造成了俠不可能徹底且有始有終地投入名權桎梏中的結果。李白〈贈韋祕書子春〉說得好：「談天信浩蕩，說劍紛縱橫。謝公不徒然，起來爲蒼生。……

留侯將綺里，出處未云殊。終與安社稷，功成去五湖。」俠在釋放出他的光與熱後，最終乃選擇落魄江湖載酒行的生活。

功成身退，但把浮名換來淺斟低唱，詩人認爲求名得利實乃自找麻煩，如李白即詠歎著：「含光混世貴無名，何用孤高比雲月。吾觀自古賢達人，功成不退皆殞身。……且樂生前一杯酒，何須身後千載名。」（〈行路難三首〉之三）同樣表達對名利的不屑的詩作尚有盧照鄰的〈詠史四首〉之四：「何必疲執戟，區區在封候。偉哉曠達士，知命固不憂。」完全樂天知命，而不以立功報國爲唯一出路。楊炯的〈驄馬〉亦然：「驄馬鐵連錢，長安俠少年。帝畿平若水，官路直如弦。夜玉妝車軸，秋金（一作風）鑄馬鞭。風霜但自保，窮達任皇天。」對名利持平常心，在功利思想盛行的唐代可謂異數，在俠歷史中則可說是古風猶存。

也因爲對名利的漠視，讓俠在報國立功之後，選擇了嘯傲山林的生活，如李白的〈白馬篇〉：

> 龍馬花雪毛，金鞍五陵豪。秋霜切玉劍，落日明珠袍。鬬雞事萬乘，軒蓋一何高。弓摧宜（集作南）山虎，手接泰山猱。酒後競風彩，三杯弄寶刀。殺人如翦草，劇孟同遊遨。發憤去函谷，從軍向臨洮。叱吒萬戰場（一作經百戰），匈奴盡波濤（集作奔逃）。歸來使酒氣，未肯拜蕭曹。羞入原憲室，荒徑（集作淫）隱蓬蒿。

俠者立了大功，對相國之位不屑一顧，明代嚴滄浪、劉會孟評點《李杜全集》中評此詩曰：「非勢所屈，非理所攝。寧荒淫而隱，是箇俠士本色。」俠功成不受的情形也現身在王昌齡的〈少年行二首〉之一：「西陵俠年少，送客過長亭。青槐夾兩路（集作道），白馬如流星。聞道羽書急，單于寇井陘。氣高輕赴難，誰顧燕山銘。」在唐代的隱逸裡，出現世俗化的現象，隱居山林不過是爲了求得高潔的美名，而有了美名就有被徵聘的機會，「名」成爲了獲得地位的晉身階梯，因此俠者立功名結局的隱逸不啻是對唐代隱逸世俗化的反諷。也有迫不得已隱逸的例子，如劉禹錫的〈和董庶中古散調詞贈尹果毅〉：

……勇氣貫中腸，視身忽如遺。生（一作曾）擒白馬將，虜騎不敢追。貴臣上戰功，名姓隨意移。終歲肌骨苦，他人印纍纍。謁者既清宮，諸侯各罷戲。上將賜甲第，門戟不可窺。皆血下沾襟，天高問無期。卻尋故鄉路，孤影空相隨。行逢里中舊，撲邀（一作宿）昔所嗤。一言合侯王，腰佩黃金龜。問我何自苦，可憐眞數奇。遲回顧徒御，得色懸雙眉。翻然悟世途，撫己昧所宜。田園已蕪沒，流浪江海湄。鷙禽毛翮摧，不見翔雲（一作高翔）姿。衰容蔽逸氣，孑孑無人知。寂寞草玄徒，長吟下書帷。爲（一作聞）君發哀韻，若扣（一作槳若）瑤林枝。有客識其眞，潺湲涕交頤。飲（一作勸）爾一杯酒，陶然足自怡。

貴臣剽竊了俠者艱辛取來的戰績，讓原本屬於俠者的賞賜轉入他人之手，俠者從此「翻然悟世途」，過著「飲爾一杯酒，陶然足自怡」的生活，雖然結局似乎不壞，但這畢竟不是自願的隱逸，因此仍脫不了隱逸世俗化的窠臼。

俠在整個立功過程示現的是一種狂與逸的雙重性格，狂者進取，逸者逍遙。張節末於《狂與逸—中國古代知識分子的兩種人格特徵》中曾言：

逸的傳統在「世說新語時代」〔註22〕重新崛起，成爲正統儒家不可克服的異端。另一方面，狂的傳統也經歷了相似的過程。這一過程發端於漢代，要早於逸在魏晉的再度興起，但它的成熟卻是在逸的成熟之後。換言之，成熟形態的逸又是狂由正統人格（如果把孟子歸入正統的話）向異端人格轉化的催化劑。〔註23〕

照上述說法，俠的狂傲不羈正是將成熟形態的「逸」摻入性格特

〔註22〕張節末所謂的「世說新語時代」乃承宗白華《美學散步》中的論述而來，凸顯的是《世說新語》之重視人格對審美品味的巨大影響。

〔註23〕見張節末《狂與逸——中國古代知識分子的兩種人格特徵》，頁71，北京：東方，1995年。

質的成品。而由於俠者結合了狂與逸，發展出俠者的「自由情結」〔註 24〕，何謂俠者的自由情結？俠者獨立蒼茫，睥睨群倫，注重個人意志，追求個性舒展，不願爲世俗人生的種種規範準則所束縛的特質，讓他們深心充塞著對身心自由的企慕與渴望，是故功名富貴雖吸引人，但荒原的狼終究還是在荒原裡舒適自在些，此時的名利祿位就太沈重了。因此他們寧願退隱江湖，如李白所云：「結髮未識事，所交盡豪雄。卻秦不受賞，擊晉（一作救趙）寧爲功（一本此下有脱身白刃裏，殺人紅塵中。當朝揖高義，舉世稱英雄四句）。小節豈足言，退耕舂陵東。」（〈贈從兄襄陽少府皓〉）更有甚者，俠者在功成之後，「濟人然後拂衣去，肯作徒爾一男兒。」（王維〈不遇詠〉）完全不留名姓，讓欲賞賜或欲報恩者也無從著手。

這種功成不居的景況讓俠添加幾許神祕化的色彩，如李白的〈俠客行〉：「趙客縵胡纓，吳鈎霜雪明。銀鞍照白馬，颯沓如流星。十步殺一人，千里不留行。事了拂衣去，深藏身與名。」與貫休的〈義士行〉：「先生先生不可遇，愛平不平眉斗豎。黃昏雨雹空似驣，別我不知何處去。」前者令人不知他是何處高人，後者則以神龍乍現的姿態出現，他們的「不知所之」，雖不能力矯時弊，至少還保持了俠的某種榮譽自尊。像李白筆下的武諤即是最佳實例，他一聞中原作難，即挺身而出，但平時卻是隱身江湖，且不過問世間事：「門人武諤，深於義者也，質本沈悍，慕要離之風，潛釣川（一作江）海，不數數於世間事，聞中原作難，西來訪（一作謁）余。余愛子伯禽在魯，許將冒胡兵以致之，酒酣感激，援筆而贈。」（〈贈武十七諤并序〉）這證明了英國學者湯恩比（Arnold J Toynbee）的論述：

退隱可以使這個人物充分認識到他自己內部所有的力量，

〔註 24〕自從 Freud （1920） 提出「伊底帕斯情結」（Oedipus complex）的概念以來，「情結」這一術語已被心理學界普遍接受，用以描述或概括人們行爲的動力因素。

> 如果他不能夠暫時擺脫他的社會勞苦和障礙，他的這些力量就不能覺醒。這種退隱可能是他自願的行爲也可能是被他所無法控制的環境逼成的；但是不管怎樣，這種退隱都是一種機會，也許還是一種必要的條件，促成這個隱士（anchorite）的變容；「anchorite」這個字的希臘原意本來是指「分裂」的意思；但是在孤獨中的變容是沒有目的的，也是沒有意義的，除非在他後來重新出現於他所自來的社會環境裡的時候，他變成了一個改變了的人物。〔註25〕

俠者平時隱於山林，後來重新出現於他所自來的社會環境裡的時候，不再是出世無爲的隱俠，已轉換爲入世解人紛憂的義俠。

在唐代俠小說裡所呈現的「立功名」行俠主題較爲具體而狹窄，但功成後飄身遠去的情形更爲澈底，如袁郊《甘澤謠》中的〈紅線〉，時值魏博節度使田承嗣與潞州節度史薛嵩相衝突，田欲奪取薛的潞州，戰事一觸即發，紅線身爲薛嵩的青衣使女，爲報恩她冒險上田承嗣府上盜其床頭金盒，一夜間往返七百里，田承嗣爲之「驚怛絕倒」，被迫遣使求和，一場兵禍消弭於無形。功成後，紅線隨即辭離薛嵩，欲：「遁迹塵中，棲心物外，澄清一氣，生死長存。」遂「亡其所在」。唐詩人冷朝陽於薛嵩餞行紅線之時亦在座中，時亦和詩一首：「採菱歌怨木蘭舟，送客魂銷百尺樓。還似洛妃乘霧去，碧天無際水空（一作東）流。」（〈送紅線〉（潞州節度使薛嵩有青衣，善彈阮咸琴，手紋隱起如紅線，因以名之。一日辭去，朝陽爲詞。））康駢《劇談錄》〈田膨郎偷玉枕〉中龍虎二蕃將王敬弘所蓄養的小僕，因爲表現出能在倏忽之間來往三十餘里的特殊才能，在大內失枕後受到主人的懷疑及試探，所以立即提出了捉盜尋枕的計畫，小僕在成功制伏田膨郎後，「已告敬宏歸蜀，於是尋之不可。」皇甫氏《原化記》〈義俠〉中那位明辨是非善惡的義俠，本欲行刺一仕人，後得知仕人乃令他行刺者的恩人，於是他將恩將

〔註25〕見〔英〕湯恩比（Arnold J Toynbee）著：曹未風等譯《歷史研究》（A Study of History）（上），頁275，上海：上海人民，1997年。

仇報的負心賊的頭顱送給了仕人，而後，「辭決，不知所之。」

紅線、敬弘之小僕、義俠等皆於功成之後，受惠者感恩戴德之際，「不知所之」。再如裴鉶《傳奇》〈崑崙奴〉玉成少主與紅綃女的美事之後，成功地衝出箭雨而隱入江湖。康騈《劇談錄》〈潘將軍失珠〉中盜玉念珠的三鬟女子，於展現絕頂輕功以還珠之後，「明日訪之，已空室矣。」薛用弱《集異記》〈賈人妻〉在報親仇成功後亦隱身人海。段成式《酉陽雜俎．盜俠》〈蘭陵老人〉在懲戒了作威作福的官吏黎幹後，黎幹「翌日復往，室已空矣。」或許崑崙奴與潘將軍中盜玉念珠之女是因觸犯權貴亡命江湖，是因違法殺人而隱身人海，蘭陵老人是因顯露神奇武功，無法再隱姓埋名，不得不再度銷聲匿跡，但總歸唐代小說中俠客的歸處是充滿了謎樣的色彩。

如此安排俠客的依歸，導致了俠客的神祕化，不再廣結天下以立聲譽，而是退隱江湖。唐代小說俠客的神祕化傾向何來？林保淳認為與唐代的信奉道教有關，其言：

> 劍俠小說中的神祕主義特色又從何而來？這與唐代信奉道教有關……道教從外丹派演變到唐時的內丹派，道教的理論系統漸有成果，因皇室信奉引導整個社會瀰漫了道教風氣，但道教有養生派、鍊丹派、神仙道教派等，唐所信奉的就是神仙道教。……這些道教的觀念對唐代劍俠的影響是很深的。其一，唐代劍俠行事極隱密，常化身為不同階層的人，平時極不起眼，以不同形式混入人群，其神祕性是一大特色，一旦身分暴露，不是死、就是走，只要行蹤被發現，使離開該地。〔註26〕

除了與宗教思想有關之外，唐代任俠歸處的神秘化，動輒「盡室空去」、「俄失所在」，可說是對投機心的一個必然的反思，藉由對俠之可遇不可求，聲明想求玄異奇術者是不由己的，只能在特殊因緣

〔註26〕見林保淳〈唐代小說選讀——豪俠類〉，收於《中國古典小說賞析與研究》，頁139，臺北：中華文化復興運動總會、文藝研究促進委員會，1993年。

下方可遇，這也啓發了後世武俠小說人物迭遭奇遇、異寶的情節模式。

二、俠的名士化

「名士」首先出現於東漢末年，由於二次黨錮之禍的打擊，士人開始拋棄忠君孝親等的社會倫理規範，而自覺地追求自我的獨行異節，努力突出自己的個性。清人趙翼《廿二史劄記》言：

> 自戰國豫讓、聶政、荊軻、侯嬴之徒，以意氣相尚，一意孤行，能爲人所不敢爲，世競慕之。其後貫高、田叔、朱家、郭解輩，徇人刻己，然諾不欺，以立名節。馴至東漢，其風益盛，蓋當時薦舉徵辟，必採名譽，故凡可以得名者，必全力赴之，好爲苟難，遂成風俗。……蓋其時輕生尚氣，已成習俗，故志節之士，好爲苟難，務欲絕出流輩，以成卓特之行，而不自知其非也。〔註 27〕

由上文可想見，東漢末的名士風是前有所承的，且所承的對象幾全爲游俠刺客之屬，此時所謂的「名士」，可說是士人的游俠化產品。至魏晉南北朝，名士再加入了山林游仙的風味洗禮，是更加越禮任情了。及至唐代，由於創作粗豪雄邁俠者的文人本身即具狂蕩名士的特質，因而唐人筆下的俠也有了「名士化」的傾向。

陳平原對名士與游俠的差異，提出了以下看法：

> 本來，名士與游俠，性格上頗有相通之處，都有恃才傲物狂放不羈的一面。只是名士雖有軼出常軌的言行，卻並不觸犯法律，一般也不會招來殺身之禍。不像仗劍行俠殺人犯法的游俠需亡命江湖，名士的狂蕩往往還能得到士人（乃至當權者）的賞識，有的甚至成爲眾口交讚的千古韻事。〔註 28〕

〔註 27〕見清·趙翼《廿二史劄記》卷五，「東漢尚名節」條，頁 61～62，臺北：世界書局，1997 年。

〔註 28〕見陳平原《千古文人俠客夢——武俠小說類型研究》，頁 255～256，臺北：麥田，1995 年。

因此唐代文人既已從事將俠行合理化的工作，除了立功報國之外，還另闢一途，即為將俠「名士化」，何謂俠的名士化，簡言之即是允文允武、狂蕩意氣。名士化的契機在功成身退，功成身退一方面可以照應至古俠精神，一方面也為俠的游冶山林，甚至知書達禮鋪好了路，可說「亦狂亦俠亦溫文」的原型即始於唐代。如虞世南筆下的俠客：

> 陳遵重交結。田蚡擅豪華。曲臺臨上路，高軒抵狹斜。赭汗千金馬，繡軸五香車。白鶴隨飛蓋，朱鷺入鳴笳。夏蓮開劍水，春桃發綬花。高談辯飛兔，摛藻握靈蛇。(〈門有車馬客〉)

在此處，俠者有名士的風流蘊藉，有文人的采藻意興，為唐代俠者名士化的典範。而常建的〈張公子行（一作古意）〉亦然：

> 日出乘釣舟，嫋嫋持釣竿。涉淇傍荷花，驄馬閒金鞍。俠客（一作使君）白雲中，腰間懸轆轤。出門事嫖姚，為君西擊胡。胡兵漢騎相馳逐，轉戰孤軍西海（一作海西）北（一作曲）。百尺旌竿沈黑雲，邊笳落日不堪聞。

俠者在「任俠」之時的行舉，正可看出俠者的日趨名士化。再如王維的〈送從弟蕃遊淮南〉：

> 讀書復騎射，帶劍遊淮陰。淮陰少年輩，千里遠相尋。高義難自隱，明時寧陸沈。島夷九州外，泉館三山深。席帆聊問罪，卉服盡成擒。歸來見天子，拜爵賜黃金。忽思鱸魚鱠，復有滄洲心。天寒蒹葭渚，日落雲夢林。江城下楓葉，淮上聞秋砧。送歸青門外，車馬去駸駸。惆悵新豐樹，空餘天際禽。

詩作中述寫的俠者知書善射，在經歷了任俠、報國、立功得名的人生得意事之後，最後還享受飲泉山林之樂，這正是「少年游俠，中年游宦、老年游仙」理想人生的最佳寫照。

類似如此文武皆備的俠者，在唐代還出現不少例子，如駱賓王〈在江南贈宋五之問〉：「一顧重風雲，三冬足文史。」、陳子昂〈送別出塞〉：「平生聞高義，書劍百夫雄。」、李白〈贈張相鎬二首〉之二：「十五觀奇書，作賦凌相如。……撫劍夜吟嘯，雄心日千里。」、耿湋的〈酬張少尹秋日鳳翔西郊見寄〉：「劉生曾任俠，張率自能文。」都是強調俠客的允文允武，再如元稹〈俠客行〉：「俠客有謀，人不識測（一作人莫測），三尺鐵蛇延二國。」與邵謁〈少年行〉：「丈夫十八九，膽氣欺韓彭。報讎不用劍，輔國不用兵。以目爲水鑑，以心作權衡。願君似堯舜，能使天下平。何必走馬誇弓矢，然後致得人心爭。」更是塑造了俠客「智多星」的形象，能以謀略運籌帷幄之中，這對後世武俠小說中智俠形象的產生有莫大啓迪。有趣的是，「名士化」的傾向不僅表現在俠者的兼得智識上，亦呈顯在對品貌的稱許欽羨上，如李賀的〈唐兒歌（杜豳公之子）〉（唐詩類苑收入「俠少」）：

> 頭玉磽磽眉刷翠，杜郎生得眞男子。骨重神寒天廟器，一雙瞳人剪秋水。竹馬梢梢搖綠尾，銀鸞睒（音閃）光踏半臂。東家嬌娘求對値，濃笑畫（一作書）空作唐字。眼大心雄知所以，莫忘作歌人姓李。

男兒生得英武氣概，惹得東家嬌娘頻頻送秋波，如此純粹以形貌心性做爲俠者標準的，李賀的〈唐兒歌〉可說是首開先例，而後世的舊武俠小說，常常在男主角一出現伊始，先仔細品鑒這少年的品貌，也不見什麼驚人武藝的介紹，即下以「好個英偉俠少」的結論，與本首詩有異曲同工之妙。

唐代俠者的「名士化」傾向，在詩歌裡得到較大的發揮，在小說裡的呈現並不明顯，只有李朝威《異聞集》〈柳毅傳〉中的柳毅、蔣防〈霍小玉傳〉中的黃衫豪士與裴鉶《傳奇》〈虬髯客傳〉的虬髯客多多少少在俠氣裡融入了名士特質。〈柳毅傳〉中的柳毅在路見不平，千里爲龍女送信至洞庭之後，與洞庭君、錢塘君的以歌相和，及後日得道時的「詞理益玄」，皆帶有濃濃的名士風味；〈霍小玉傳〉中的李益負情於霍小玉之後，霍小玉纏綿病榻，當時「風流之士，共感玉之多情；豪俠之倫，皆怒生之薄情」，而黃衫豪士此時以身兼風流之士與豪俠之倫的雙重身份出現，他先以風流之士的「豐神雋美」現身，且以清雅的談吐讓「生之儕輩，共聆斯語，更相嘆美」，巧計讓李益往霍小玉處前進，在李益察覺到黃衫豪士的居心之後，本欲推託事故而不再前行，此時黃衫豪士繼之以豪俠之倫的強硬作風「乃輓挾其馬，牽引而行」，並令奴僕數人，強行抱持李益進小玉住處，而完成了這件快意人心之事，黃衫豪客可說是中國歷史俠小說中首位標準允文允武的名士之俠；而〈虬髯客傳〉的虬髯客雖以粗豪形象登場，但在李靖與紅拂拜訪其宅時，卻大大地渲染了虬髯客的風采氣度，且文末亦云李靖的兵法半乃虬髯客所傳，以此觀之，虬髯客也受到唐代文人將俠名士化的影響。

俠的名士化，除了可理解爲俠的行事風格摻進了名士的智識風流，尚可以「歷程」的角度觀察。如前所言，「少年游俠，中年游宦、老年游仙」本身的進程即是俠客名士化的歷程，不少詩作都是敘述年少輕狂任俠，但晚年折節讀書的例子，最有名的詩句莫若如李頎〈緩歌行〉的：「早知今日讀書是，悔作從來（集作前）任俠非。」其餘詩作列例如下：

送高適（一作道非）弟耽歸臨淮作（坐上作）　　王維

少年客淮泗，落魄居下邳。
遨遊向燕趙，結客過臨淄。　｜游俠
山東諸侯國，迎送紛交馳。
自爾厭游俠，閉户方垂帷。
深明戴家禮，頗學毛公詩。
備知經濟道，高臥陶唐詩。
聖主詔天下，賢人不得遺。　｜游宦
公吏奉纁組，安車去茅茨。
君王蒼龍闕，九門十二逵。
羣公朝謁罷，冠劍下丹墀。

濟上四賢詠（三首，濟州官舍作。）崔祿事　　王維

解印歸田里，	
賢哉此丈夫。	
少年曾任俠，	游俠
晚節更爲儒。	游宦
遯跡東山下，	游仙
因家滄海隅。	
已聞能狎鳥，	
余欲共乘桴。	

留別廣陵諸公（一作留別邯鄲故人）　　李白

憶昔作少年，結交趙與燕。	游俠
金羈絡駿馬，錦帶橫龍泉。	
寸心無疑事，所向非徒然。	
晚節覺此疏，獵精草太玄。	游宦
空名束壯士，薄俗棄高賢。	
中回聖明顧，揮翰凌雲煙。	
騎虎不敢下，攀龍忽墮天。	
還家守清眞，孤潔勵秋蟬。	游仙
鍊丹費火石，採藥窮山川。	
臥海不關人，租稅遼東田。	
乘興忽復起，棹歌溪中船。	
臨醉謝葛強，山公欲倒鞭。	
狂歌自此別，垂釣滄浪前。	

證諸於此，故而「少年游俠，中年游宦、老年游仙」代表著俠客的粗獷本質正逐漸消褪中，名士的異質性正同化著俠者，正如汪湧豪、陳廣宏所言：

> 如果自我實現的價值形態，眞的可以自足到了可以擺脫任何外在標準的地步，俠客也就可以完全名士化了。〔註29〕

〔註29〕見汪湧豪、陳廣宏著《江湖任俠——市民社會的英雄主義》，頁116，臺北：漢揚，1997年。

而這種將俠客「名士化」的嘗試，使俠者更易爲社會所接納，且更合乎文人脾胃，將俠的粗獷與名士的風流做一有機結合，使得俠的風貌接受了文明魅力的洗禮，成爲文人心目中的理想人格範式。而作爲開風氣之先的唐代，不僅將俠者的面目重新上彩，而且引出了另一種俠人物的創造範例，影響所及，後世新舊派武俠小說也大量以名士化的俠做爲創作範本，並成功地結合兩者，將俠的藝術魅力推至高點。〔註 30〕

經由對唐代俠詩歌／小說「立功名」行俠主題的全面探討後，發現俠者有文武二途相互轉化又分化的現象，由於唐代從政風氣一直不弱，社會價值標準普遍以立功名相勉勵及相要求；兼之武舉的開辦，讓俠者亦有求功名以回歸文明社會之途。可俠的本質是個人的，究竟不適合放在「皇恩浩蕩」的框架裡，因此唐代俠者亦有功成身退的情況出現，在選擇了嘯傲山林之後，便向著文氣重的名士化之俠靠攏，於是唐代俠者便完成了文武之際的轉化與分化，亦影響至後世武俠小說的人物創造。

〔註 30〕後世新舊派武俠小說名士化的俠有三類：一是不屬於任何幫派，可又愛管閒事，武功高超、神出鬼沒，且舉動滑稽的「散仙」；二是擅長吟詩作賦、風流儒雅的「俠士」；三是建立在至情至性之上的「狂傲」之俠。以上論述見陳平原《千古文人俠客夢——武俠小說類型研究》，頁 256～257，臺北：麥田，1995 年。

第肆章　「報恩仇」之行俠主題

「報恩仇」成爲行俠主題，有其自然且必然的演變規律，司馬遷《史記・游俠列傳》中所記的俠者朱家「專趨人之急，甚己之私。既陰脱季布將軍之阸，及布尊貴，終身不見也。」朱家的行爲是振人救急，施恩不望報，並無酬恩報仇之事。〈游俠列傳〉中另一位俠者郭解，則是少時「以軀借交報仇，藏命作姦，剽攻不休」，但年長後折節爲俠，遂「以德報怨，厚施而薄望」，故此時的郭解亦並不將「報恩仇」稱爲行俠，但彼時已有少年因慕郭解之行，而暗中對不敬郭解者下手——「而少年慕其行，亦輒爲報仇，不使知也。」《史記・貨殖列傳》亦記載道：「其在閭巷少年，攻剽椎埋，劫人作姦，掘冢鑄幣，任俠并兼，借交報仇，篡逐幽隱，不避法禁，走死地如騖。」因此漢初之時的俠，可分兩類，一類爲像朱家、郭解等爲有名望的大俠，他們爲主持正義，甚至不惜身觸法網，報恩仇原非他們行事的重點；另一類爲名聲較不揚的眾多任俠少年，他們就會爲結交之義而報仇，這類俠少與《史記・刺客列傳》裡記載刺客的爲知己者報仇，已有異曲同工之處。但綜上所述，尚看不到俠者有任何報恩的行爲，此時報恩是如荊軻、聶政、豫讓等刺客之輩的報知遇之恩行徑，本與俠者無涉，所以可確知初始的俠，是雖有報仇行爲，但無酬恩行徑的。而在文學作品中，卻一直沒出現「報恩仇」

的行俠主題，直至魏晉南北朝時，魏曹植〈結客篇〉:「結客少年場，報怨洛北芒。利劍鳴手中，一擊而尸僵。」〔註 1〕，與晉張華〈博陵王宮俠曲二首〉之二:「雄兒任氣俠，聲蓋少年場。借友行報怨，殺人租市旁。」〔註 2〕中的述俠少殺人報怨後，才有了文學作品上的「報恩仇」行俠主題出現。但在「報恩」行俠主題上，在魏晉南北朝只見報君恩的詩作，如梁沈約〈白馬篇〉:「白馬紫金鞍，停鑣過上蘭。寄言狹斜子，詎知隴道難。……唯見恩義重，豈覺衣裳單。本持軀命答，幸遇身名完。」的俠少從軍報君恩義，尚無報私恩的俠文學作品出現，故此時，報私恩仍是刺客之屬的作爲。至唐代，文人開始在俠詩篇中穿插刺客的悲涼意象，如李白〈結客少年場行〉:「笑盡一杯酒，殺人都市中。羞道易水寒，從（一作徒）令日貫虹。」及其〈少年行二首〉之一:「擊筑飲美酒，劍歌易水湄。經過燕太子，結託并州兒。少年負壯氣，奮烈自有時。因擊（一作聲）魯句踐，爭博勿相欺。」，與鮑溶〈壯士行〉:「西方太白高，壯士羞病死。心知報恩處，對酒歌易水。沙鴻嘷天末，橫劍別妻子。」等皆是。至此，在唐人心目中，刺客與游俠已無多大差異，「這就難怪唐詩中的行俠往往不是『仗義』而是『報恩』」，〔註 3〕也因此讓「有恩報恩，有仇報仇」的個人化特質成爲後世俠客的重要特徵。

前二章討論的「平不平」行俠主題與「立功名」行俠主題，皆需要社會公認價值來審核其是非與功過，「報恩仇」行俠主題則不然，陳平原於《千古文人俠客夢——武俠小說類型研究》中認爲「報恩仇」行俠主題的興起，是基於俠文學創作的原因：

「是非」與「功過」是社會性的，需要社會公認價值標準

〔註 1〕見逯欽立輯校《先秦漢魏晉南北朝詩·上》，頁 440，北京：中華書局，1998 年。

〔註 2〕見逯欽立輯校《先秦漢魏晉南北朝詩·上》，頁 612，北京：中華書局，1998 年。

〔註 3〕見陳平原《千古文人俠客夢——武俠小說類型研究》，頁 52，臺北：麥田，1995 年。

> 的審核，也需要社會組織的支持與認可，單槍匹馬不可能挑起一場戰爭並建功立業；而「恩仇」則純粹是個人性的，不論何時何地何人都有恩仇需要酬報，而其正義性似乎也無庸置疑，不需要任何社會組織的支持，也不期望得到他人的賞識，酬恩報仇本身就是目的。〔註4〕

此外，「報恩仇」對故事情節的凝聚與推衍有較「平不平」與「立功名」更佳的敘事功能存在，因此在晚唐方成熟的小說所出現的行俠主題，幾乎都離不開報恩仇行俠主題的內容，影響及後世的武俠小說，亦皆以恩怨交纏的歷程爲基本敘述套路。

由於「報恩仇」是唐代俠詩歌／小說中新興的行俠主題，故首先追溯中國傳統中源遠流長的「報」文化，以審視「報恩仇」行爲之本源。其次討論唐代俠詩歌／小說中展現的恩仇觀念內涵與其侷限。由於在報恩仇的過程中，常可見野性殺戮的場面，對象可能是自己，可能是他人，但只要行使者爲俠，便不至遭致太嚴厲的譴責，反予其以慷慨悲壯的評價，關於這種潛藏在人性深處的嗜血慾望，本章最後便擬加以探討。分述如下。

第一節　「報」的文化根源

「報恩」、「報仇」既已成爲唐代俠詩歌／小說中新興且重要的行俠主題，自應釐清「報」文化的形成與其根源，以明瞭「報恩仇」行俠主題的本源，對「報恩仇」行俠主題方能有更深層的認識，因此本節著重在「報」文化，尤其是恩仇之「報」的歷史形成探究上，以闡明唐代俠詩歌／小說「報恩仇」行俠主題的形成前提。

「報」，可說是中國傳統文化中一相當源遠流長的重要概念，也有相當廣泛的意義，包括「報答」、「報償」、「報仇」、「報應」等。這些名詞的中心意義是「反應」或「還報」，而「報」的觀念是中國

〔註4〕見陳平原《千古文人俠客夢——武俠小說類型研究》，頁169～170，臺北：麥田，1995年。

社會關係中的重要基礎，從詩經：「投我以桃，報之以李。」(《詩經・大雅・抑》）中單純的交換行爲開始，就顯示了先人確信行爲的交互性，因而在人與人、物、超自然之間，應存在著一種確定的因果關係。〔註5〕

傳統「報」的觀念，可溯源至《論語・憲問下》：

> 或曰：「以德報怨，何如？」子曰：「何以報德？以直報怨，以德報德。」

這與《禮記・表記》中所記孔子另一段言語可互相參看：

> 子曰：「以德報德，則民有所勸；以怨報怨，則民有所懲。《詩》曰：『無言不讎，無德不報。』」〔註6〕

在此孔子主張報德與報怨應該分開處理，是非要分明，鄉愿更是「德之賊」，因此他反對「以德報怨」，教人要「以直報怨，以德報德」，這種德怨分明的報施觀念，充滿了理性自覺的色彩，其基本精神就如《禮記・曲禮上》所言：

> 太上貴德，其次務施報。禮尚往來，往而不來，非禮也；來而不往，亦非禮也。〔註7〕

有往有來，有來有往，於是恩仇之報生焉，關於恩仇之報的記載散見典籍，但需註明的是，在先秦時代，較見不著「恩報」的字眼，而是以「德報」稱之，如前述孔子之言即是。再如《左傳》無數大大小小的戰役之興起與消弭，很多即因恩仇之報觀念使然，如著名的晉侯使呂相絕秦一事，〔註8〕即提出晉國如何因報秦國之德（恩）而不挑起戰事，而僖公十七年春，齊人爲徐伐英氏，以報婁林之役，〔註9〕及襄公廿五年十二月，吳子諸樊伐楚，以報舟師之役〔註10〕

〔註5〕參考楊聯陞著・段昌國譯〈報——中國社會關係的一個基礎〉，《食貨月刊》3：8，頁377，1973年。
〔註6〕見《十三經注疏5・禮記》，頁909，臺北：藝文印書館，1993年。
〔註7〕見《十三經注疏5・禮記》，頁15～16，臺北：藝文印書館，1993年。
〔註8〕見《十三經注疏6・左傳》，頁460，臺北：藝文印書館，1993年。
〔註9〕見《十三經注疏6・左傳》，頁237，臺北：藝文印書館，1993年。
〔註10〕見《十三經注疏6・左傳》，頁623，臺北：藝文印書館，1993年。

等，皆是爲報仇而發起的戰役。孟子對君臣之間的恩仇互動關係也提出了說明：「君之視臣如手足，則臣視君如腹心，君之視臣如犬馬，則臣視君如國人；君之視臣如土芥，則臣視君如寇仇。」（《孟子·離婁下》）〔註11〕以上是國家或君臣之間的恩仇，至於私人家族之間的「恩仇之報」，則可以《儀禮·喪服禮》之言爲基礎：「爲人後者，爲其父母報。」〔註12〕孟子於《孟子·盡心下》便以此就心理機制言報仇：

> 吾今而後知殺人親之重也。殺人之父，人亦殺其父；殺人之兄，人亦殺其兄。然則非自殺之也？一間耳。〔註13〕

可知報仇觀念和行爲，早在先秦已經形成，由此可推知，當時已發生過不少仇報案例，在《周禮·地官司徒第二》卷十四中也有著更爲擴大的報仇觀念：

> 凡和難，父之讎，辟諸海外；兄弟之讎，辟諸千里之外；從父兄弟之讎，不同國；君之讎視父，師長之讎視兄弟，主友之讎視從父兄弟。〔註14〕

《禮記·曲禮上》上也言：

> 父之讎，弗與共戴天。兄弟之讎不反兵。交遊之讎不同國。〔註15〕

可見儒家以報血親之仇爲主幹，而把君、師長、主友比同於血親。與上述仇報觀念相應的是《禮記·喪服四制》中所記的恩報觀念：

> 其恩厚者，其服重；故爲父斬衰三年，以恩制者也。〔註16〕

這尚指血親之恩而言，至劉向《說苑》卷六甚至著有專文〈復恩〉以擴大報恩的內涵與對象：

> 夫施德者，貴不德；受恩者，尚必報。……君臣相與，以

〔註11〕見《十三經注疏8·孟子》，頁142，臺北：藝文印書館，1993年。
〔註12〕見《十三經注疏4·儀禮》，頁356，臺北：藝文印書館，1993年。
〔註13〕見《十三經注疏8·孟子》，頁250，臺北：藝文印書館，1993年。
〔註14〕見《十三經注疏3·周禮》，頁214，臺北：藝文印書館，1993年。
〔註15〕見《十三經注疏5·禮記》，頁57，臺北：藝文印書館，1993年。
〔註16〕見《十三經注疏5·禮記》，頁1032，臺北：藝文印書館，1993年。

> 市道接，君懸祿上待之，臣竭力以報之。逮臣有不測之事，則主加之以重賞；如主有超異之恩，則臣必死以復之。……夫臣報復君之恩，而尚營其私鬬，禍之原也；君不能報臣之功而憚行賞者、亦亂之本也。夫禍亂之原也，皆由不報恩生矣。〔註 17〕

雖說擴大了恩報的範圍，但基本上仍以五倫大義爲範疇。至於俠客與恩仇之報的關係，本來是牽扯不上的，如《史記·游俠列傳》中的郭解，他不顧爲姪兒報仇，是因其曲在我，此時的俠又專作施恩之事而不及報恩，因此，如前所述，俠客「報恩仇」本以唐代爲濫觴，即連後世所認追爲俠的刺客，在《史記·刺客列傳》裡所記載的行跡，所報的恩仇顯然也不屬五倫之疇，而是以知遇相感所產生的恩與仇，因此對於報親族恩仇一事是否能被稱之爲行俠，就存在著一些疑義。任俠最初始的「報」行爲是「以軀借交報仇」，所以初始的俠與儒眞正不同處，乃在於俠可以義助朋友，報本與自己不相干的仇，刺客輩所做的酬恩報怨之事亦然。而儒只以血親之仇爲核心推衍，但到了後漢，初始俠與儒的分化漸漸合流了，報仇的社會意義似乎有了微妙的變化，如《後漢書·桓譚傳》中桓譚上疏言：

> ……今人相殺傷，雖已伏法，而私結怨讎，子孫相報，後忿深前，至於滅戶殄業，而俗稱豪健，故雖有怯弱，猶勉而行之，此爲聽人自理而無復法禁者也。今宜申明舊令，若已伏官誅而私相傷殺者，雖一身逃亡，皆徙家屬於邊，其相傷者，加常二等，不得雇山贖罪。如此，則仇怨自解，盜賊息矣。〔註 18〕

「俗稱豪健」，代表著報仇行爲已被加諸任俠的色彩，加以刺客形象的異質融入，因此其後「報恩仇」便成爲俠行的特徵，至唐代，更是蔚蔚乎已成行俠主流。

「報」的觀念源遠流長，而「報」對俠的意義亦因唐代的俠刺

〔註 17〕見漢·劉向撰，盧元駿註譯：《說苑今註今譯》，臺北：臺灣商務印書館，頁 158，1985 年。

〔註 18〕見南朝宋·范曄：《後漢書·桓譚列傳》，臺北：中華書局，1981 年。

合流，而更形重要，是以俠的生存價值從唐代開始幾乎是依附在「報」的鏈結裡，「報恩仇」已是表現俠精神最明顯的行俠主題，大量的報恩、報仇行爲即被安排成俠小說中的中心情節支柱。「報」從此也被視爲俠的道德原則，但在任俠使氣的生命姿影裡，「報」已非儒家理性道德樣貌，而融入了刺客的衝動性與個人性。

「報」既是中國社會的群體心態〔註19〕，此群體心態與俠一經結合，即迸發出奇炫的異樣色彩，之前所引《禮記・曲禮上》那種彼此往來的關係，基本上都是「一來一往」的工具性層次，而俠者所表現出來的報恩報仇、報德報怨行爲，卻往往超越了「一來一往」的工具性層次，而上昇至情感性層次〔註20〕，此情感性層次所發出的異樣色彩，在作意好奇的唐小說中更是得到高度的呈現，但這種情感性層次是非理性的，龔鵬程於《大俠》中即析論了俠者之「報」的暴力性質：

> 暴力與攻擊，是俠客行爲的重要特徵。這種行爲，通常我們總認爲他是建立在「報」的行爲規範上；其實，眞正合乎理性交換原則的報，並不常見。與其說俠士的行爲，建立在報的基準上，不如說包括「報」在內的暴力行動，基本上仍是一種非理性的情緒（Irrational passions）。因此睚眦殺人、或劫掠殺人，便成爲俠的一般特徵。〔註21〕

所以「報」對於俠者的意義，在唐代以後，因刺客精神的異質融入，呈現出一種非理性的情緒，也因此「報恩仇」雖最能展現出俠者豪壯

〔註19〕群體心態是透過教育、所有社會生活的經驗、以及無時無刻參與、具有不同判斷習慣與對事態度的各種不同群體所形成的。見 A. Mucchielli 著，張龍雄譯：《群體心態》，臺北：遠流出版事業，頁1，1989年。

〔註20〕劉兆明將「報」的概念依性質分爲「工具性」→報答、報復，「情感性」→報恩、報仇，「因果性」→善報、惡報。見劉兆明：〈「報」的概念及其在組織研究上的意義〉，收於楊國樞、余安邦編著：《中國人的心理與行爲：理念及方法篇（一九九二）》，臺北：桂冠圖書，頁293～318，1994年。

〔註21〕見龔鵬程《大俠》，頁176～177，臺北：錦冠，1987年。

意氣，但不可避免地，俠的報恩仇行為也已成為直指俠所背負嗜血原罪的重要憑證。

第二節　恩仇觀念的擴展與侷限

如前所述，俠者之開始報恩仇實與刺客形象之異質融入息息相關，因此唐代俠詩歌／小說「報恩仇」的特性也帶著個人性與衝動性，但在個人性與衝動性之外，唐代俠詩歌／小說已開始加入了些許理性的質素，如開始著眼於國家恩仇，譏誚俗人之報小怨小仇者等，在這些恩仇觀念內涵的擴展過程中力圖超越個人恩仇，從個人恩仇至民族恩仇，在俠者的倫理意義上有長足的進步。

但即使如此，俠客在本質上是個人性的，如皆以國家民族恩仇來著筆，俠客便失去了原始純樸的野性風貌。因此在唐代俠小說中，與俠詩歌最大的不同，便是極少俠者是建功立名的，除〈虬髯客傳〉外。弔詭的是，這些侷限在個人恩仇的俠者，反更能發揮俠客本色。

「報恩」與「報仇」常常互為兩面，如〈上清傳〉所顯示的，上清之雪竇參冤於德宗皇帝，既報竇參之恩，亦報竇參之仇。在詩歌裡這種「此中報恩亦報仇」的情形亦所在多有，如杜甫〈遣懷〉：「白刃讐不義，黃金傾有無。殺人紅塵裏，報答在斯須。」俠者殺不義之人，是為了報答恩人，也是為了替恩人報仇。而李益〈輕薄篇〉：「死生容易如反掌，得意失意由一言。少年但飲莫相問，此中報讐亦（一作兼）報恩。」與韓愈〈劉生詩〉：「咄哉識路行勿休，往取將相酬恩讐。」也是將恩仇並提，這些都顯示出俠與恩仇的糾纏攪擾，「報恩仇」成為俠者生命中最主要的責任與義務。

在此節，將分兩部分討論，第一部分探討唐代俠詩歌／小說報恩行俠主題，第二部分討論報仇行俠主題，以下分述之。

一、報　恩

恩報意識的湧現是全人類性的，但每個民族的對應心態並不甚相同，如美國人類學者本尼迪克特在研究日本人的性格時指出，日語的「使人感恩」，通常最接近的譯法是「強人所難」，他的研究指出日本人對報恩所持的心態：

> 比較疏遠的人偶然所賜的恩惠是最遭忌諱的東西，因爲一個人僅在鄰里交往和久已確定的等級關係中才懂得並接受「恩」的複雜含義。但是當賜「恩」的雙方僅僅是相識的人和幾乎處於同等地位的人時，人們就感到坐立不安了。他們寧願避免捲入「恩」的全部後果中去。〔註22〕

但唐代的俠者，其恩報意識與日本人的恩報觀念不同，受恩者的坦然，是建立在「報」的必然上，如李白：「有德必報之，千金恥爲輕。」（〈淮陰書懷寄王宗成（一作王宗城）〉）及李中：「恩酬期必報，豈是輙輕生。」（〈劍客〉）皆是強調恩德常在我心，必竭力報之的心態。王立於《偉大的同情——俠文學的主題史研究》指出：

> 中國俠受人恩惠並不感到有什麼恥辱，相反，倒有一種被理解被抬舉的恩遇體驗。這是由傳統的「士不遇」文化模式所規範出來的。承恩受惠，意味著分享他人的資源，更意味著俠之自我的某種價值被他人承認、肯定。尤其是當社會地位較高的人對俠垂青、禮遇時，俠這種感激涕零的情感不論如何掩飾，遲早也會表露出來。〔註23〕

王立在此所敘述的「俠」，應是先秦時刺客的報知己之恩時的心態，至唐後，俠刺既已合流，俠也無可避免地面臨到一些恩報義務，這些恩報義務分爲兩種：一種是恩主有意無意施加的知遇大恩，其一開始於基於一種主從關係的不平等性，因恩主掌握著特定的酬賞條件，即資源；另一種是偶然性隨機性的，即危難困窘時受人之惠，這種接濟雖從物質標準看往往只有一飯之微，精神上道義上的價值卻是巨大的，它可以將平等的雙方關係改變爲債權人與負債者的不

〔註22〕見本尼迪克特著：孫志民等譯《菊花與刀——日本文化的諸模式》，頁87～88，杭州：浙江人民出版社，1987年。

〔註23〕見王立《偉大的同情——俠文學的主題史研究》，頁96，上海：學林出版社，1999年。

平等關係，因這種恩情債可以使得俠終生感恩戴德。而在俠的情感世界裡，渴求理解渴求知遇的心理需求，極易泛化至任何隨機性的恩德上，從而將此恩的精神意義看重爲對自己人格價值的一種確認。〔註 24〕而唐代俠詩歌／小說中的俠的報恩行爲亦不出這兩種，簡而言之，即是報主人恩及報友人恩，以下即分別述之。

（一）報主人恩

「報恩」經由知識界的倡導，已成生死以之的事，當然這主要是指君臣之間的互動，而這情形以唐代俠詩歌更爲顯明，如第參章所述之立功名行俠主題，很多便是以泛化的報國君之恩爲出發點，再如駱賓王〈邊城落日〉:「壯志凌蒼兕，精誠貫白虹。君恩如可報，龍劍有雌雄。」與錢起〈送傅管記赴蜀軍〉:「日暮黃雲千里昏，壯心輕別不銷魂。勤君用卻龍泉劍，莫負平生國士恩。」一云君恩不可報，一云君恩必報，卻一樣皆是鞠躬盡瘁，必力報君而後已。在鮑溶的〈壯士行〉亦明白點出爲何報君:「西方太白高，壯士羞病死。心知報恩處，對酒歌易水。沙鴻嗥天末，橫劍別妻子。蘇武執節歸，班超束書起。山河不足重，重在遇知己。」是因君王的賞遇之恩才讓此位豪壯俠客遠征沙場。

前已述及，唐代對刺客的喜愛已令其與游俠面貌合一，因此在唐代的俠詩歌此類題材大量湧現，發展的最繁複的例子是田光義薦荊軻予燕太子丹，荊軻受邀於燕太子丹而欲刺殺秦始皇，荊軻終因種種原因功敗垂成、被殺身亡，以至荊軻好友高漸離以鉛置筑中，借擊筑之名行刺始皇失敗，鋪衍成一幕幕盪氣迴腸的事蹟。唐代單就吟詠荊軻刺秦王及其相關題材之作，即可分四類，第一類詩作以詠荊軻爲主，第二類詩作將焦點放在節俠田光與燕太子丹的互動上，第三類詩作則以荊軻好友高漸離擊筑悲歌的慷慨豪壯爲影射對象，第四類詩作則是純粹藉易水寒意象來襯托悲壯氛圍，以下即分

〔註 24〕見王立《偉大的同情——俠文學的主題史研究》，頁 96，上海：學林出版社，1999 年。

別以簡表示之：

1. 第一類詩作：以荊軻為主

詩　　句	詩　　題	作　者
此地別燕丹，壯士髮（一作壯髮上）衝冠。昔時人已沒，今日水猶寒。	〈於易水送人〉	駱賓王
笑盡一杯酒，殺人都市中。羞道易水寒，從（一作徒）令日貫虹。燕丹事不立，虛沒秦帝宮。舞陽死灰人，安可與成功。	〈結客少年場行〉	李白
袖中趙匕首，買自徐夫人。玉匣閉霜雪，經燕復歷秦。其事竟不捷，淪落歸沙塵。持此願投贈，與君同急難（一作歲寒）。荊卿一去後，壯士多摧殘。長號易水上，爲我揚波瀾。	〈贈友人三首〉之二	李白
荊卿重虛死，節烈書前史。我歎方寸心，誰論一時事。至今易水橋，寒風兮蕭蕭。易水流得盡，荊卿名不消（一作凋）。	〈易水懷古〉	賈島
燕秦不兩立，太子已爲虜。千金奉短計，匕首荊卿趨。窮年徇所欲，兵勢且見屠。微言激幽憤，怒目辭燕都。朔風動易水，揮爵前長驅。函首致宿怨，獻田開版圖。炯然耀（一作曜）電光，掌握罔正（一作匹）夫。造端何其銳，臨事竟趦趄。長虹吐白日，倉卒反受誅。按劍赫憑怒，風雷助號呼。慈父斷子首，狂走無容軀。夷城芟七族，臺觀皆焚汙。始期憂患弭，卒動災禍樞。秦皇本詐力，事與桓公殊。奈何效曹子，實謂勇且愚。世傳故多謬，太史徵無且。	〈詠荊軻〉	柳宗元
火烏日暗崩騰雲，秦皇虎視蒼生群。燒書滅國無暇日，鑄劍佩玦惟（一作呼）將軍。玉壇設醮思沖天，一世二世當萬年。燒丹未得不死藥，拏舟海上尋神仙。鯨魚張鬣海波沸，耕人半作征人鬼。雄豪氣猛如燄煙（一作猛燄烈燒空），無人爲決天河水。誰最苦兮誰最苦，報人義士深相許。漸離擊筑荊卿歌，荊卿把酒燕丹語。劍如霜兮膽（一作腸）如鐵，出燕城兮望秦月。天授秦封祚未移（一作終），袞龍衣點荊卿血。朱旗卓地白虎死，漢皇知（一作卻）是眞天子。	〈白虎行〉	李賀

秦滅燕丹怨正深，古來豪客盡沾襟。荊卿不了真閒事，辜負田光一片心。	〈讀田光傳〉	李遠
白虹千里氣，血頸一劍義。報恩不到頭，徒作輕生士（一作事）。	〈嘲荊卿〉	劉叉
荊卿西去不復返，易水東流無盡期。落日蕭條薊城北，黃沙白草任風吹。	〈易水懷古〉	馬戴
一旦秦皇馬角生，燕丹歸北送荊卿。行人欲識無窮恨，聽取東流易水聲。	〈詠史詩‧易水〉	胡曾
反刃相酬是匹夫，安知突騎駕群胡。有心爲報懷權略，可在於期與地圖。	〈春秋戰國門‧荊軻〉	周曇
幾尺如霜利不群，恩仇未報反亡身。誠哉利器全由用，可惜吹毛不得人。	〈春秋戰國門‧（荊軻）再吟〉	周曇

在第一類專詠荊軻的唐代俠詩歌裡，有著截然不同的兩派意見，一派是以惋惜的心態來看待荊軻刺秦王未成之事，如李白〈結客少年場行〉:「燕丹事不立，虛沒秦帝宮。舞陽死灰人，安可與成功」與賈島〈易水懷古〉:「荊卿重虛死，節烈書前史」，都以「虛」字點出文人扼腕嘆息之意，而胡曾〈詠史詩‧易水〉則以「無窮恨」表達惋惜之意，李白〈贈友人三首〉之二更自比爲接替荊軻的傳人，欲一雪荊軻未成之恥，手持那把行刺秦王的鋒利匕首，義助他人之急難；另一派則以嘲諷的言語怪責荊軻的辦事不牢，如柳宗元〈詠荊軻〉就講得很不客氣，言荊軻「奈何效曹子，實謂勇且愚」，並對太史公及世人的盛讚荊軻不以爲然:「世傳故多謬，太史徵無且。」李遠〈讀田光傳〉則言荊軻「不了真閒事」，對其「辜負田光一片心」不甚諒解，劉叉更直接以〈嘲荊卿〉爲題，認爲他「報恩不到頭，徒作輕生士（一作事）」，而周曇的〈春秋戰國門‧（荊軻）再吟〉認爲荊軻的武技差勁，辜負了那支吹毛可斷髮的利器：「誠哉利器全由用，可惜吹毛不得人。」但無論是惋惜或者是嘲諷，大致上都肯定了荊軻的知恩圖報。

2. 第二類詩作：以田光及燕太子丹為主

詩　　句	詩　　題	作　者
自古皆有死，徇（一作循）義良獨稀。奈何燕太（一作丹）子，尚使田生疑。伏劍誠已矣，感我涕沾衣。	〈田光先生〉	陳子昂
秦王日無道，太子怨亦深。一聞田光義，匕首贈千金。其事雖不立，千載爲傷心。	〈燕太子〉	陳子昂
秦滅燕丹怨正深，古來豪客盡沾襟。荊卿不了眞閒事，辜負田光一片心。	〈讀田光傳〉〔註25〕	李遠

這類詩作則一面倒地高度詠讚了田光的高行義舉，當初田光在聽到燕太子丹囑咐其勿洩事密後，認爲「是燕太子疑光也。夫爲行而使人疑之，非節俠也。」（《史記・刺客列傳》）他以節俠自許，便以節俠之行報之，因而自刎全義。而陳子昂〈田光先生〉：「自古皆有死，徇（一作循）義良獨稀」及〈燕太子〉：「一聞田光義，匕首贈千金」皆以「義」許田光，也說明了「俠」與「義」在唐代的高度聯結。

3. 第三類詩作：以高漸離的擊筑意象為主

詩　　句	詩　　題	作　者
吹簫入吳市，擊筑游燕肆。尋源博望侯，結客遠相求。少年懷（一作垂）一顧，長驅背隴頭。	〈結客少年場行〉	虞世南
擊筑飲美酒，劍歌易水湄。經過燕太子，結託并州兒。	〈少年行二首〉之一	李白
馬上相逢揖馬鞭，客中相見客中憐。欲邀擊筑悲歌飲，正值傾家無酒錢。	〈醉後贈從甥高鎮〉	李白
擊筑向北燕，燕歌易水濱。歸來泰山上，當與爾爲鄰。	〈魯郡堯祠送張十四游河北〉	李白
火烏日暗崩騰雲，秦皇虎視蒼生群。燒書滅國無暇日，鑄劍佩玦惟（一作呼）將軍。玉壇設	〈白虎行〉	李賀

〔註25〕本首詩歌兼詠荊軻與田光，因此第一類詩作與第二類詩作皆收之。

醮思沖天，一世二世當萬年。燒丹未得不死藥，拏舟海上尋神仙。鯨魚張鬣海波沸，耕人半作征人鬼。雄豪氣猛如燄煙（一作猛燄烈燒空），無人爲決天河水。誰最苦兮誰最苦，報人義士深相許。漸離擊筑荊卿歌，荊卿把酒燕丹語。劍如霜兮膽（一作腸）如鐵，出燕城兮望秦月。天授秦封祚未移（一作終），袞龍衣點荊卿血。朱旗卓地白虎死，漢皇知（一作卻）是眞天子。		
燕南壯士吳門豪，筑中置鉛魚隱刀。感君恩重許君命，泰山一擲輕鴻毛。	〈結襪子〉	李白
幽并俠少年，金絡控連錢。竊符方救趙，擊筑正懷燕。	〈結客少年場行〉	盧羽客

這類詩作摻入了高漸離的擊筑意象，以高漸離的悲壯事蹟渲染俠少年的意氣，因此有與荊軻之事結合者，如李白〈少年行二首〉之一：「擊筑飲美酒，劍歌易水湄」、〈魯郡堯祠送張十四游河北〉：「擊筑向北燕，燕歌易水濱」、及李賀〈白虎行〉：「漸離擊筑荊卿歌，荊卿把酒燕丹語」；有與侯嬴之事結合者，如盧羽客〈結客少年場行〉：「竊符方救趙，擊筑正懷燕」；有與伍子胥之事結合者，如虞世南〈結客少年場行〉：「吹簫入吳市，擊筑游燕肆」；有與專諸之事結合者，如李白〈結襪子〉：「燕南壯士吳門豪，筑中置鉛魚隱刀」等，都是以這些古代悲壯事來激勵俠少的進取心。

4. 第四類詩作：以易水意象為主

詩　　句	詩　題	作　者
時命欲何言，撫膺常嘆息。嘆息將如何，遊人意氣多。白雪梁山曲，寒風易水歌。泣魏傷吳起，思趙切廉頗。淒斷韓王劍，生死翟公羅。羅悲翟公意，劍負韓王氣。	〈夏日遊德州贈高四并序〉	駱賓王
邊烽警榆塞，俠客度桑乾。柳葉開銀鏑，桃花照玉鞍。滿月臨弓影，連星入劍端。不學燕丹客，空歌易水寒。	〈送鄭少府入遼共賦俠客遠從戎〉	駱賓王

擊筑飲美酒，劍歌易水湄。經過燕太子，結託并州兒。	〈少年行二首〉之一〔註 26〕	李白
裴生覽千古，龍鸞炳文章。悲吟雨雪動林木，放書輟劍思高堂。勸爾一杯酒，拂爾裘上霜。爾為我楚舞，吾為爾楚歌。且探虎穴向沙漠，鳴鞭走馬凌黃河。恥作易水別，臨岐淚滂沱。	〈留別于十一兄逖裴十三遊塞垣〉	李白
猛虎伏尺草，雖藏難蔽身。有如張公子，骯髒在風塵。豈無橫腰劍，屈彼淮陰人。擊筑向北燕，燕歌易水濱。歸來泰山上，當與爾為鄰。	〈魯郡堯祠送張十四游河北〉〔註 27〕	李白
西方太白高，壯士羞病死。心知報恩處，對酒歌易水。	〈壯士行〉	鮑溶
壯士何曾悲，悲即無回期。如何易水上，未歌淚先垂。	〈壯士吟〉	孟遲
朱絲弦底燕泉急，燕將雲孫白日彈。嬴氏歸山陵已掘，聲聲猶帶髮衝冠。	〈聽樂山人彈易水〉	賈島
壯士不曾悲，悲（一作去）即無回期。如何易水上，未歌先淚垂。	〈壯士吟〉	賈島
猛虎不怯敵，烈士無虛言。怯敵辱其班，虛言負其恩。爪牙欺白刃，果敢無前陣。須知易水歌，至死無悔吝。	〈猛虎行〉	李咸用
朝為壯士歌，暮為壯士歌。壯士心獨苦，傍人謂之何。古鐵久不快，倚天無處磨。將來易水上，猶足生寒波。	〈雜諷九首〉之九	陸龜蒙
拔劍遶殘樽，歌終便出門。西風滿天雪，何處報人恩。勇死尋常事，輕讎不足論。翻嫌易水上，細碎動離魂。	〈劍客〉	齊己

這類詩作即是純粹藉易水寒意象來襯托悲壯氛圍，因此詩歌裡便夾雜著大量後人的感喟與寄託。從上列四表可發現第一類與第四類的數量明顯地較多，可說唐人對荊軻有所偏愛，荊卿為報燕太子知遇之恩之節烈事跡，獲得了其「名不消」的贊譽，但也因其失手身亡，

〔註 26〕本首詩歌兼用高漸離擊筑意象與易水意象，因此第三類詩作與第四類詩作皆收之。

〔註 27〕本首詩歌兼用高漸離擊筑意象與易水意象，因此第三類詩作與第四類詩作皆收之。

換來了文人的嘲諷與惋惜。

其他同屬刺客事蹟的要離與豫讓，他們爲報主人知遇之恩而有死無生的豪氣，也是詩人詠讚的對象，如李白〈贈武十七諤并序〉：「馬如一匹練，明日過吳門。乃是要離客，西來欲報恩。笑開燕匕首，拂拭竟無言。」的心慕要離，及胡曾〈詠史詩・豫讓橋〉：「豫讓酬恩歲已深，高名不朽到如今。年年橋上行人過，誰有當時國士心。」，和周曇〈春秋戰國門・豫讓〉：「門客家臣義莫儔，漆身吞炭不能休。中行智伯思何異，國士終期國士酬。」等，詠豫讓的視點集中在「國士」上，「國士」語出戰國豫讓之口，其時他爲智伯報仇，而屢次向趙襄子下手，趙襄子也數度不追究豫讓的行刺之過，但豫讓仍不斷行刺，最後趙襄子問豫讓，何以豫讓亦曾事范、中行氏，智伯滅了他們，豫讓不思報仇，但趙襄子滅了智伯，豫讓卻「獨何以爲之報讎之深」，豫讓便言：「臣事范、中行氏，范、中行氏皆眾人遇我，我故眾人報之：至於智伯，國士遇我，我故國士報之。」（《史記・刺客列傳》），雖然豫讓明知趙襄子之賢，但爲了以國士之恩報智伯，他仍須不斷地刺殺趙襄子，而唐代詩人對刺客這種非理性精神的詠讚，再次說明了在唐代詩人眼中的俠行，已與朱家、郭解等古俠不計私人怨仇的俠行大不相同。

另外在深獲唐人喜愛報主人知遇之恩的例子，尚有侯嬴與朱亥，詩例列簡表如下：

詩　　句	詩　　題	作　者
既傷千里目，還驚九折（一作逝）魂。豈不憚艱險，深懷國士恩。季布無二諾，侯嬴重一言。人生感意氣，功名誰復論。	〈述懷（一作出關）〉	魏徵
七雄（一作國）雄雌猶未分，攻城殺將何紛紛。秦兵益圍邯鄲急，魏王不救平原君。公子爲嬴停駟馬，執轡愈恭意愈下。亥爲屠肆鼓刀人，嬴乃夷門抱關者。非但慷慨獻良（一作奇）謀，意氣兼將身命酬。向風刎頸（一作頭）送公子，七十老翁何所求。	〈夷門歌〉	王維

六龍冉冉驟朝昏，魏國賢才杳不存。唯有侯嬴在時月，夜來空（一作尚）自照夷門。	〈詠史詩・夷門〉	胡曾
屠肆監門一賤微，信陵交結國人非。當時不是二君計，匹馬那能解趙圍。	〈春秋戰國門・侯嬴朱亥〉	周曇
走敵存亡義有餘，全由雄勇與英謨。但如公子能交結，朱亥侯嬴何代無。	〈春秋戰國門・(侯嬴朱亥）再吟〉	周曇
趙客縵胡纓，吳鉤霜雪明。銀鞍照白馬，颯沓如流星。十步殺一人，千里不留行。事了拂衣去，深藏身與名。閒過信陵飲，脫劍膝前橫。將炙啖朱亥，持觴勸侯嬴。三盃吐然諾，五嶽倒爲輕。眼花耳熱後，意氣素霓生。救趙揮金槌，邯鄲先震驚。千秋二壯士，烜赫大梁城。縱死俠骨香，不慚世上英。誰能書閣下，白首太玄經。	〈俠客行〉	李白
既知朱亥爲壯士，且願束心秋毫裏。秦趙虎爭血中原，當去抱關救公子。	〈留別于十一兄逖裴十三遊塞垣〉	李白
朱亥已擊晉，侯嬴尚隱身。時無魏公子，豈貴抱關人。余亦不火食，遊梁同在陳。空餘湛盧劍，贈爾託交親。	〈送侯十一〉	李白
俠客猶傳朱亥名，行人尚識夷門道。	〈古大梁行〉	高適
幽并俠少年，金絡控連錢。竊符方救趙，擊筑正懷燕。	〈結客少年場行〉	盧羽客

侯嬴與朱亥平日隱於市井中，一爲守城門者，一爲屠夫，一旦爲人賞識，隨時都可獻上自己的生命，侯嬴的智計與以命相酬，朱亥的行事勇猛與報知遇之恩，皆是讓唐代文人傾心不已的原因，如詠侯嬴者，焦點集中在其獻奇策與爲守然諾而自盡的義行上，如魏徵〈述懷（一作出關）〉:「侯嬴重一言」與李白〈俠客行〉:「三盃吐然諾，五嶽倒爲輕」是讚侯嬴的「信」，周曇〈春秋戰國門・侯嬴朱亥〉:「當時不是二君計，匹馬那能解趙圍」、王維〈夷門歌〉:「非但慷慨獻良（一作奇）謀，意氣兼將身命酬」、盧羽客〈結客少年場行〉:「竊符方救趙」是讚侯嬴的「智」;而詠朱亥者，則偏重在其以勇力制晉鄙，成功地奪得兵符以解趙之圍。

也有以較諷刺的筆調敘寫人主以國士視之的客卿，未必皆肯報主人恩，這就襯托出前面那些人物的可貴。如戰國時春申君一事，張祜〈感春申君〉感歎道：「薄俗何心議感恩，諂容卑迹賴君門。春申還道三千客，寂寞無人殺李園。」杜牧的〈春申君〉亦質疑著此一現實：「烈士思酬國士恩，春申誰與快冤魂。三千賓客總珠履，欲使何人殺李園〔註 28〕。」二首詩作乍讀之下，呈現完全不同的思考角度，其實殊途同歸，都是感歎春申養士三千，卻無一人肯酬其恩、報其仇。宋代葛立方《韻語陽秋》卷七云：「杜牧、張祜皆有春申君絕句。杜云……張云……二詩語意太相犯。嗚呼！朱英之言盡矣，而春申不能必用；李園之計巧矣，而春申不能預防；春申之客眾矣，而無一人為春申殺李園者，所以起二者之論也。」〔註 29〕其亦提及張祜、杜牧感慨之處，即無人報春申恩仇之事。春申本身為戰國四公子之一，也是司馬遷筆下的「卿相之俠」，底下豢養數千豪士，以唐人的標準來看，這些豪士也算俠，解讀張祜、杜牧的詩意，這些春申君平日蓄養的豪士應學刺客的報恩行徑——殺了李園，才是眞俠烈之士也，由此亦曲折地顯露出唐人慕刺客之俠的心態。另檢閱上述詠讚刺客的詩歌作品，其詩家於初唐便已出現，如虞世南、駱賓王等，這亦是有唐一代將刺客形象融入於俠的範疇裡的又一明證。

相較於詩歌作品，小說乃由情節構成，是以為了對俠客在唐代小說裡的「報恩仇」行俠主題有更明確的理解，以下各篇有關「報恩仇」行俠主題的唐代小說，皆依情節結構素表列之。在「報恩」方面，依施恩者、受恩者、施恩方式、報恩方式、報恩手段、報恩後下場六項情節結構素列表，在唐代俠小說中，有關俠報主人恩的篇章有〈上清傳〉、〈紅線〉、〈崑崙奴〉、〈聶隱娘〉、〈田膨郎偷玉枕〉、

〔註 28〕據戰國策所載，李園乃春申君舍人，曾獻女弟子於春申君，知其已有身孕，後女弟子被考烈王召去且受寵幸，立為王后，生子立為太子，李園因此被楚王重用。李園恐洩密，欲殺春申君以滅口，門客朱英曾向春申君剖析此事，並願待楚王死時替春申君殺掉李園，春申君不聽。後來，考烈王崩，李園果然派人刺死春申君。

〔註 29〕見南宋・葛立方《韻語陽秋》，頁 91，上海：上海古籍，1984 年。

〈李龜壽〉等六篇，先略述故事情節，再以表格方式簡略的呈顯，以俟進一步的討論。

柳珵《異聞集》〈上清傳〉中上清爲相國竇參的侍婢，竇參受到政敵陸贄三番二次的構陷，早已自覺將遭禍，即囑上清：「吾身死家破，汝定爲宮婢。聖君若顧問，善爲我辭焉。」冀上清將來替己雪冤，此時「上清泣曰：『誠如是，死生以之！』」後來上清因爲善於應對，又能煎茶，憑藉自己的才能來得到侍奉德宗的機會，果然在德宗面前爲昔日的主人竇參昭雪了冤情。

袁郊《甘澤謠》〈紅線〉記潞州節度使薛嵩，因爲魏博節度使田承嗣想要侵犯潞州之事而發愁，侍婢紅線看出了主人的憂愁神情，便自告奮勇提出對策，她在深夜之中往返潞州、魏郡間七百里，在護衛嚴密的魏帥府中，盜得了魏帥床前的金盒，使魏帥知懼，從而解決了主人所遭遇的問題，並且報了恩。

裴鉶《傳奇》〈崑崙奴〉中的崑崙奴是崔生家的奴僕，當主人（崔生）困於紅綃妓的謎語時，他幫助主人解謎，當主人愁於如何赴紅綃妓之約時，他以異人的本領帶領主人前往重重禁衛的一品府，使崔生得與紅綃妓相會，再以同樣的手法爲主人攜出紅綃妓，這種爲主人成全心願美事的行爲，就是爲了報恩。

裴鉶《傳奇》〈聶隱娘〉敘述聶隱娘本來是爲魏帥所派，前往刺殺陳許節度使劉昌裔，但爲劉昌裔所折服，因此報效於劉昌裔麾下，她幫助了劉昌裔對抗了魏帥所派遣的刺客精精兒和妙手空空兒，而劉昌裔也深厚禮遇聶隱娘，以至劉昌裔死後，聶隱娘到京師柩前痛哭，並以丹藥幫助劉昌裔之子，奉勸他棄官避禍，這都是爲了報劉昌裔的知遇之恩。

康軿《劇談錄》〈田膨郎偷玉枕〉中的俠者是龍虎二蕃將王敬弘所蓄養的小僕，他因爲表現出能在倏忽之間來往三十餘里的特殊才能，在大內失枕後受到主人的懷疑及試探，所以立即提出了捉盜尋枕的計畫，後來果然完成了這項報恩行動。小僕在捕捉盜賊之前，對王敬弘說：「父母皆在蜀川，頃年偶至京國，今欲卻鄉里，有一事欲報恩。」因此小僕的效命是爲了報主人給他的恩情。

皇甫枚《三水小牘》〈李龜壽〉中的李龜壽是個刺客，受託行刺晉國公白敏中，但被白敏中事先發覺，爲其恩德所感，李龜壽說：「公若捨龜壽罪，願以餘生事公。」直到白敏中去世後，李龜壽才離去。

各篇的報恩表現表列如下：

	施恩者	受恩者	施恩方式	報恩方式	報恩手段	報恩後下場
〈上清傳〉	竇參	上清	蓄養	昭雪冤情	以個人才智接近皇帝	奉敕爲女道士，後嫁人
〈紅線〉	薛嵩	紅線	蓄養	智計解難	神行術 隱身術	遂亡所在
〈崑崙奴〉	崔生	崑崙奴	蓄養	遂主人願	解謎 飛行術 技擊	不知所向，十餘年後見之容顏如舊
〈聶隱娘〉	劉昌裔	聶隱娘	化敵爲友並厚禮待之	消除危害並保護安全	劍術 變身術 神奇藥水	無復見隱娘者
〈田膨郎偷玉枕〉	王敬弘	小僕	蓄養	捉盜破案	神行術 技擊	歸蜀
〈李龜壽〉	白敏中	李龜壽	化敵爲友並施以恩德	忠心事主	神行術	盡室亡去

在上面的任俠報恩者中，除了聶隱娘、李龜壽外，其餘皆爲奴婢身份。這些平常不起眼的奴僕、侍婢，在主人遭遇困難而無法解決時，他們立即挺身而出，展現出奇炫的本領技藝，以達成主人的心願，爲主人分憂解難。一般來說，主奴關係有以下二個特點。

一是等級分明，界限森嚴。〔註 30〕如崑崙奴見少主人崔生有心事，欲探究竟時，崔生卻言：「汝輩何知，而問我襟懷間事？」將等級界限劃得清清楚楚、明明白白的，而上清、紅線、小僕平時雖得到主人的賞識〔註 31〕，但眞正有難時，其主並不會跨越這條等級界限，向奴婢輩求救，除了竇參明白請上清爲其雪冤外〔註 32〕，其餘情況皆是奴婢自己主動吐驚人之語，或展現其異於常人之技，其主才願意稍微模糊這條等級界限，因此唐代俠小說中俠者的主動性便初步在這群人身上凸顯出來了。因爲歷經施恩者（主人）不特意的施恩行爲（如蓄養）後，受恩者（奴婢輩）如只停留在感恩的階段，則此恩對受恩者的一生並不會產生決定性的改變，受恩者無須爲報恩而放棄自己的人生，亦不須因受恩於人而耿耿於懷，只須與尋常奴婢一般——「主人吩咐什麼，奴婢們就辦什麼」即可。但俠精神的主動性讓他們想爲主人排憂解難，突破他（她）們原本卑微的身份，進而彰顯出他（她）們原有的技能。

二是奴對主有高度的心理依附，主人蓄養奴婢，奴婢肯爲主人的困境而展現被閉鎖的才能，一方面是任俠精神的主動性呈顯，另一方面是因奴婢對主人有高度的心理依附，此爲傳統「忠」觀念的延伸。「忠」，《說文解字》卷十云：「忠，敬也，盡心曰忠。從心，中聲。」〔註 33〕在《左傳》裡即有許多這方面秉公無私盡心爲忠的記錄，如〈襄公五年〉：

君子是以知季文子之忠于公室也。相三君矣，而無私積，

〔註 30〕參考陸震《中國傳統社會心態》，杭州：浙江人民出版社，頁 21，1996 年。

〔註 31〕上清爲竇參所寵「有常所寵青衣上清者」；紅線則「善彈阮，又通經史，嵩遣掌牋表，號曰內記室。」；小僕爲「年甫十八九，神彩俊利，使之無往不居。」

〔註 32〕但竇參亦語上清「汝在輩流中，不可多得。」基本上也是肯定主奴是上下層級的。

〔註 33〕見漢・許愼撰；清・段玉裁注《說文解字注》，頁 502，臺北：漢京文化事業，1985 年。

可不謂忠乎？〔註 34〕

又〈文公六年〉說：

以私害公，非忠也。〔註 35〕

可見「忠」的原始意義爲公家之事盡心出力而無私慾，而爲公家盡心出力的「忠」之語義，也推及至對上級尊長也盡心效力的意義，因此「忠」作爲政治道德原則，乃要求卿大夫等臣下忠於國君，「忠」成爲卿大夫和君主關係之間的一項基本道德要求〔註 36〕，如《左傳》所載：

失忠與敬，何以事君？（《左傳・僖公五年》）〔註 37〕

其爲吾先君謀也則忠。（《左傳・成公二年》）〔註 38〕

可見，「忠」的觀念已與忠於君主的政治道德要求相聯繫，衍生及後，社會上凡是下對上的關係，皆以盡忠爲道德指標。而主人與奴婢更是典型的下對上關係，其間的界線幾乎是絕對的、不可踰越的，因此奴婢的「忠」觀念比常人更爲牢不可破，這也是爲何歷代盛傳「忠僕救主」類型故事的原因，而這一類型故事即以唐代小說爲濫觴。

至於聶隱娘與李龜壽的情形，皆非奴對主的關係，故維繫他們的報恩行動中，有一重要的潛藏因素「知遇」〔註 39〕，這種情形可追溯到戰國的養士。如信陵君拜訪侯嬴，不僅對其非常禮遇，且通過了侯嬴的考驗，所以侯嬴即願爲信陵君賣命；再如荊軻，他得到了燕太子丹的知遇，故甘願冒奇險去刺秦王；而曹沫、聶政、豫讓等皆是受了主人的知遇，才會做出驚心動魄的大事，豫讓即明言：

〔註 34〕見《十三經注疏 6・左傳》，頁 515，臺北：藝文印書館，1993 年。

〔註 35〕見《十三經注疏 6・左傳》，頁 315，臺北：藝文印書館，1993 年。

〔註 36〕見朱漢民：《忠孝道德與臣民精神——中國傳統臣民文化論析》（鄭州：河南人民出版社，頁 44，1994 年）。

〔註 37〕見《十三經注疏 6・左傳》，頁 205，臺北：藝文印書館，1993 年。

〔註 38〕見《十三經注疏 6・左傳》，頁 428，臺北：藝文印書館，1993 年。

〔註 39〕參考林志達：《唐人俠義小說研究》（臺北：輔仁大學中文所碩士論文，頁 68，1986 年）

「士爲知己者死，女爲悅己者容。」因此，聶隱娘的父親事奉魏博節度使田季安，依女子從父原則，應是依附田季安的，促使聶隱娘轉而護衛田氏的死對頭陳許節度使劉昌裔，其中重要緣由即是「知遇」。聶隱娘言：「劉僕射果神人，不然者，何以洞吾也；願見劉公。」她用「洞」字，即充滿著知遇的驚喜。而李龜壽之於白敏中也一樣，他原本是要行刺白敏中，但由於白敏中已先發覺，故李龜壽對白敏中也是心悅誠服，而願以餘生事白敏中。這可看出仇怨也可轉化爲某種恩報關係，因仇人恩施而化仇人爲恩主，此恩不必盡是物質層面，而是精神上的「瞭解」、「讚許」，或以情義相感，即可促成恩報意識的湧現。

由以上對唐代詩歌／小說的敘述，可比較出兩者之間處理俠者報主人恩之例有異同之處，總括言之，約有二端。第一是在報恩對象方面。詩作中所詠讚俠者報主人恩的例子，報恩對象除了君王之外，餘皆爲古人；而小說中的報恩對象全是當代人，但無一例的報恩對象爲國君。這一方面乃因詩歌爲言志抒情的工具，故所言代表著文人本身，且在報恩與立功名互爲表裡的情況下，當代的報恩對象便皆全爲君王了；另一方面詩歌受限於體例，不適合製作一嶄新長篇俠者報恩的故事，但古人事蹟載之典籍，是以詩歌或幻化典故、或濃縮情節、或寄寓感慨於其中，因此在唐代俠詩歌中的報恩對象除了君王之外，餘皆爲代古人言。而唐代俠小說成熟於晚唐，其中俠者所「忠」、所欲報恩的對象，皆非當時國君，亦可視爲當時藩鎮跋扈，蓄養俠刺之風盛行的明證，因此小說中的俠者眼中的主子不是皇帝，而是官吏，可想見其時時勢的紛亂，「亂世天教重俠游」（民國文人柳亞子之詩句）的情況充分映現於小說的創作上。第二是在報恩者方面，在詩歌中，俠者的報君恩是即時的，是不等待的豪性迸發，對報恩對象許生許死，看不到恬適從容；而小說裡的俠者，平時是舒緩的，可能隱身在那些乍看不起眼的人物中，在報主人恩的過程中，有機智沈著，如上清之雪竇參冤、紅線之智盜金盒、崑崙奴之妙解紅綃女啞謎、聶隱娘之計殺精精兒及智退妙手空空兒、王敬弘小僕之擘畫捉盜尋枕事宜等，有藝高人膽大，如上清之憑藉本身才藝接近皇上、紅線之孤身犯險、崑崙奴之神不知鬼不覺地潛入一品府、聶隱娘之變身蠛蠓潛入其主腸中等皆然。更大的不同是，他們也具有淡然退隱的胸懷，這乃與唐代俠詩歌中報主人恩的基調迥異的最明顯處。

（二）報友人恩

所謂的「報友人恩」，其涵義甚廣，凡在平等關係內相互間曾經授受過恩情的人際關係，皆包括在內。如前所述，報主人恩有基於「忠」心態者，亦有持「知遇」意識者，而唐代俠詩歌／小說中報友人恩的例子，則全與「知遇」相關。但在數量上，「報友人恩」在唐代俠詩歌／小說上的呈顯並不多，以下即分別論述再討論其原因。

在唐代俠詩歌明確寫出報友人恩的爲數甚少，而友人通常皆以「知己」稱呼，如楊炯〈劉生〉：「卿（一作鄉）家本六郡，年長入三秦。白璧酬知己，黃金謝主人。」酬知己有時用有價之物「白璧」，有時甚至獻出自己無價的生命，如虞世南〈結客少年場行〉：「輕生徇知己，非是爲身謀。」及盧照鄰〈劉生〉：「報恩爲豪俠，死難在橫行。……但令一顧重，不吝百身輕。」俠者是不甘寂寞的，在狂傲的生命表層形態下，有著一顆欲爲人知的火熱心腸，因此縱然只獲有心人的「一顧」，知遇之恩即已永銘心頭，而肯爲知遇者拋頭顱、灑熱血。但由於在唐代當時的政治社會環境裡，能被人所用幾與建功立業聯綴在一起，因此唐代俠詩歌中的「知遇」意識，也幾乎全體現在渴望君王知遇的心理上，是以在唐代俠詩歌中對報友人恩的描繪僅有零星數例。

在唐代俠小說中，有關俠報友人恩的篇章有〈吳保安〉、〈無雙傳〉、〈潘將軍失珠〉等三篇，先略述故事情節，再將情節結構素以表格方式簡略呈顯。

牛肅《紀聞》〈吳保安〉中的吳保安本是一位小官，任期將滿，後任難以期待，吳保安因與郭元振的姪子郭仲翔同鄉，聞知郭仲翔將隨李蒙將軍出征，即藉這層關係致書郭仲翔，請其幫保安在李蒙帳下謀一職位，仲翔為其邀得判官職位，未料吳保安尚未成行，李蒙已戰死蠻荒，仲翔為虜，仲翔間接致書吳保安，請其代為贖身，時郭元振已亡，吳保安為籌措贖資，傾其家產，十年不歸，連妻小都置之不顧，後得姚州都督楊安居之助，方才湊齊贖資贖出郭仲翔。〔註 40〕吳保安與郭仲翔可說是完全未曾謀面，憑這層薄薄的薦任關係，其實吳保安是可置身事外的，但此時吳保安所作的受人點滴湧泉以報之舉，使他成為俠報的特殊典範。

薛調〈無雙傳〉，王仙客欲娶劉無雙，無雙父劉震未許。朱泚兵亂，劉震全家陷賊。亂平，劉震夫妻處死，無雙沒入掖庭。王仙客遇劉家舊僕塞鴻，得知前事，並贖回無雙的婢女採蘋。在機緣湊巧下，王仙客終見無雙一面，被告知古押衙為有心人。王仙客厚待了古押衙三年，古押衙報恩，王仙客與劉無雙得以白首偕老。

康軿《劇談錄》〈潘將軍失珠〉中的三鬟女子，平日接受王超的厚待，故王超以尋玉念珠之事相詰時，她便回答：「每感恩重，恨無所答，若力可施，必能赴湯蹈火。」後果幫王超尋回玉念珠。

三篇作品的情節結構素表列如下：

	施恩者	受恩者	施恩方式	報恩方式	報恩手段	報恩後下場
〈吳保安〉	郭仲翔	吳保安	推薦做官	傾家救贖	經營財物	卒於任內
〈無雙傳〉	王仙客	古押衙	古生所願，必力致之	完成願望	神藥 劍術 計謀	自殺身亡

〔註 40〕郭仲翔感念保安之恩，在保安夫婦死後「哭甚哀，因製縗麻，環經加杖。自蜀郡徒跣，哭不絕聲。至彭山，設祭酹畢，乃出其骨，每節皆墨記之。盛於練囊；又出其妻骨，亦墨記貯於竹籠，而徒跣親負之，徒行數千里，至魏郡。……於是盡其家財二十萬，厚葬保安，仍刻石頌美。仲翔親廬其側，行服三年。」後且「攜保安子之官，為娶妻。」

〈潘將軍失珠〉	王超	三鬟女子	神算 平日厚待	尋回失物	飛行術	訪之室已空矣

如說報主人恩的心態是「忠」觀念的延伸，報友人恩的心態則可言爲「義」觀念的延伸，「義」，《說文解字》卷十二云：「義，己之威儀也。從我從羊。」段玉裁注引古書古訓，謂義字本訓謂禮容各得其宜。〔註41〕因此「義」的原始義是指禮節儀容，至春秋戰國時期，義字又由禮容法度立意引申出理義、道義等語義，如《左傳·隱公元年》記載鄭莊公對其母武姜氏的評論：

多行不義，必自斃，子姑待之。〔註42〕

因此可爲「義」做一界定，即人們所遵循合理的行爲標準和相關的觀念意識，就是「義」。〔註43〕但此「義」乃儒家普遍性的「義」，一與俠的個人性匯流，便成了一種一對一的「義」，常說俠「自掌正義」即爲此理。因此「義」也成了俠的道德法則，講究個人恩怨的報償，既不同於儒家普遍性的「義」，亦與墨家的「公義」有顯著的差異，故太史公言「儒墨皆擯而不載」。〔註44〕但至唐代，有李德裕的〈豪俠論〉出現，標榜「義非俠不立，俠非義不成」，並解釋其「義」爲「氣義」，強調「士之無氣義者，雖爲桑門，亦不足觀矣。」〔註45〕至此已將儒家之義灌輸至俠客之義，所以才會出現吳保安雖承郭仲翔引荐之恩，但尚未實際領受，卻作出了比一對一平等報償更激烈、更高度的報償。當然，唐代仍處於將俠客之「義」納於儒家之「義」的理性化過程中，因此儒家之「義」對俠客之「義」的滲透並不是絕對的，如古押衙於王仙客，仍屬於一對一個人恩怨的報償，

〔註41〕見漢·許愼撰；清·段玉裁注《說文解字注》，頁633，臺北：漢京文化事業，1985年。

〔註42〕見《十三經注疏6·左傳》，頁35，臺北：藝文印書館，1993年。

〔註43〕見劉翔《中國傳統價值觀念詮釋學》，頁117，臺北：桂冠圖書，1992年。

〔註44〕參考林保淳〈從遊俠、少俠、劍俠到義俠〉，收於淡江大學中文系主編《俠與中國文化》，臺北：臺灣學生書局，頁98，1993年。

〔註45〕見李德裕：〈豪俠論〉，收於《全唐文》卷七○九。

爲了保密，不惜殺了知情的十數條人命，並以自殺作結。而〈潘將軍失珠〉中的三鬟女子，玉念珠本是她與同夥盜走的，及後因王超的厚待之恩，乃爲王超至高塔之頂取回玉念珠。這些都可視爲唐代俠者的特殊性，在非理性與理性轉型融滲間的特殊性。

在〈無雙傳〉中，古押衙一出場的性格，便藉無雙之話說出，爲——「人間有心人」，「有心」可說是所有俠者的一種共同特徵，其大多表現爲一種自視甚高、甚至可說孤芳自賞的心態，他們在行爲上堅執，一方面必須抵禦現實中的波瀾洶湧，一方面亦須對現實有所突進、力扭乾坤，換言之，俠者不願庸庸碌碌過此一生，他們隨時將整個人交予知遇者，這種內心的堅執向外體現，產生行爲上的堅執，此其所以爲「有心人」。王仙客由於無雙陷入宮中而傷心萬分，此時無雙的書信提到古押衙，因此王仙客盡全力「侍奉」古押衙：「（古）生所願，必力致之。繒綵寶玉之贈，不可勝紀。」，以求解救無雙。但王仙客知道俠士不可強求，他「一年未開口」，靠的就是堅定不移的信念，終於古押衙自請報恩，其時無雙已沒入掖庭，皇宮森嚴，救人談何容易，古押衙接下了如此近乎絕望的任務，天殘地缺的人事，古押衙卻企圖補天償地，「老夫乃一片有心人也，感郎君之深恩，願粉身以答效。」就是這種堅執讓佈滿荊棘的解救過程充滿任俠精神的貫徹，所有的不顧一切，包括非常性的滅絕生命作法，都只爲成就王仙客與劉無雙。古押衙初始時是可以拒絕王仙客任何形式的饋贈（包括有形的及無形的）的，他明白王仙客定是有重事相求，此時古押衙便面臨了雙叉路的抉擇，接受與不接受之間的意志爭鬥必是艱辛難決。預知此恩須「粉身以答效」，他大可來個相應不理、明哲保身，繼續安安穩穩當個富平縣押衙，但古押衙接受了王仙客對其的「竭分」，則古押衙的自信與不甘平淡一生，使他以自己的生命爲籌碼，身影彷彿也驟然高大，因此一開始的高姿態（古押衙毫不客氣的要求與接受），是對自我才能的自得，也是對王仙客的試驗，一旦通過試驗，便是報恩的時候了。〈吳保安〉

與〈潘將軍失珠〉中的吳保安與三鬟女子亦然，吳保安的「有心」便在修書予郭仲翔之時啓始，而在郭仲翔答應後，報恩行爲動機於焉起動。而三鬟女子平日在大庭廣眾面前即已略微展露本身驚人藝業，其目的無非是以有心待有心，果不其然，王超立刻留上心來，並藉事與之相熟，再厚爲供養，在三鬟女子幫王超尋回玉念珠之後便連夜撤走，她所報之恩不止那串玉念珠，還包含了原本的生活。

從這裡可歸結出「報恩」至少包含了兩個基本問題：一是受恩必須設法報恩，二是報恩必須實踐與所受之恩相對高度或更高的報償，或達成雙方所預期的條件。〔註46〕在「報主人恩」部分，俠者的有所作爲是一種受主人蓄養之恩，故而照料主人的心理折射。而「報友人恩」部分，俠以其待價而沽的自賞心態，一旦遇著「識貨者」，所回復的報償行動相較於原所受之恩就更巨大了。

在形式上，唐代俠小說所呈現的報恩情節模式其實是有所承襲與轉化的，將《史記・刺客列傳》的情節模式拿來分析，可發現在〈刺客列傳〉中的五則刺客事蹟中，有一大致相同的情節模式，即：

施恩者受難→施恩者有求於報恩者→報恩者遂施恩者之願

而除了曹沫成功報恩且活了下來，其餘無論報恩、仇的成功或失敗，刺客本身（專諸、豫讓、聶政、荊軻）幾乎皆是當場魂奪命隕。而這條情節線亦是唐代俠小說報恩情節的呈現模式。但不同的是唐代小說中的俠客最後幾乎都成功了，且大多數都活得好好的，這與唐代出現的奇幻武術有極大關聯。另一個不同點是《史記》中的刺客是「此間報恩亦報仇」，殺了與知己者作對的人，既是對知己者報恩，亦是報知己者的仇，此處報恩與報仇是呈高度雙向建構的，其間的色彩絕非理性；但在唐代小說中，這種高度雙向建構的恩仇關係幾乎已是恩歸恩、仇歸仇。這可看出，雖然唐代任俠已充分擷取古刺客的特質，但亦加諸些許理性的轉化與制約。

〔註46〕參考文崇一：〈報恩與復仇：交換行爲的分析〉，收於楊國樞編：《中國人的心理》，臺北：桂冠圖書，頁347～382，1989年。

二、報　仇

本文第一節「報」的文化已言明「報仇」文化由來已久，本是主流文化所認可的「違法」行爲，是以「報仇」一開始並非是俠的專有行徑，但如前所述，至漢代報仇行爲已被加諸任俠的色彩，董國慶在《武俠文化》裡對俠者復仇意識的形成亦有一番推測：

> 先秦時游俠極端重視個人名譽的心理傳統，到了漢以後就發展成爲一種「任俠行，以睚眥殺人」的復仇意識，這也成爲武俠精神中與報恩意識相對又緊密相聯的一種傳統意識。〔註47〕

逮及唐代，「俠」已是個奇特的綜合體，有儒士的義理、有墨徒的兼愛思想、有刺客血性的詩意、有俠本身原有的「姦雄」（漢班固語）特質及唐代特加的宗教色彩，因此「報仇」在唐代自也有其獨特樣貌，以下即分別論述唐代俠詩歌與俠小說中的「報仇」行俠主題。

「報仇」行俠主題的表現，首要是探究仇怨因何而起，因爲仇怨的起因派生了之後的報仇方式、手段及目的。在唐代俠詩歌中仇怨的起因可分二類，一爲國仇，一爲私人怨仇，分述如下。

（一）國　仇

在一片倫理私仇的報復浪潮中，令人驚異的，唐代出現了爲報國仇而獻身沙場的詩作，雖然無可避免地，這也是傳統強大的忠孝節義倫理規範力量下的衍生物，但由於報國仇對私人恩怨情仇的超越性，顯然更能突出俠客報仇的合理性，因此這是唐代擴大了俠者恩仇觀念具體內涵的一大躍進。可惜的是，這類詩作的數量亦是鳳毛鱗角，僅見數首而已。如王維〈燕支行〉：

> 漢家天（一作大）將才且雄，來時（一作時來）謁帝明光宮。萬乘親推雙闕下，千官出餞五陵東。誓辭甲第金門裏，身作長城玉塞中。衛霍才堪一騎將，朝廷不數貳師功。趙魏燕韓多勁卒，關西俠少何咆勃。報讐只是聞嘗膽，飲酒

〔註47〕見董國慶《武俠文化》北京：中國經濟，頁104，1995年。

> 不曾妨刮骨。畫戟雕戈白日寒，連旗大旆黃塵沒。疊鼓遙翻瀚海波，鳴笳亂動天山月。麒麟錦帶佩吳鉤，颯沓青驪躍紫騮。拔劍已斷天驕臂，歸鞍共飲月支頭。漢兵大呼一當百，虜騎相看哭且愁。教戰雖令赴湯火，終知上將先伐謀。

詩中關西俠少投身軍旅，以臥薪嘗膽之志勉勵自己勿忘國仇，而忘卻此身捨命上陣，終得一雪國仇。而鄭錫〈邯鄲少年行〉：「霞鞍金口騮，豹袖紫貂裘。家住叢臺近（一作下），門前漳水流。喚人呈楚舞，借客試吳鉤。見說秦兵至，甘心赴國讎。」與劉禹錫〈和董庶中古散調詞贈尹果毅〉：「誓當雪國讎，親愛從此辭。中宵倚長劍，起視蚩尤旗。」則皆明言要赴國仇、雪國仇，這樣的報仇絕對不犯法，但這樣的民族鬥爭前提，對俠者而言，也有其嚴重缺失，陳平原於《千古文人俠客夢——武俠小說類型研究》中即對這種創作情形提出了質疑：

> 民族鬥爭使得問題一下子簡單化了，似乎是非曲直一目了然。很少有作家自覺意識到這種藝術構思的內在缺陷。一是嚴於夷夏之辨，其中可能存在某種漢族沙文主義傾向，「愛國主義」也不是那麼好說的；一是逼俠客融入攻城破陣大軍，不可避免會損害其獨立性，即使讓其百萬軍中取敵酋也無濟於事。〔註 48〕

而且價值標準的過分凝定容易帶來俠客形象的簡單化，容易流於「扁平人物」（flat character）的單調類型化，〔註 49〕這種缺失同樣也反應在報私人怨仇上，以下即展開對唐代俠詩歌中報私人怨仇的陳述與討論。

〔註 48〕見陳平原《千古文人俠客夢——武俠小說類型研究》，頁 173，臺北：麥田，1995 年。

〔註 49〕「扁平人物」（flat character）在十七世紀叫「性格」（humorous）人物，現在他們有時被稱爲類型（types）或漫畫人物（caricatures）。在最純粹的形式中，他們依循著一個單純的理念或性質而被創造出來。見佛斯特（Edward Morgan Forster）著；李文彬譯《小說面面觀》，頁 92，臺北：志文，1998 年。

（二）私人怨仇

在唐代詩歌中俠者所報的私人怨仇數量相當的多，而之前所述的復家族怨仇被社會高度詠讚之事，在唐代詩歌中也做了忠實的記錄呈現，如李白就寫了兩首歌詠了兩位不讓鬚眉的俠女復仇詩作，其一為〈東海有勇婦（代關中有賢女）〉讚揚東海勇婦之報夫仇：

> 梁山感杞妻，慟哭為之傾。金石忽暫開，都由激深情。東海有勇婦，何慚蘇子卿。學劍越處子，超然（一作騰）若流星。損軀報夫讎，萬死不顧生。白刃耀素雪，蒼天感精誠。十步兩躩（一作跳）躍，三呼一交兵。斬首掉國門，蹴踏五藏行。豁此伉儷憤，粲然大義明。北海李使（一作府）君，飛章奏天庭。捨罪警風俗，流芳播滄瀛。名（一作志）在列女籍，竹帛已光榮。淳于免詔獄，漢主為緹縈。津妾一棹歌，脫父於嚴刑。十子若不肖，不如一女英。豫讓斬空衣，有心竟無成。要離殺慶忌，壯夫所素（一作素所）輕。妻子亦何辜，焚之買虛聲。豈如東海婦，事立獨揚名。

詩中所載為當時眞人實事，所謂的「北海李使君」，指的是當時（天寶四載）北海太守李邕，〔註50〕其時東海勇婦為報夫仇，學劍自勵，終於手刃賊首，懸掛於城門，踢踏仇人屍體，以洩夫亡之恨。詩人以「粲然大義明」以表示對此復仇行為的高度支持，而當時太守亦呈報朝廷，請赦東海勇婦罪，此時東海婦的行為被認為足可名列竹帛，由此可以看出整個社會對復仇之舉的嘉許態度。李白另一首〈秦女休行〉（魏協律都尉左延年所作，今擬之）中的女主人翁秦女休，並無明言報何人仇，但由於秦女休並非當時人，在魏曹子建〈精微篇〉、左延年的〈秦女休行〉早已提及，李白此篇乃弔古事，因此從前人所詠的秦女休事蹟可推知一二。曹子建〈精微篇〉中並無說明秦女休所報何仇，僅以四句描述：「女休逢赦書，白刃幾在頸。俱上列仙籍，去死

〔註50〕考證詳見詹鍈主編《李白全集校注匯釋集評》（一～八），頁674，天津：百花文藝，1996年。

獨就生」；左延年的〈秦女休行〉中言明女休乃爲宗報仇：「休年十四五，爲宗行報讎」；另晉傅玄的〈秦女休行〉則進一步說明秦女休的「父母家有重怨」〔註51〕，由此可推知李白筆下的秦女休應亦爲爲親族仇怨而犯刑：

> 西門秦氏女，秀色如瓊花。手揮白楊刀，清晝殺讐家。羅袖灑赤血，英聲（集作氣）凌紫霞。直上西山去，關吏相邀遮。壻爲燕國王，身被詔獄加。犯刑若履虎，不畏落爪牙。素頸未及斷，摧眉伏泥沙。金雞忽放赦，大辟得寬賒。何慚聶政姊，萬古共驚嗟。

在〈秦女休行〉一系列的詩作裡，可看出社會對復仇所呈現的態度，基本上都是高度認同的。除了復家族怨仇外，在唐詩歌中亦有歌詠償己身怨仇者，如韓愈的〈學諸進士作精衛銜石塡海〉：

> 鳥有償冤者，終年抱寸誠。口銜山石細，心望海波平。渺渺功難見，區區命已輕。人皆譏造次，我獨賞專精。豈計休無日，惟應盡此生。何慚刺客傳，不著報讎名。

精衛是古代神話中的鳥名，白喙赤足，首有花紋，《山海經‧北山經》言其「常銜西山之木石，以湮於東海」據說爲炎帝幼女溺死東海所化，因不甘白白被海水淹溺，故化爲精衛銜木石塡海，亦稱爲「冤禽」。而其雖深冤難塡，但爲己報仇的毅力與專注，被認爲比之刺客列傳裡那些感天泣地的事蹟，是不遑多讓的。

雖然在唐代詩歌中俠者所報的私人怨仇數量相當的多，但明確寫出仇恨之因的僅上列數首，其餘皆是只言「報仇」，不知報何仇，也不知向誰報仇，可以說唐代俠詩歌裡的報仇是只傳達了表面現象，與小說的深入報導相當不一樣。這當然得肇因於詩歌的長處是抒情性而非敘事性，因此在此類詩作中，很多時候「報仇」只是爲了渲染與增添俠者任氣的氣勢而已。以下便整理詩作，列簡表如下：

〔註51〕見宋‧郭茂倩編撰《樂府詩集》卷第六十一，頁886～887，臺北：里仁書局，1999年。

詩　　句	詩　　題	作　者
邯鄲城南（一作西）游俠子，自矜（一作言）生長邯鄲裏。千場縱博家仍富，幾度報讐身不死。	〈邯鄲少年行〉	高適
握中銅匕首，紛剉楚山鐵。義士頻報讎，殺人不曾缺。	〈雜興〉	王昌齡
君不見淮南少年游俠客，白日毬獵夜擁擲。呼盧百萬終不惜，報讎千里如咫尺。	〈少年行〉	李白
丈夫十八九，膽氣欺韓彭。報讎不用劍，輔國不用兵。以目爲水鑑，以心作權衡。願君似堯舜，能使天下平。何必走馬誇弓矢，然後致得人心爭。	〈少年行〉	邵謁
柳煙侵御道，門映夾城開。白日莫空過，青春不再來。報讎衝雪去，乘醉臂鷹迴。看取歌鐘地，殘陽滿壞臺。	〈少年行〉	林寬
重義輕生一劍知，白虹貫日報讎歸。	〈結客少年場行〉	沈彬
少年從獵出（一作出獵）長楊，禁中新拜羽林郎。獨對輦前射雙虎，君王手賜黃金璫。日（一作白）日鬬雞都市裏，贏得寶刀重刻字。百里報仇夜出城，平明還在娼樓醉。	〈少年行〉	張籍
魏中義士有馮燕，遊俠幽并最少年。避讐偶作滑臺客，嘶風躍馬來翩翩。	〈馮燕歌〉	司空圖
自言幽燕客，結髮事遠遊。赤丸殺公吏，白刃（一作日）報私讎。避讎至海上，被役此邊州。故鄉三千里，遼水復悠悠。	〈感遇詩三十八首〉之三四	陳子昂
末曲感我情，解幽釋結和樂生。壯士有仇未得報，拔劍欲去憤已平。	〈五弦行〉	韋應物
壯士磨匕首，勇憤氣咆哮。一酣忘報讎，四體如無骨。	〈效陶潛體詩十六首(并序)〉之十	白居易

「報仇」在上列詩作裡已成了俠者生活中重要的行事指標，報仇頻率相當頻繁，如「幾度報讐身不死」，而「義士頻報讎，殺人不曾缺」中顯現的高報仇密度更是令人咋舌。而俠者對報仇的主動與熱衷亦顯現在詩歌裡，「百里報仇夜出城」與「報讎千里如咫尺」

中對報仇的熱切表現在對距離的漠視中。其中詩作也有報仇之後避仇的，如司空圖〈馮燕歌〉與陳子昂〈感遇詩三十八首〉之三四皆是。有趣的是，竟也有因外物而忘仇的，如韋應物的〈五弦行〉描寫憑藉美妙動人的音樂，讓那位本欲拔劍報仇的壯士氣憤全平，再也提不起報仇之志。再如白居易〈效陶潛體詩十六首并序〉之十則更見特殊性，本已怒氣咆勃地磨匕首，卻在酒酣耳熱之際，渾忘了「報仇」這碼事。這些較「另類」的詩作，或許可視爲唐代文人對動輒睚眥必報的報仇之反諷與嘲弄吧，有些詩作就點明仇的報與否，是植基在價值選擇上的，如白居易〈李都尉古劍〉：

> 至寶有本性，精剛無與儔。可使寸寸折，不能繞指柔。願快直士心，將斷佞臣頭。不願報小怨，夜半刺私讎。勸君慎所用，無作神兵羞。

他以己心測度古劍之心，認爲該報的仇是斬盡天下佞臣之頭，而非執著於小仇小怨的私仇上。而張祜的〈書憤〉：「三十未封侯，顛狂遍九州。平生鏌鋣劍，不報小人讎。」與劉叉的〈姚秀才愛予小劍因贈〉：「一條古時（一作萬古）水，向我手心（一作胸中）流。臨行瀉（一作解）贈君，勿薄（一作報。又作臨。）細碎讐。」亦皆著眼於對「小人仇」與「細碎仇」的不屑，是以更高遠的目標作爲惕勵。再如齊己的〈劍客〉：「拔劍遶殘樽，歌終便出門。西風滿天雪，何處報人恩。勇死尋常事，輕讐不足論。翻嫌易水上，細碎動離魂。」更是明確地點明「勇死尋常事，輕讐不足論」，對一般稱任俠者喜歡睚眥以報的習性而言，不啻有如暮鼓晨鐘。這類揮別報私仇的盲目衝動性詩作，足見理性在唐代詩人的有意添加下，已漸使俠者「士」化，對後世的大俠形象實居啓蒙之功。

而唐代俠小說中呈現報仇行俠主題的有六篇：〈上清傳〉〔註52〕、〈謝小娥〉、〈賈人妻〉、〈尼妙寂〉、〈崔愼思〉、〈虬髯客〉，亦依前例，

〔註52〕如前所述，「報恩」與「報仇」常常互爲兩面，如〈上清傳〉所顯示的，上清之雪竇參冤於德宗皇帝，既報竇參之恩，亦報竇參之仇，因此本文以恩仇雙陳的方式表現。

先陳述其大略情節，再以結仇者、報仇者、結仇起因、報仇方式、報仇手段、報仇後下場等六項情節結構素，以表格方式簡略的呈顯，以俟進一步的討論。

柳珵《異聞集》〈上清傳〉上清爲相國竇參的侍婢，竇參遭陸贄構陷身亡後，上清憑藉一己才能接近德宗，在德宗面前言明竇參是陸贄巧計陷害的，德宗從此疏離了陸贄，至此上清即爲昔日的主人竇參報了仇。

李公佐〈謝小娥傳〉記謝小娥的父親與丈夫爲盜所殺，小娥僥倖未死，後來父親與丈夫託夢，謝小娥獲得了凶手線索——十二字的謎語，經作者李公佐解謎之後，謝小娥即女扮男裝，暗中訪凶，後來果然進入了仇人家，被他們僱爲傭保，經過二年多的苦心等待，終於找到了機會，手刃殺父凶手，也把殺夫凶手擒住。最後投官，並得到赦免，以遁入空門作結。

薛用弱《集異記》〈賈人妻〉記餘干縣尉王立有一天邂逅了一位美婦人，隨即同居一處，過著平凡的日子，一年後婦人爲王立生下一子，又過了二年，婦人於某一晚突然夜歸，焦急的對王立說：「妾有冤仇，痛纏肌骨，爲日深矣。伺便復仇，今乃得志，便須離京，公其努力。此居處，五百緡自置，契書在屏風中；室內資儲，一以相奉；嬰兒不能將去，亦公之子也，公其念之！」說完離去時，王立看到她所攜的皮囊之中赫然是一個人頭，後來婦人去而復返，說是想念兒子，想再爲他餵最後一次奶，婦人走後，王立一看，嬰兒已身首異處。

李復言《續玄怪錄》〈尼妙寂〉的情節與〈謝小娥〉大略相似，不一的地方是主要人物的姓名以葉妙寂替代謝小娥，還有事件發生的年代地點及一些細節稍有出入。

皇甫氏《原化記》〈崔愼思〉的情節與〈賈人妻〉大致相同，應爲一事兩記。

裴鉶《傳奇》〈虬髯客〉記虬髯客對一天下負心者已經銜怨十年，

後來終於報仇，並取了仇人的頭顱及心肝，還以匕首切仇人的心肝來吃。

各篇的報仇表現表列如下：

	結仇者	報仇者	結仇起因	報仇方式	報仇手段	報仇後下場
〈上清傳〉	陸贄	上清	主人竇參爲陸贄所構陷	辨明構陷	以個人才智接近皇帝	奉敕爲女道士，後嫁人
〈謝小娥〉	申蘭 申春	謝小娥	父、夫被殺	手刃仇人	武術	削髮爲尼，皈依佛門
〈賈人妻〉	不詳	賈人妻	不詳	手刃仇人	武術 飛行術	殺其子，爾後終莫知其音問也
〈尼妙寂〉	申蘭 申春	妙寂	父、夫被殺	手刃仇人	武術	削髮爲尼，皈依佛門
〈崔愼思〉	郡守	崔愼思妾	父被殺	手刃仇人	飛行術	殺其子後便永去矣
〈虬髯客〉	一天下負心者	虬髯客	負心	手刃仇人並食其心肝	武術	欲逐鹿中原，後見李世民，心死，十年後轉爲扶餘國王

由以上陳述來看，唐人小說中報仇行俠主題，全是報私人怨仇，與民族社會之仇全無相關，如上清的報主人之仇、謝小娥（尼妙寂）的報父與夫被殺之仇、崔愼思妾（賈人妻）的報殺父之仇〔註53〕，

〔註53〕〈尼妙寂〉的故事內容與〈謝小娥〉大致相同，〈賈人妻〉與〈崔愼思〉的情形亦然，如依王夢鷗所言，爲同一傳聞而作不同記載（詳見王夢鷗《唐人小說校釋》（上）〈賈人妻〉附錄，臺北：正中書局，1994年。與王夢鷗《唐人小說校釋》（下）〈尼妙寂〉附錄，臺北：

及虬髯客向對己負心者復仇，皆是屬私人怨仇。且唐代俠者報仇大多為為他人報仇，此處的他人，有恩主朋友，也有至親故舊，為己雪恨的俠者只見虬髯客一位，而且俠者復仇，很多是為了盡孝盡忠，是為履行某種已存在的人倫義務與社會使命而行事，因此造成了禮大於法的情形，無怪陳平原在《千古文人俠客夢——武俠小說類型研究》中對此情形感觸地說：「復仇以索取五倫大義的正義性往往被無限誇大，以致凌駕於法律之上。」〔註 54〕在快意恩仇的思想裡，俠者自掌正義是很明顯的特徵，他們的報仇，不求官府也不求法律正義，作者允許俠客動私刑，乾脆俐落一刀了斷，而讀者在五倫大義的堂皇憑依下，無論是在現實生活或文學想像裡，都對身負怨仇且能身報怨仇者，付予莫大的同情與諒解。而在文學傳播的過程中，其對復仇事蹟的報導，所呈現出對復仇者的偏袒態度，使得大量違法亂紀的報仇者行徑，往往被作為壯烈的孝義之舉來稱頌，王立《中國古代復仇文學主題》中從民眾心理角度立論：

> ……大量違法復仇者往往被作為壯烈的孝義之舉美名遠播，而循法不殺人討仇的反倒湮沒無聞，由此形成的「正反饋」更刺激了民族心理的價值評定：似乎法越嚴禁，違禁殺仇便越有新聞性，越具有引人注目、欽敬的力量。禮成為超越於具體時代之法的大法，且復仇殺人因倫理文化的累積愈益被賦予莊嚴正義的色彩，原因又作為結果，傳播過程中不斷剔除壞人向好人復仇的事例，彷彿所有的違法復仇都成了倫理的實現、正義的伸張，成了人們潛意識中反抗正統法治的替代形式，欣欣快意之事。〔註 55〕

正中書局，1996 年。），同一事件既同時引起不同人的關注，則可視為唐人對報仇行為主題之感興趣，因屬不同作者，故在此以書寫頻率計算，仍計四件報仇主題。

〔註 54〕見陳平原《千古文人俠客夢——武俠小說類型研究》，頁 168～169，臺北：麥田，1995 年。

〔註 55〕見王立《中國古代復仇文學主題》，頁 181，吉林：東北師範大學，1998 年。

換言之，報仇往往在披上倫理大義的外衣後，被容許於放任恣爲。但這也得報仇者本身產生復仇意識才行，何以親人的死亡會讓人產生復仇意識，王立認爲與喪悼禮俗離不開關係，他說：

> 在喪悼禮俗的整合、支配下，與死者有倫理關係（或親或友）的個體會驟然由於角色伴侶的死亡，而煥發強烈的倫理衝動，因喪悼哀感而加倍強化復仇決心鬥志，復仇顯得更加莊嚴、神聖、正義。這種「化悲痛爲力量」式的復仇，彷彿將親友的死亡視爲自身與公理正義的某種巨大損失，非要仇人來補償不可，於是復仇變得自覺而迫切。〔註56〕

因此復仇意識與倫理離不開關係，在社會默許之下，人們彷彿被催眠了，只要勇於尋仇，且果於報仇者，從唐代開始，即被目爲「俠」。更詭奇的是，於〈賈人妻〉、〈崔慎思〉等故事中，可看到主角於報仇事畢後，欲隱去，但爲免將來牽惹自己的思念，不惜殺掉自己的孩子，這種「割慈斷愛」的做法，並不能以常情度之，可推測其時的俠客，已受到某些宗教思想的浸染。這宗教思想可從唐代小說牛僧孺《玄怪錄》〈杜子春〉〔註57〕中所述略窺一二，杜子春爲協助道士練藥，需不動不語以抵抗心魔，然喜怒哀懼惡欲的考驗，杜子春皆安然通過，亦即杜子春皆能忘了這些人類的情感，唯獨當幻覺中杜子春的兒子被「持兩足，以頭撲於石上，應手而碎，血濺數步」時，杜子春卻「愛生於心，忽忘其約，不覺失聲云：『噫！』」，是以因杜子春未能忘「愛」，道士之丹藥無法練成，杜子春也因而與仙班無緣。在〈杜子春〉中，可明顯看出七情六慾是出世人所需避忌的，而「愛」更是必須除掉的毒瘤。〔註58〕而唐代俠小說中的俠者亦漸漸承載這種出世的要求，「負劍遠行遊」已是一種生活方式與精神特質，因此在行俠的過程中，離棄家人、讓自己處於孤獨之中是平常

〔註56〕見王立《永恆的眷戀——悼祭文學的主題史研究》，頁151，上海：學林，1999年。

〔註57〕〈杜子春〉並非俠小說，此處只做引證用。見李時人編校；何滿子審定《全唐五代小說》，頁834，西安：陝西人民，1998年。

〔註58〕參考龔鵬程：《大俠》，頁159，臺北：錦冠出版社，1987年。

的，因此〈賈人妻〉、〈崔慎思〉中俠者的詭異行徑便可得到合理解釋，從其中亦可見識到唐晚期時的宗教迷離作風，與此類俠者完全的自我中心，所呈現出完全迥異於其時「俠」漸往理性人格發展趨勢的歧途。報仇行俠主題之被宗教思想影響處，尚體現於俠者報仇後的結局上，如賈人妻與崔慎思之妻的結局皆是不知所終，而上清、謝小娥與尼妙寂則以遁入玄門及空門的宗教色彩來替代，虬髯客更是遠走海外，這一切皆是為了凸顯俠者的不同凡俗，因此才以相對於紅塵的化外做為俠者的歸宿。

在唐代俠小說報仇行俠主題處，尚有一創作上的共通點，即除了虬髯客外的復仇俠者皆為女子，這牽涉到「弱女復仇」此一故事形態強烈的感官與心靈震撼，如謝小娥與尼妙寂雖沒有奇異的武術，但她們以女子之身，女扮男裝而隻身犯險，堅忍不移的復仇信念，強化了俠者以個人能力報恩仇的習慣特質。但這只是第一重震撼，第二重震撼是這些「弱女」並不弱，〈賈人妻〉與〈崔慎思〉中的飛行術展現出這些女俠的神奇武藝，這支離了女質弱流無用的傳統觀念，但這也與唐代文人在創造俠者時，喜歡渲染任俠的「神」、「勇」與「孤獨」有關，而這些「神」、「勇」、「孤獨」的特質一與女子身分結合，其形象則更風姿秀異且炫人耳目。

在報仇行俠主題下，亦可對俠的自掌正義有進一步認識，他（她）們有冤屈不求官府，也不訴諸法律，如上述的報仇主題全是憑一己所怨的處理結果，這凸顯了唐代俠客身上濃厚的個人色彩，他（她）們傾向以獨立人格和個人身份去主持他（她）們自掌的正義，洋溢著著任俠的原始血氣。

第三節　嗜血慾望的沈迷與救贖

由以上對唐代俠詩歌／小說「報恩仇」行俠主題的討論，發現其中最突異的特色是出現大量的血腥場面，「殺人」成了唐代詩人所激賞的游俠行徑：「十步殺一人，千里不留行」（李白〈俠客行〉）；「笑盡一杯酒，殺人都市中」（李白〈結客少年場行〉）；「殺人如翦草，劇孟同遊遨。」（李白〈白馬篇〉）；「殺人不迴頭，輕生如暫別」（孟郊〈游俠行〉）；「拔劍已斷天驕臂，歸鞍共飲月支頭」（王維〈燕支行〉（時年二十一））；「殺人紅塵裏，報答在斯須」（杜甫〈遣懷〉）；「胡為輕薄兒，使酒殺平人」（劉叉〈烈士（一作女）詠〉）；「寶劍黯如水，微紅溼餘血」（溫庭筠〈俠客行〉（一作齊梁體）），文人們醉心的是俠客殺人時的氣概情懷，卻全然不問其殺人是否合理。〈無雙傳〉中古押衙行俠，「冤死者十餘人」，滅口只為了成全王仙客與劉無雙，最後連自己的命也奉送出去，作者在篇末甚至以略顯羨慕的筆調感嘆王仙客能求得古押衙以奇法得遂所願。何以如此？陳平原在《千古文人俠客夢——武俠小說類型研究》中解釋道：

> ……很早就懂得「仁」乃「不嗜殺」，而且稱人君「如有不嗜殺人者，則天下之民，皆引領而望之矣」（《孟子·梁惠王上》）的中國人，何以對「內隱好殺」的俠客如此寬厚？說是期望「以殺止殺」，似乎有點勉強；更實在的解釋可能是世人並未擺脫嗜血的野蠻習性。〔註59〕

說世人未擺脫嗜血的野蠻習性，似乎值得商榷，但可肯定的是，隨著茹毛飲血時代的結束，世人雖已擺脫此嗜血習性，但先古時期所遺留的記憶仍深深埋藏於潛意識中，尤其俠的任氣特質最易暴露出此潛藏的嗜血慾望，漢代大俠郭解「少時陰賊，慨不快意，身所殺甚眾。」（《史記·游俠列傳》）繼之的大俠原涉：「性略似郭解，外溫仁謙遜，而內隱好殺。睚眥於塵中，觸死者甚多。」（《漢書·游俠傳》）俠如此草菅人命的嗜血特質，在瀰漫好奇浪漫精神的唐代，便成了映射潛意識中血腥與野性中的詩意存在。何以俠者如此「殘忍」（以今日眼光而言），柯慶明認為：

> 對於人我同具如此「人性」此一無可奈何之先驗事實的不甘與不滿，往往就會導致人對於人的「殘忍」，就會導致個

〔註59〕見陳平原《千古文人俠客夢——武俠小說類型研究》，頁178，臺北：麥田，1995年。

人一己行爲上的「乖僻」。〔註60〕

因此在「報恩仇」時所呈現的強烈嗜血慾望所表現殘忍手段，是因當人爲一強烈的自我意識所導引時，往往難以接受自己具有與眾「無異」的本質。因爲「無異」就是「平庸」,「無異」就凸顯不出「自我」。但是越深切的知覺到這種「無異」本質的人，要「立異」以彰顯自己，就越必須採取愈艱苦愈困難的手段——對於他自己或世界都太艱難痛苦的手段。「殘忍」因此就是一種情勢有利的防衛，這是一種藉加罪予人來避免意識到自己的同樣不完美的自我聖化的表現。再沒有比奮力對所謂「罪人」投石之際，更令人感覺自己的神聖了。〔註61〕因此，唐代俠者所顯示出的殘忍，是因爲自我中心獨特性的特殊思考，讓俠者藉除去他人的過錯來忽略自己的嗜血狂熱。

嗜血慾望顯露在輕賤生命的態度上，不只是對他人生命存在的漠視，對自己的生命也隨時準備「壯烈的死亡」，俠者對死亡不畏懼嗎？在張三夕的《死亡之思》中提及：

> 人們對死亡的畏懼不是無限、一成不變的，在特定的時代氛圍和社會環境之下，在一定的政治思想和道德倫理規範下，人們往往一反常態，勇敢地表現出一種對死亡無所畏懼的精神風貌和英勇氣概。〔註62〕

俠者即是在自我的理想藍圖——輕生、重義的俠者烏托邦信條制約之下，視死亡爲一場美麗的約會，元稹於〈俠客行〉中即明言：「俠客不怕死，怕（錢校宋本作「死」）在事不成。」吳筠〈胡無人行〉亦云：「男兒不惜死，破膽與君嘗。」都是展現俠者視死如歸的特性。龔鵬程《大俠》裡對俠者的此種「輕生」特質，歸因於原始盲動的力量：

> ……游俠經常在自我追尋肯定的過程中，拋擲自我，把自

〔註60〕見柯慶明《境界的探求》，頁53，臺北：聯經，1984年。

〔註61〕見柯慶明《境界的探求》，頁53，臺北：聯經，1984年。

〔註62〕見張三夕《死亡之思》，頁183，臺北：洪葉文化，1996年。

> 己交付給那些賞飯吃或賞臉看的人。「壯士徇知己，輕生一劍知」，他們確實是這樣輕賤生命哩！在他們非理性的原始生命中，情緒鼓盪而帶動的原始盲動力量，最終也必以殺死自己做爲結局。這倒不是因爲死亡的燃燒特別絢燦，而是因爲攻擊力發展到無可替代時，必然會戕害自身。〔註63〕

此原始盲動的力量即是嗜血慾望潛藏引領的表徵，誠如魯迅所言：「自蟲蛆虎豹猿狖以至今日，古性伏中，時復顯露，於是有嗜殺戮侵略之事。」〔註64〕此嗜殺戮侵略的「古性」，依著不同的際遇，可爲善、可爲惡，但那只是一般人所認爲的善與惡，在俠者生命的犧牲裡，所執著的是俠特有道德的熱望，朱光潛在《文藝心理學》中曾引述詩人席勒（Schiller）的話：

> ……生命的犧牲本是一種矛盾，因爲有生命然後有善；但是爲著道德，生命的犧牲是正當的；因爲生命的偉大不在它的本身，而在它是履行道德的必由之路。如果生命的犧牲成了履行道德的必由之路，我們就應該放棄生命。〔註65〕

以俠者輕生的習性而言，他們的確是爲著「道德」的緣故，只是這「道德」是俠者個人的道德，他們常是爲了遇著賞識自己之人，而對其奉獻自己的生命：「輕生徇知己，非是爲身謀。」（虞世南〈結客少年場行〉）付出不是爲了自身利益，王維〈夷門歌〉在讚歎侯嬴的自刎全義時，也是基於此出發點：

> 七雄（一作國）雄雌猶未分，攻城殺將何紛紛。秦兵益圍邯鄲急，魏王不救平原君。公子爲嬴停駟馬，執轡愈恭意愈下。亥爲屠肆鼓刀人，嬴乃夷門抱關者。非但慷慨獻良（一作奇）謀，意氣兼將身命酬。向風刎頸（一作頭）送公子，七十老翁何所求。

信陵君在救趙一事上，顯現出對侯嬴智慧的充分尊重，這種精

〔註63〕見龔鵬程《大俠》，頁178，臺北：錦冠，1987年。

〔註64〕見魯迅〈破惡聲論〉，收於《魯迅雜文補編（一）》，頁36，臺北：風雲時代，1990年。

〔註65〕見朱光潛《文藝心理學》，頁263，臺北：臺灣開明書店，1974年。

神上的尊重，已讓侯嬴深感得遇知己，是以他對信陵君的報償不僅止於獻奇策，甚至爲了貫徹大義，而選擇了自剄一途，以讓計謀不至有走洩之虞，這樣純粹以精神上的心感爲報酬交換條件，求的非是自身利益，而是俠者特殊「道德」的貫徹始終。至柳宗元〈韋道安（道安嘗佐張建封于徐州，及軍亂而道安自殺）〉在敘述俠者韋道安的死亡時，其情操已昇華至更高層次的倫理意義「忠貞」：

> 舉頭自引〔刃〕（刀），顧義誰顧形。烈士不忘死，所死在忠貞。

生命的犧牲成了履行道德的必由之路，但無論對犧牲生命的態度如何，皆是將滅絕生命的行爲予以道德化的努力，而這也不過是出於文明社會倫理道德化的壓力下的努力而已，試想，如果每個生命的犧牲只因爲某人言其有虧道德：「何事行杯當午夜，忽然怒目便騰空。不知誰是虧忠孝，攜箇人頭入坐中。（贈劍客。）」（呂巖〈七言〉之四九）那犧牲的生命反而只淪爲廉價的粉飾工具。而且這種有道德目的的作品，不一定就可產生道德影響，有時狹隘的道德目的反而產生不道德的影響，且以一己之好惡以定善惡，那已落入是非善惡絕對化的窠臼了，這種情形尤以爲親族復仇之事爲然。何以東海勇婦、秦女休等人被詩人所偏愛，何以在作意好奇的唐代小說裡，崔愼思之婦、謝小娥等人的復仇事跡爲人所樂於傳道，前已論及這牽涉到「弱女復仇」此一故事形態強烈的感官與心靈震撼。王立《中國古代復仇文學主題》對弱者復仇所具的野蠻與不合理性進行了批判：

> 似乎弱者在缺少適當條件時向強者復仇，爲成功實施就應當採取極端化的、甚至野蠻卑鄙的手段。眾多有仇必報、刑尸洩憤等故事在古代中國每被廣爲流播大加渲染，而缺少對復仇的必要性、分寸手段的反思深省。〔註66〕

王立認爲這與復仇主題的持久發展、多方面整合，尤其是復仇被倫理同一化地闡釋爲正義向非正義的回報、秩序公理的重建有

〔註66〕見王立《中國古代復仇文學主題》，頁18，長春：東北師範大學，1998年。

關。所以「對遭復仇者——壞人的人格否定蔑視，正邪不兩立、非此即彼的思維模式就如此判定：只要爲了善的被損害去毀滅惡，手段的偏激過當不僅可以被理解接受，而且倒恰恰是對惡的一種控訴方式，對受害者的較多告慰補償，是在弘揚著善和強調善終能勝惡。」〔註 67〕「善」欺「惡」爲所謂的「正義」，「惡」凌「善」即成「邪惡」，在俠的世界中，隱藏了我們所信奉的善惡模式中極大的欺騙性，這點陳平原在討論傳統武俠小說時也注意到了：

> 世間的是非曲直並非總是如黑白般界限分明，武俠小說要拓展及深化表現的主題，就必須部分揚棄那種善惡是非兩極分化一目了然的「大簡化」思路。任何理論原則，爲了廣泛流傳，都很難避免「大簡化」。況且，只有在一個忠奸正邪善惡是非二元對立的結構中，殺伐本身才可能被道德化。誅殺「惡人」「奸人」，既不違背綱常倫理，又可滿足自身的暴力需要。〔註 68〕

避免大簡化思路，是對人類思維模式的一種挑戰，唐代的俠詩歌／小說尚無法避免此一「二元對立」的結構，對人性的認識盡是「黑白分明」，無論是「平不平」、「立功名」、抑或「報恩仇」，俠者所在的，就是正義的一方，但殺伐本身的道德化卻掩蓋不住嗜血殘忍的本質。

嗜血慾望可說是唐代大多數的俠所具有的「次級人格」〔註 69〕，也可說是俠者人格特質自我的「陰影」，自我無法控制的無意識心靈要素之一便是陰影，一般而言，陰影具有不道德或至少不名譽的特

〔註 67〕見王立《中國古代復仇文學主題》，頁 18，長春：東北師範大學，1998 年。

〔註 68〕見陳平原《千古文人俠客夢——武俠小說類型研究》，頁 160，臺北：麥田，1995 年。

〔註 69〕心靈由許多意識的部分與中心組成，而這許多意識的部分與中心即是「次級人格」，因此人有「一個」個性，事實上卻是由一群次級人格組成的。參考 Murray Stein 著；朱侃如譯《榮格心靈地圖》，頁 136，臺北：立緒文化事業，1999 年。

性，包含個人本性中反社會習俗和道德傳統的特質。〔註70〕由於俠本以反社會習俗和道德傳統爲其特質，且以勇力爲主要訴求，更易激發其原始嗜血慾望的覺醒，假如陰影的特性在某種程度被意識察覺和整合，那麼當事人會非常不同於常人。因此唐代俠者的特異性，便表現在他們對殺人的熱衷上，但他們在社會道德的壓力下，會想要表現出不自私的樣子，因此才會有「爲滅世情兼負義，劍光腥染點痕斑」（贈劍客）（呂巖〈七言〉之48）與「殺人雖取次，爲事愛公平」（慕幽〈劍客〉）的矯情出現，不按這種社會常規行事的例外人士，是那些具有「負面認同」的黑色份子。他們對自己的貪婪與暴力自鳴得意，並且在公眾場合誇耀這些特質，〔註71〕如同虬髯客選擇在別人面前，以「天下負心者」心肝下酒的情況一樣，他防衛的自我所堅持的是自我正義的感覺，並將它自己化身爲無辜的受害者，別人是邪惡的怪獸，而自我覺得像是無辜的羔羊，因此別人既是「天下負心者」，身爲受害者的虬髯客自然有「權利」及「義務」割他的頭、剖他的心。在唐代小說〈張祜〉裡即對這種自以爲俠者之人發出最可笑的諷刺，張祜平時性喜爲俠，一日遇一人提一包裹拜訪，但言包裹內爲仇家頭顱，但卻急著報恩於人，可嘆卻無銀兩可報，張祜認爲此乃眞俠客也，便送其銀兩，欲促成其報恩之事，那人將仇人頭顱留下，言報恩畢當回轉取回，誰知大半日過後，仍無音訊，張祜乃開包裹，發現爲一豬頭耳。僞俠的行騙成功，在於張祜對俠的嗜血有著敬意，推諸當世之風，可見俠客的此種殘忍截人身軀行徑，竟是獲得了無數心靈的眞心孺慕，豈不悲哉。

這種行徑在很多人眼裡是一種英雄氣概，用卡蘿・皮爾森（Carol S. Pearson）後榮格理論的原型（archetype）概念〔註72〕來說，傳統對

〔註70〕見 Murray Stein 著：朱侃如譯《榮格心靈地圖》，頁137，臺北：立緒文化事業，1999年。

〔註71〕參考 Murray Stein 著：朱侃如譯《榮格心靈地圖》，頁138～139，臺北：立緒文化事業，1999年。

〔註72〕卡蘿・皮爾森（Carol S. Pearson）以後榮格理論的原型（archetype）

英雄氣概的定義便是「鬥士」的原型，但卡蘿・皮爾森（Carol S. Pearson）不認為虬髯客等是「鬥士」，她說：

> 「鬥士」原型的進展程度端視他們從其他原型那兒學習的多寡而定，例如，冒牌「鬥士」（虯髯客之流）其實是「孤兒」以聲張虛勢的匹夫之勇來掩飾害怕的偽裝。在尚未發展自我關懷和自我認同的能力以前，就開始嘗試流浪的鬥士，其戰鬥主要只是為了證明自己的勇氣，除了贏得勝利之外，根本不知為何而戰。〔註73〕

卡蘿・皮爾森（Carol S. Pearson）認為虬髯客之流其實是「孤兒」原型的呈現，正如其所言，其實大部分唐代的俠都是頂著「鬥士」之名的「孤兒」，這正是解碼嗜血慾望迷陣的關鍵處，了解了此項特質，可以解釋唐代俠者沈迷於嗜血慾望迷陣裡的原因所在。

在卡蘿・皮爾森（Carol S. Pearson）的模式中，「孤兒」原型是一個失望的理想主義者，對世界的理想愈高，現實的情形就愈糟。世界被看成是危險的；到處充滿了惡棍和陷阱，他們覺得自己像個受困者，被迫手無寸鐵地面對可怕的環境。這是個以殘殺為本質的世界，人不是受害就是害人。甚至惡徒的行徑也會被孤兒辯解為「在他人未攻擊前先攻擊」的現實需要，因此有如此多的俠者以暴力出名，也以孤獨出名。在唐玲玲〈論「俠」的痛苦情感體驗〉中雖注意到俠孤獨的痛苦，且也提及「俠的行義過程，往往是一種原始式的報復手段。」〔註74〕，但對何以如此，卻未見析論。其實這是「孤

概念作為基礎，描述了六種生命的原型，代表了個體化的旅程，也呈現了原型在生命中的行進，由「天真者」的全然信任開始，慢慢步入「孤兒」對安全感的渴求，「殉道者」的自我犧牲，「流浪者」的探索，「鬥士」的競爭與勝利，最後是「魔法師」的本真和整全合一。

〔註73〕見卡蘿・皮爾森（Carol S. Pearson）著：徐愼恕、朱侃如、龔卓軍譯《內在英雄：六種生活的原型》，頁113，臺北：立緒文化事業，2000年。

〔註74〕見唐玲玲〈論「俠」的痛苦情感體驗〉，收於淡江大學中文系主編

兒」自我防衛的方法之一，他們除了否定他們自己的痛苦外，也會因此變得自戀和漠視他人的痛苦，於是俠者的孤傲不群，俠者的視生命如草芥等行爲就出現了。而俠者的這種「孤兒」特性，往往卻是以「鬥士」型態現形，就如同前所言，冒牌「鬥士」其實是「孤兒」以虛張聲勢的匹夫之勇，用來掩飾害怕的僞裝與內心脆弱的表徵，但冒牌鬥士不但沒有眞實面對自己的恐懼，以使自己和他人的世界變得更好，反而經常表現出憤世嫉俗的態度。這些人被自己製造出來的痛苦和破壞所呑噬，但卻又故意忘記它們，這實是「任性爲俠」心靈底層的最大悲哀，也造成「孤兒」這種特別容易燃燒激情的特質，是以一旦出現了能拉離他們於不安與害怕的泥淖之外的救援者，他們相信爲救援者犧牲生命或服侍他們以換取關愛，不但合乎邏輯，更令人寬慰。〔註 75〕而俠者的「救援者」即是「知遇者」，因此無數的酬恩仇之舉止便由此來。

在唐代，俠者報恩仇的型態尙脫離不了由「孤兒」原型往「鬥士」原型過程邁進的行爲特質，但已是在前進中的生命進程，而在這生命進程中，需有好幾步驟，首先需從「孤兒」的被害心態轉向「流浪者」追尋自我的態度，此時需要俠客們看出陰影外於自己的東西；第二步則從「流浪者」的摸索走出，進而成爲勇猛進取的「鬥士」；第三步則爲從「鬥士」轉化爲生命的圓融境界「魔法師」的心態，〔註 76〕弔詭的是，此時卻需要俠客爲陰影負起責任——明瞭陰影確確實實是自己的一部分。然而，承認陰影，並非要指責它們、殺死它們或壓抑它們，但唐代的俠客尙沒進化至「魔法師」的整全

《俠與中國文化》，頁 48，臺北：學生書局，1993 年。

〔註 75〕參考卡蘿・皮爾森（Carol S. Pearson）著；徐愼恕、朱侃如、龔卓軍譯《內在英雄：六種生活的原型》，頁 39～50，臺北：立緒文化事業，2000 年。

〔註 76〕參考卡蘿・皮爾森（Carol S. Pearson）著；徐愼恕、朱侃如、龔卓軍譯《內在英雄：六種生活的原型》，頁 27，臺北：立緒文化事業，2000 年。

合一，需待後世武俠小說所創造的俠來體現此人格成長歷程的完成。〔註 77〕

〔註 77〕如近代金庸《神鵰俠侶》中的楊過，一開始總不肯承認其父楊康為亂臣賊子，而直思為父報仇，欲對保家衛國的郭靖、黃蓉下手，後終面對其父的過錯罪孽，乃為其父楊康立一墓碑，碑上書寫著：「先父楊府君康之墓，不肖子楊過謹立」，此「不肖」指的是自己的作為已洗刷父親的污名，並已勇敢面對父親生前的總總是非對錯。人並不喜歡有犯錯的感覺，會想盡辦法否認它的存在，於是在意識層面上形成了一種集體的否認，因此楊過能廓除其自我的陰影，轉而邁向「魔法師」所代表的人格整全合一，這無疑是俠者悠久生命進程的完成。

第伍章　結　論

在俠文學逐漸形成並且風靡的過程中，引起其爲俗爲雅的爭辯，也持續進行著，崇慕俠氣放達不羈的學者不在少數，但對俠文學總以「小道」觀之者依然大有人在。儘管太史公特爲其列傳，儘管文治武功皆盛的唐代明顯地透出被俠風浸染的痕跡，仍改變不了俠文學被忽略的景況；宋代重文輕武，學者垂裳坐論，鄙夷武打動作；明代風氣大體與宋不殊。值得注意的是，當金人入汴、元人入杭、清人入燕京、乃至近代列強侵華，學者每對俠投以較多關注。近世由於新武俠小說邁入創作的高峰，以至風行不衰，才慢慢浮現出俠文學的學術地標，並因而對以前被忽略的作品興起廣泛的研究。這個現象，又引起更大的爭議性，如傳統的文學標準是否已受到危害？所謂的「文學經典」是否會因而被扼殺？都是反對俠文學上登學術堂奧的疑慮。關於什麼樣的文學作品應該算是值得研究的問題，取決於它在文學機制中如何地起作用，以唐代而言，俠的姿影大量地在詩歌與小說裡出現，它融滲於邊塞豪情中，低吟於綺靡閨怨間，因此乃有俠詩歌被歸入邊塞詩或閨怨詩的情況出現。但從另外一個角度來看，亦可見俠在唐代文學上實有相當程度的作用。唐代作爲俠文學作品的第一個風雲時期，欲彰明現今俠者形象之所由何來，就得對唐代的俠文學作一番檢索探討；欲瞭解俠的人格特質與行事風貌，莫若從行俠主題的角度觀察較爲適切，透過行俠主題的探討，可揭露俠者間互有異同的深層價值觀，進而顯示出俠者的時代性特色。因此本文所關注的有二部分：一是在閱讀詩歌／小說文本後，分析唐代俠詩歌／小說中行俠主題的呈現；另一則是解讀不同體裁中行俠主題的差異性，以見不同行俠主題在唐代的消長情況。

唐代俠詩歌／小說中可分爲「平不平」、「立功名」與「報恩仇」三項行俠主題，這三項行俠主題於唐前已或多或少的出現，但至唐代，這三項行俠主題已各加入一些新質素，讓這些行俠主題在程度上產生或淺化、或深化、或世俗化、或理想化的質變，並影響至後世的俠文學創作，以下即分述之。

「平不平」爲俠詩歌／小說最基本的行俠主題，俠者心中的不平之氣，對己身激盪成膽氣豪情，對他人則激化爲扶危濟困。在先唐之時，「平不平」是最常見的行俠主題，從司馬遷著《史記・游俠列傳》以來，俠者即以「救人於厄、振人不贍」爲人所稱道，但先唐之時較缺乏對膽氣豪情的行事聚焦，這乃因先唐之時的俠文學作品尚未蔚爲風氣，無法專就俠者的純粹膽氣豪情表現作一明確顯像，在史書上大都亦以「任氣爲俠」、「好俠」等詞彙帶過，而把歷史人物的行俠重點放在他們的「作威福、立私交」上。至唐代，因俠文學作品數量大幅提升，且膽氣豪情是構成俠者行徑的重要基調，爾後種種的行俠主題都是在充滿膽氣豪情的基礎下成形與實踐，是以不乏推許俠者膽氣豪情的文學作品。但依著文學體裁的不同，在描繪俠者膽氣豪情的表現上，便有著不同的處理方式。

膽氣豪情，在唐代的俠詩歌中呈現驚人的數量，尤以由膽氣豪情所衍生的次文化爲然。唐代俠詩歌著重在刻劃俠者的任氣不群，是以俠者的「有膽」行徑，自然成了詩人筆下抉羅的對象，大量地述寫俠者一昧地追求純感官刺激，也因而產生次文化上相關的作品。也由此可見唐代作品中的俠，尚未被賦予過多的倫理意義，保留了較多原始而不完美的樣貌。相形之下，唐代俠小說中單獨歌詠膽氣豪情的篇章不多，因小說本身有須爲一完整描述事件的立體結構限制，而純寫膽氣豪情並無法達到其所需求的戲劇效果，亦可說在小說中所有的俠行皆是膽氣豪情的表現，只不過將其以爲基底，行更複雜的俠行，於行俠中體現膽氣豪情。所以膽氣豪情在唐代的俠小說中，大多已由「前臺」轉爲「背景」，成爲俠者行俠的必備養分。

「扶危濟困」爲「平不平」行俠主題的重點，在此俠者扮演的角色通常是「施予者」或「救援者」，而這也是俠歷史中，最早爲人稱頌的俠行。在唐代俠詩歌／小說中，卻有著「淺化」扶危濟困俠行的趨勢。以俠詩歌言，「淺化」的傾向表現在數量上的相對縮減與詞彙上的凝滯不變：敘寫「扶危濟困」俠行的俠詩歌數量僅十四首，詩家爲八位，相對於三百七十九首與一百二十四位詩家的俠詩歌而言，「扶危濟困」俠行的詠讚便顯薄弱些；敘寫「扶危濟困」俠行的俠詩歌，詞彙大多只云「除不平」、「見不平」或「不平事」、「不平處」等，流於空泛的口號式詞彙，這應是宥於詩歌本質不適合敘述的限制。在俠小說方面，因「平不平」此行俠主題有隨意性及偶然性的特點，故常無法獨立撐起一完整小說的構架，亦造成在小說中「扶危濟困」的俠行，常伴著其他內容出現的情況。如〈霍小玉傳〉、〈柳氏傳〉等，濟弱的俠行被做爲愛情故事中的一小段轉捩插曲；〈柳毅傳〉、〈崔煒〉中濟弱的俠行，也只是爲了鋪敘後來神怪故事的引子；〈虬髯客傳〉中虬髯客的扶危之措是因形勢所致；〈馮燕傳〉、〈車中女子〉的不平事更是由俠者本身造成。凡此種種，皆說明了唐代俠小說在「扶危濟弱」的俠行上有了「淺化」的趨向。

「立功名」行俠主題始於魏晉，但其時俠者的功名仍指俠形象自身的流芳千古，尚未涉及現實的功名利祿。至唐代，俠者的立功名便朝向「世俗化」發展，尤以俠詩歌爲然。由於唐代士人普遍對從政有著高度興緻，也爲了替俠者找回重歸文明社會之路，因此大批的俠者在詩歌裡被送上戰場，在此詩人純粹是由「從軍立功，多得頂戴」上著眼，俠客們孜孜以求的是功名富貴，他們平時勤練騎射，便是期望有功成名就的一天，因此詩句中明顯流露出對晉侯封爵的渴望，詩中的天子也成爲讓俠客行爲合理化的重要角色。因此在唐代俠詩歌裡的「立功名」行俠主題裡，較看不到一些陳義過高的矯情詩句，代之以熱切地冀求名利的坦誠告白。在唐代俠小說裡，「立功名」依舊泛著世俗化的色彩，但由於小說的成熟期已屆晚唐，晚唐國勢衰弱，而「立功名」的存在與國勢的富強與積弱息息相關，因此小說中幾無敘及立功名的行俠主題，唯一存在「立功名」行俠主題的小說篇章爲〈虬髯客傳〉，但其內容亦是描寫初唐開國元勳行俠立功的事蹟，因此才充滿蓬勃朝氣之開國氣象，以及另闢江山的多元思考。

「立功名」行俠主題雖充分展現了唐代不同於他朝的活力，但俠者失去個人獨立自由的特性是可預期的，因此在功成名就之餘，俠者之路又分兩向，一爲封侯拜將，享盡人世奢華；二爲功成身退，朝向名士化發展。前者即是唐代俠詩歌／小說中「立功名」行俠主題的「世俗化」，後者則爲「亦狂亦俠亦溫文」此「理想化」的文武兼修的原型，影響所及，後世新舊派武俠小說也大量以名士化的俠做爲創作範本。但由於唐代積極主動的時代特色使然，因此立邊功之武俠仍遠比名士化之文俠數量來得多，因此就整個唐代俠詩歌／小說「立功名」行俠主題的基調而言，仍是傾向「世俗化」的。

「報恩仇」行俠主題在唐代俠詩歌／小說裡的表現，由於崇尚酬恩報仇的刺客特質融入了俠者體系，因此成爲強調俠者個人特質的重要體現；同時在唐代，恩仇觀念明顯地擴展了，不再只是侷限於個人恩仇，而能提升至國家社會層次，因此「報恩仇」行俠主題在唐代俠詩歌／小說中呈現出「深化」的走向。於先唐之時，俠者偏重於報仇，且多爲報私人怨仇，而於初唐，由歐陽詢編纂的《藝文類聚》中，可看出其時對俠者的定義已加入了刺客的新質素，由於刺客精神的異質融入，讓俠者的開展擴張了酬恩復仇之舉的內涵，不僅帶著刺客個人性與衝動性，同時在個人性與衝動性之外，唐代俠詩歌／小說已開始加入了些許理性的質素，如開始著眼於國家恩仇，譏誚俗人之報小怨小仇者等，在這些恩仇觀念內涵的擴展過程中，力圖超越個人恩仇，從個人恩仇至民族恩仇，在俠者的倫理意義上有長足的進步，但也由於如此，使得唐代俠者的自我風格漸漸消褪中。但這只是現象的開端，大部分的唐代俠者行「報恩仇」之舉時，仍帶有濃濃的個人特質，而這濃濃的個人特質也體現在嗜血的特質上，潛藏嗜血慾望的暴露，是「報恩仇」行俠主題背後令人非議之處，但亦透露著粗獷原始的意味，是以唐代俠者尚未被道德教化所洗禮。唐代俠者所呈現出的嗜血特質，充分透出其「孤兒」原型的本質，亦即失望的理想主義者，渴望著能拉離他們於不安與害怕的泥淖之外的救援者出現，他們相信爲救援者犧牲生命或服侍他們以換取關愛，不但合乎邏輯，更令人寬慰，而俠者的「救援者」即是「知遇者」，因此無數的酬恩仇之舉便由此來。由「孤兒」原型對安全感的渴求，到「魔法師」原型的本眞和整全合一，俠者的圓融塑形歷程中，唐代身居起點位置，也讓後世有發展完成俠者歷程的空間。

當代文學理論家卡勒（Jonathan Culler）言：「對於讀者來說，體裁就是一套約定俗成的程式和期待。」〔註1〕因爲不同體裁的著重點各有不同，是以在閱讀俠詩歌或俠小說時，兩者之間的期待視野必然不同。唐代俠詩歌承前朝餘緒，乃蔚爲大觀，因此俠詩歌發展至唐代，可謂登上了創作的高峰，大量的俠詩歌使俠文化普及化，同時也走向世俗化，流失了俠者特有的孤立性與神祕性。因而在此高峰期後，後世僅見零星少數俠詩歌，俠詩歌創作乃趨於沒落，因此唐代俠詩歌是高峰也是總結。而將唐代俠詩歌所欲表達的俠者特質接續下去的，是

〔註1〕見卡勒（Jonathan Culler）著：李平譯的《文學理論》，頁78，牛津大學出版社，1998年。

唐代俠小說。唐代俠小說興盛於晚唐，影響了後世眾多俠小說的創作，具有啓後的地位。而行俠主題透過兩種完全不同的文學體裁來呈現，也有著相當大的差異，因此詩歌與小說中所呈現的俠主題有著起落的現象。以唐代俠詩歌而言，由於詩歌的特徵，在透過抒情的短章形式，裝載詩人的情感與印象，詩材或擷取內心生活的獨立片段，或來自心靈對外界事物的折射所獲印象，因此只能簡潔地表現個人的主觀感受，無法容納起訖的事件，也無法寫出人物個性的發展，以及人物與人物個性之間的相互作用，〔註 2〕因此導致俠客的泛化與模糊性，失掉了俠的獨特性。至於唐代的俠小說，因形式允許，在人物刻劃與情節組織上，皆可自由鋪陳，因此流露出鮮明恩義情仇的個人氣質，這是體裁不一所擁有的特性，也是侷限性。

唐代俠詩歌／小說行俠主題所呈顯的同異，除了前述數處之外，尚在劍與術的主從凌替上可尋見：唐代俠詩歌的興盛年代早於俠小說，在唐代的俠詩歌裡，「仗劍行俠」是最主要的行俠方式；至俠小說出現時，紮實不含糊的「劍」已居於從屬地位，大量奇炫幻術、武術、藥術開始凌駕於上。劍與術主從凌替的發展，對後世武俠小說的寫作有相當深遠的影響，如〈管萬敵遇壯士〉中的「麻衣張蓋」顯然有深厚氣功，即後世武俠小說中所謂的內功，且此文互相比武較力的情節也成爲後世武俠小說常用的套數之一；〈張季弘逢惡新婦〉中的那位新婦的指上功力，令人不禁聯想起「一陽指」、「金剛指」等各種指功，且指刻盤石的情節，亦被後世武俠小說家所襲用；〈聶隱娘〉中的聶隱娘殺人後「以藥化之爲水」，也成爲後世武俠小說中的「化屍散」之類的物品，而其所顯示的劍仙奇技對後世所謂的「神怪武俠小說」更是啓益良多。

另在本文中，對某些唐代俠詩歌／小說的特色並無碰觸，在此亦略加敘述，以補不足。首先在唐代俠詩歌／小說中的俠者身份，大多集中在不起眼的人物，頗有司馬遷所言「閭巷之俠」的味道，

〔註 2〕參考趙滋蕃著《文學原理》，頁 58，臺北：東大圖書，1988 年。

與漢代俠者的位高權重大相逕庭，如《酉陽雜俎》中〈僧俠〉便開以僧人為俠客的先例，雖說其言行舉止絲毫找不著出家人的味道。那些乍看不起眼卻身懷絕技的人物，一登場往往以如奴婢、衣衫襤褸的女子、盜賊、和尚、普通老人、囚犯等的低階形態出現，他們大隱於市，以其喧雜，故可混跡。但無論是主動或被動，一旦他們想有所報、有所懲時，皆能以其奇炫的武術讓人為之一驚。這原型可溯至戰國時代的養士，其時食客的身份已從抱關者、屠夫到雞鳴狗盜之徒皆具，這些出身不高的食客在其時早已展其絕異之姿，然究屬少數。到唐代，這些有絕異之姿的任俠者，其身份幾乎皆屬平凡普通人，在唐代人人皆可以透過科舉出人頭地的風氣下，造成人人皆不可小看的心態，而且在文人著意好奇的心態創作下，出現的俠者更多是來自社會構成階層中的下層。

在性別方面，唐代俠小說一個很引人注目的現象便是女性俠者的集中出現。〔註 3〕在唐代小說之前，關於俠的性別一直是男性以絕對性的多數壓倒女性，較著名的女俠角色有李寄、秦女休、蘇來卿、東海勇婦等人，角色雖鮮活，但數量並不多。在唐代俠詩歌中，唯一出現的唐代女性俠者僅有「東海勇婦」；直到唐代小說的出現，才大大提高女性俠者的數量，且角色塑造之成功尚且凌駕於男性俠者之上。可見唐代文人創作俠的關心對象，有著相對開闊的視野，除了社會階級的下層人物，也擴展至予人弱不禁風印象的女子。因為任俠精神的主動性，讓他們願意突破社會既定的界線與藩籬，也由於這種主動性驅策的結果，使唐代俠詩歌／小說的行俠主題呈現豐富多姿的異彩。

〔註 3〕這方面的論述可參考林保淳教授於《中國文哲研究期刊》第十一期中發表的〈中國古典小說中的「女俠」形象〉。

徵引書目

依成書年代排列

一、古著典籍

1. 《十三經注疏 3・周禮》，臺北：藝文印書館，1993 年。
2. 《十三經注疏 4・儀禮》，臺北：藝文印書館，1993 年。
3. 《十三經注疏 5・禮記》，臺北：藝文印書館，1993 年。
4. 《十三經注疏 6・左傳》，臺北：藝文印書館，1993 年。
5. 《十三經注疏 8・孟子》，臺北：藝文印書館，1993 年。
6. 漢・司馬遷著；〔日〕瀧川資言校《史記會注考證》，臺北：天工，1993 年
7. 漢・劉向撰，盧元駿註譯：《說苑今註今譯》，臺北：臺灣商務印書館，1985 年。
8. 漢・許慎撰；清・段玉裁注《說文解字注》，臺北：漢京文化事業，1985 年。
9. 漢・班固著《漢書》，臺北：鼎文，1977 年。
10. 漢・趙曄撰《吳越春秋》，臺北：世界書局，1980 年。
11. 南朝宋・范曄：《後漢書》，臺北：中華書局，1981 年。
12. 晉・干寶、陶淵明撰《搜神記・搜神後記》，臺北：木鐸，1985 年。
13. 唐・歐陽詢撰《藝文類聚》，上海：上海古籍，1999 年。
14. 唐・張鷟撰；趙守儼點校《朝野僉載》，北京：北京中華書局，1997 年。

15. 唐・李白著；詹鍈主編《李白全集校注匯釋集評》（一～八），天津：百花文藝，1996年。
16. 唐・白居易撰、宋・孔侯續撰《白孔六帖》，臺北：新興書局，1969年。
17. 唐・段成式《酉陽雜俎》，臺北：漢京文化事業，1983年。
18. 後周・王仁裕《開元天寶遺事》，收於《唐五代筆記小說大觀》（下），上海：上海古籍，2000年。
19. 宋・宋祁、歐陽修等撰《舊唐書》，臺北：鼎文書局，1981年。
20. 宋・宋祁、歐陽修等撰《新唐書》，臺北：鼎文書局，1981年。
21. 宋・王溥《唐會要》，北京：中華書局，1998年。
22. 宋・李昉等奉敕撰《太平御覽》，臺北：臺灣商務，1992年。
23. 宋・李昉等編《太平廣記》，北京：中華書局，1994年。
24. 宋・郭茂倩編撰《樂府詩集》，臺北：里仁書局，1999年。
25. 宋・計有功撰；王仲鏞校箋《唐詩紀事校箋》，成都：巴蜀書社，1989年。
26. 宋・葛立方《韻語陽秋》，上海：上海古籍，1984年。
27. 宋・鄭樵《通志二十略》，北京：中華書局，1995年。
28. 宋・洪邁《容齋隨筆》，上海：上海古籍，1996年。
29. 宋・葉廷珪《海錄碎事》，收於《文淵閣四庫全書》第九二一冊，臺北：臺灣商務，1985年。
30. 元・方回《瀛奎律髓》，收於《文淵閣四庫全書》第一三六六冊，臺北：臺灣商務，1986年。
31. 明・張之象編《古詩類苑》，收於《四庫全書存目叢書・集部三二〇》（大陸外版），臺南：莊嚴文化事業，1997年。
32. 明・張之象編《唐詩類苑》，收於《四庫全書存目叢書・集部三一七》（大陸外版）臺南：莊嚴文化事業，1997年。
33. 明・王世貞編《劍俠傳》，臺北：金楓，1986年。
34. 明・張潮《幽夢影》，臺北：文津，1991年。
35. 清・康熙御製《全唐詩》，北京：中華書局，1996年。
36. 清・張英編《淵鑑類函》，收於《文淵閣四庫全書》第九九〇冊，臺北：臺灣商務，1985年。
37. 清・陳夢雷、蔣廷錫等編《欽定古今圖書集成》，臺北：鼎文書局，1977年。

38. 清·董誥等編《全唐文》，上海：上海古籍，1993 年。
39. 清·趙翼《廿二史箚記》，臺北：世界書局，1997 年。
40. 清·姚範《筆記四編援鶉堂筆記》，臺北：廣文書局，民 1971 年。
41. 清·石玉崑《三俠五義》，臺北：三民，1998 年。
42. 清·康芸洲《七劍十三俠》，收於《中國現代小說大系·第二冊》，南昌：江西人民，1988 年。
43. 清·譚嗣同著；蔡尚思等編《譚嗣同全集》，北京：中華書局，1981 年。
44. 清·梁啓超《飲冰室全集》，臺南：博元，1989 年。
45. 清·章太炎《章太炎全集》，上海：上海人民，1984 年。
46. 逯欽立輯校《先秦漢魏晉南北朝詩·上》，北京：中華書局，1998 年。
47. 李時人編校；何滿子審定《全唐五代小說》（1～5 冊），西安：陝西人民，1998 年。
48. 周光培編《歷代筆記小說集成·唐代筆記小說》（全二冊），石家莊：河北教育，1994 年。
49. 王夢鷗《唐人小說校釋》（上），臺北：正中書局，1994 年。
50. 王夢鷗《唐人小說校釋》（下），臺北：正中書局，1996 年。

二、現代論著

1. 〔日〕鹽谷溫著；君左譯《中國小說概論》，載鄭振鐸編《中國文學研究》下冊，上海書店據商務印書館 1927 年版複印。
2. 康百世《金聖嘆批改水滸傳的研究》，政治大學中國文學研究所碩士論文，1971 年。
3. 李慧淳《水滸傳研究》，臺灣師範大學國文研究所博士論文，1972 年。
4. 葉慶炳編《中國文學史》，臺北：弘道文化，1974 年。
5. 朱光潛《文藝心理學》，臺北：臺灣開明書店，1974 年。
6. 孫鐵剛《中國古代的士和俠》，臺灣大學中國文學研究所博士論文，1974 年。
7. 鄭瑞山《水滸傳人物論》，東海大學中國文學研究所碩士論文，1975 年。
8. 馮幼衡《武俠小說與讀者心理需要之研究》，政治大學新聞研究所碩士論文，1978 年。

9. 梅清華《中國文學中的俠》，輔仁大學英國語文研究所碩士論文，1980 年。
10. 江南書生《劍俠李白（第一卷）》，臺北：時報文化，1982 年。
11. 祝秀俠《唐代傳奇研究》，臺北：中國文化大學，1982 年。
12. 崔省南《水滸傳寓意與結構之分析》，臺灣大學中國文學研究所碩士論文，1982 年。
13. 林志達《唐人俠義小說研究》，輔仁大學中國文學研究所碩士論文，1982 年。
14. 柯錦彥《唐代劍俠傳奇及其政治社會之關係》，高雄師範大學國文研究所碩士論文，1982 年。
15. 柯慶明《境界的探求》，臺北：聯經，1984 年。
16. 王忠林、左松超、皮述民、金榮華、邱燮友、黃錦鋐、傅錫壬、應裕康編的《增訂中國文學史初稿》，臺北：福記文化圖書，1985 年。
17. 廖瓊媛《兒女英雄傳之俠義研究》，東海大學中國文學研究所碩士論文，1985 年。
18. 崔奉源《中國古典短篇俠義小說研究》，臺北：聯經，1986 年。
19. 金聖敏《沈璟義俠記研究》，政治大學中國文學研究所碩士論文，1986 年。
20. 田毓英《西班牙騎士與中國俠》，臺北：臺灣商務，1986 年。
21. 龔鵬程《大俠》，臺北：錦冠，1987 年。
22. 本尼迪克特著；孫志民等譯《菊花與刀——日本文化的諸模式》，杭州：浙江人民出版社，1987 年。
23. 朴河貞《兒女英雄傳研究》，臺灣大學中國文學研究所碩士論文，1987 年。
24. 陳華《施公案與清代法制》，臺灣大學法律研究所碩士論文，1988 年。
25. 柯玫文《三俠五義研究》，東吳大學中國文學研究所碩士論文，1988 年。
26. 汪淑玲《「水滸傳」與「南總里見八犬傳」之比較研究》，文化大學日本文學研究所碩士論文，1988 年。
27. 趙淑美《水滸後傳研究》，東海大學中國文學研究所碩士論文，1989 年。
28. Mucchielli 著，張龍雄譯：《群體心態》，臺北：遠流出版事業，1989

年。

29. 楊國樞編《中國人的心理》，臺北：桂冠圖書，1989年。
30. 陳美伶《水滸傳之人物刻畫技巧研究》，臺灣師範大學國文研究所博士論文，1990年。
31. 魯迅《魯迅雜文補編（一）》，臺北：風雲時代，1990年。
32. 錢穆《現代中國學術論衡》，臺北：東大圖書，1990年。
33. 榮格（Carl Gustav Jung）著；鴻鈞譯《分析心理學——集體無意識》，臺北：結構群文化事業，1990年。
34. 魯迅《中國小說史略》，臺北：風雲時代，1990年。
35. 〔美〕劉若愚著；周清霖、唐發鐃譯《中國之俠》，上海：三聯書店，1991年。
36. 劉大杰《中國文學發展史》，臺北：華正書局，1991年。
37. 〔法〕克勞德·列維——斯特勞斯著；陸曉禾、黃錫光等譯《結構人類學》（Claude Levi-Strauss：L』Anthropologie Structurale，1958），北京：文化藝術，1991年。
38. 林淑媛《晚明水滸人物評論之研究：以金聖歎評水滸傳爲範例》，中央大學中國文學研究所碩士論文，1992年。
39. 龔青松《蜀山劍俠傳異類修道歷程研究》，文化大學中國文學研究所碩士論文，1992年。
40. 劉翔《中國傳統價值觀念詮釋學》，臺北：桂冠圖書，1992年。
41. 劉蔭柏《中國武俠小說史——古代部分》，石家庄：花山文藝，1992年。
42. 陳山《中國武俠史》，上海：三聯書店，1992年。
43. 淡江大學中文系主編《俠與中國文化》，臺北：臺灣學生書局，1993年。
44. 陳國霖著譯《幫會與華人次文化》，臺北：臺灣商務，1993年。
45. 葉洪生《武俠小說談藝錄——葉洪生論劍》，臺北：聯經，1994年。
46. 汪湧豪《中國游俠史》，上海：上海文化，1994年。
47. 張志和、鄭春元《中國文史中的俠客》，北京：中國社會科學，1994年。
48. 吳志達《中國文言小說史》，濟南：齊魯書社，1994年。
49. 楊國樞、余安邦編著《中國人的心理與行爲：理念及方法篇（一九九二）》，臺北：桂冠圖書，1994年。

50. 黃暖瑗《金聖嘆的水滸傳評點研究》，中山大學中國文學研究所碩士論文，1994 年。
51. 林香伶《唐代游俠詩歌研究》，政治大學中國文學研究所碩士論文，1994 年。
52. 王子彥《南朝游俠詩之研究》，淡江大學中國文學研究所碩士論文，1995 年。
53. 陳怡仲《中國古代小說中的劍及其文化意象研究》，文化大學中國文學研究所碩士論文，1995 年。
54. 卓曼菁《李白遊俠詩研究》，臺灣師範大學國文研究所碩士論文，1995 年。
55. 楊丕丞《金庸小說鹿鼎記之研究》，東海大學中國文學研究所碩士論文，1995 年。
56. 董國慶《武俠文化》北京：中國經濟，1995 年。
57. 李春青《烏托邦與詩：中國古代士人文化與文學價值觀》，北京師範大學出版社，1995 年。
58. 羅鋼《敘事學導論》，昆明：雲南人民，1995 年。
59. Joseph Campbell，Bill Moyers 作；朱侃如譯《神話》，臺北：立緒文化事業，1995 年。
60. 霍然《隋唐五代詩歌史論》，吉林：吉林教育，1995 年。
61. 龔鵬程、林保淳編《廿四史俠客資料匯編》，臺北：臺灣學生，1995 年。
62. 陳平原《千古文人俠客夢——武俠小說類型研究》，臺北：麥田，1995 年。
63. 徐斯年《俠的蹤跡——中國武俠小說史論》，北京：人民文學，1995 年。
64. 陶希聖《辯士與游俠》，臺北：臺灣商務，1995 年。
65. 陳山《中國武俠史》，上海：上海三聯，1995 年。
66. 張節末《狂與逸——中國古代知識分子的兩種人格特徵》，北京：東方，1995 年。
67. 陳伯海《唐詩學引論》，上海：東方出版中心，1996 年。
68. 陸震《中國傳統社會心態》，杭州：浙江人民出版社，1996 年。
69. 張三夕《死亡之思》，臺北：洪葉文化，1996 年。
70. 楊淑媚《施公案研究》，中興大學中國文學研究所碩士論文，1996 年。

71. 郁賢皓《天上謫仙人的祕密：李白考論集》，臺北：臺灣商務，1997年。
72. 汪湧豪・陳廣宏《江湖任俠：市民社會的英雄主義》，臺北：漢揚，1997年。
73. 曹正文《中國俠文化史》，臺北：雲龍，1997年。
74. 迪克・赫布迪齊（Dick Hebdige）著；張儒林譯《次文化：生活方式的意義》，臺北：駱駝，1997年。
75. 〔英〕湯恩比（Arnold J Toynbee）著；曹未風等譯《歷史研究》（A Study of History），上海：上海人民，1997年。
76. 黃美玲《《三俠五義》研究》，中山大學中國文學研究所碩士論文，1997年。
77. 許慧敏《金庸武俠小說敘事模式研究》，中正大學中國文學研究所碩士論文，1997年。
78. 佛斯特（Edward Morgan Forster）著；李文彬譯《小說面面觀》，臺北：志文，1998年。
79. 淡江大學中國文學系主編《縱橫武林：中國武俠小說國際學術研討會論文集》，臺北：臺灣學生，1998年。
80. 王資鑫《水滸與武打藝術》，南京：江蘇古籍，1998年。
81. 曹亦冰《俠義公案小說史》，杭州：浙江古籍，1998年。
82. 陳穎《中國英雄俠義小說通史》，南京：江蘇教育，1998年。
83. 保羅・蒂里希《政治期望》，四川人民出版社，1998年。
84. 趙孝萱《張恨水小說新論》，輔仁大學中國文學研究所博士論文，1998年。
85. 陳康芬《古龍武俠小說研究》，淡江大學中國文學研究所碩士論文，1998年。
86. 王立《中國古代復仇文學主題》，吉林：東北師範大學，1998年。
87. 王立《偉大的同情——俠文學的主題史研究》，上海：學林，1999年。
88. 鄭春元《俠客史》，上海：上海文藝，1999年。
89. 龔鵬程《年報：1998龔鵬程年度學思報告》，嘉義：南華管理學院，1999年。
90. 王立《心靈的圖景——文學意象的主題史研究》，上海：學林，1999年。
91. 王立《永恆的眷戀——悼祭文學的主題史研究》，上海：學林，1999年。

92. Murray Stein 著；朱侃如譯《榮格心靈地圖》，臺北：立緒文化事業，1999 年。
93. 羅賢淑《金庸武俠小說研究》，中國文化大學中國文學研究所博士論文，1999 年。
94. 楊清惠《從原始劍俠到仙俠——古典小說中「劍俠」形象及其轉變》，淡江大學中國文學研究所碩士論文，1999 年。
95. 塗翔文《中國武俠電影美學變遷研究》，淡江大學大眾傳播學研究所碩士論文，1999 年。
96. 曹昌廉《「閱讀」的當代武俠小說——論當代武俠小說評議與閱讀理論下新的武俠小說觀》，南華大學文學研究所碩士論文，2000 年。
97. 陳平原《中國現代學術之建立：以章太炎、胡適之爲中心》，臺北：麥田，2000 年。
98. 卡蘿・皮爾森（Carol S. Pearson）著；徐愼恕、朱侃如、龔卓軍譯《內在英雄：六種生活的原型》，臺北：立緒文化事業，2000 年。

三、期刊論文

1. 陶希聖〈西漢時代的客〉，《食貨》5：1，頁 1～6，1937 年。
2. 楊聯陞著；段昌國譯〈報——中國社會關係的一個基礎〉，《食貨月刊》3：8，頁 377～388，1973 年。
3. 孫鐵剛〈秦漢時代士和俠的式微〉，《國立臺灣大學歷史學系學報》第 2 期，頁 1～22，臺北：臺灣大學歷史學系，1975 年。
4. 唐文標〈「劍俠千年已矣！」——古俠的歷史意義——〉，《中華文化復興月刊》9：5，頁 41～44，1976 年。
5. 林鎭國〈死亡與燃燒——談游俠的生命情調〉，《鵝湖月刊》2：3＝15，頁 17～19，1976 年。
6. 周伯乃〈中國古典小說中的俠義精神〉，《國魂》第 390 期，頁 43～45，1978 年。
7. 王義〈劍俠李白？〉，《出版與研究》第 42 期，頁 47～48，1979 年。
8. 田毓英〈義與譽——中西遊俠行俠動機及其於水滸傳與吉柯德先生傳上的表現〉，《東方雜誌》14：2，頁 30～40，1980 年。
9. 宋瑞〈中國文學中的俠義觀念〉，《文壇》第 247 期，頁 69～72，1981 年。
10. 柳嶽生〈洪門俠義精神之哲學基礎〉，《憲政論壇》27：1，頁 20～21，1981 年。

11. 柳嶽生〈洪門俠義精神的透視〉,《天然》2:7,頁 25～33,1981 年。
12. Curtis P. Adrkins 著;張端穗譯〈唐傳奇中的英雄〉,《東海文藝季刊》3～4,頁 8～22;140～155,1982 年。
13. 李瑞騰〈功名萬里外,心事一杯中——唐代邊塞詩中的英雄形象〉,《文藝月刊》第 156 期,頁 79～85,1982 年。
14. 沈秋桂〈史記序遊俠則「賤守節而貴俗功」「退處士而進姦雄」〉,《成功大學學報·人文篇》17,頁 11～15,臺南:國立成功大學,1982 年。
15. 龔鵬程〈評田毓英著「西班牙騎士與中國俠」〉,《文訊月刊》第 5 期,頁 114～118,1983 年。
16. 田毓英〈膽量與爲學釋龔鵬程評「田毓英著『西班牙騎士與中國俠』」〉,《文訊月刊》第 6 期,頁 261～270,1983 年。
17. 黑金城〈從「兒女英雄傳」看中國傳統社會中俠、儒、報的觀念〉,《自由青年》72:1=659,頁 54～58,1984 年。
18. 孫桂芝〈俠的氾濫與失落〉,《中國論壇》17:8=200,頁 8～11,1984 年。
19. 吳宏一〈漫談武俠與武俠小說〉,《中國論壇》17:8=200,頁 12～13,1984 年。
20. 溫瑞安〈可信而不實在的世界〉,《中國論壇》17:8=200,頁 14～16,1984 年。
21. 葉洪生〈平反「武俠冤案」此其時矣!〉,《中國論壇》17:8=200,頁 17～20,1984 年。
22. 陳曉林〈天殘地缺話神鵰——論「神鵰俠侶」中悲劇情境的形成與超脫〉,《中國論壇》17:8=200,頁 21～25,1984 年。
23. 劉修明〈秦漢游俠的形成與演變〉,喬宗傳,《中國史研究》1985 年第 1 期,頁 71～80,1985 年。
24. 鍾元凱〈唐詩的任俠精神〉,《北京大學學報》1984 年第 4 期,頁 55～65,北京:北京大學,1984 年。
25. 林保淳〈從「通俗」的角度談武俠小說〉,《文訊月刊》第 26 期,頁 125～132,1986 年。
26. 江靜芳〈武俠小說的社會意義——訪陳曉林〉,《幼獅月刊》63:3=399,頁 18～20,1986 年。
27. 陳莉萍〈武俠小說的人物性格——趙慶和訪葉洪生談金庸小說人物〉,《幼獅月刊》63:3=399,頁 21～24,1986 年。

28. 黃秋芳〈武俠小說的典型〉，《幼獅月刊》63：3＝399，頁 25～28，1986 年。
29. 薛興國〈讀武俠小說應有的態度——以金庸作品爲例〉，《幼獅月刊》63：3＝399，頁 29～30，1986 年。
30. 王達明〈期待武俠新秀〉，《幼獅月刊》63：3＝399，頁 30～32，1986 年。
31. 李捷金〈秀視人性〉，《幼獅月刊》63：3＝399，頁 32～34，1986 年。
32. 陳樂融〈劍底人間〉，《幼獅月刊》63：3＝399，頁 35～36，1986 年。
33. 葉洪生〈觀千劍而後識器〉，《聯合文學》2：11＝23，頁 7～17，1986 年。
34. 陳曉林〈奇與正——試論金庸與古龍的武俠世界〉，《聯合文學》2：11＝23，頁 18～23，1986 年。
35. 龔鵬程〈鴛鴦蝴蝶與武俠小說〉，《聯合文學》2：11＝23，頁 24～28，1986 年。
36. 田毓英〈「吉柯德先生傳」是部什麼樣的書？〉，《聯合文學》2：11＝23，頁 29～33，1986 年。
37. 沈惠如〈劍膽俠心一女傑——「聶隱娘」淺探〉，《中華文化復興月刊》20：5＝230，頁 19～24，1987 年。
38. 商偉〈論唐代的古題樂府〉，《文學遺產》1987 年第 2 期，頁 39～48，1987 年。
39. 林聰舜〈抗議精神的體現者——游離於體制外，伸張「另一種正義」的游俠〉，《國文天地》3：12＝36，頁 63～67，1988 年。
40. 張浩遜〈論唐代的俠義詩〉，《商丘師專學報》1988 年第三期，頁 19～26。
41. 陳曉林〈俠氣崢嶸蓋九州〉，《青青子衿》，頁 131～150，臺北：時報文化，1989 年。
42. 吳宏一口述；蔡詩萍摘要整理〈漫談武俠與武俠小說〉，《文學常談》，頁 177～182，臺北：聯經，1990 年。
43. 張英〈中國古代的俠〉，《國文天地》5：12＝60，頁 13～16，1990 年。
44. 莊練〈武林大俠何處尋？〉，《國文天地》5：12＝60，頁 17～20，1990 年。
45. 陳葆文〈一逐孤雲天外去——短篇小說中的女俠形象探討〉，《國文天地》5：12＝60 頁 21～24，1990 年。
46. 呂正惠〈風流仗劍‧慷慨賦詩——古典詩詞中的游俠與英雄〉，《國文天地》5：12＝60，頁 25～27，1990 年。
47. 龔鵬程〈美人如玉劍如虹——漫說清末儒俠的俠骨與柔情〉，《國文天地》5：12＝60，頁 28～31，1990 年。
48. 吳宏一〈俠情與俠義〉，《文學常談》，頁 183～189，臺北：聯經，1990 年。
49. 吳宏一〈從俠義觀念到武俠風貌〉，《文學常談》，頁 191～202，臺北：聯經，1990 年。
50. 葉洪生〈武林盟主與九大門派——速寫近代武俠小說中之「俠變」〉，《國文天地》5：12＝60，頁 32～35，1990 年。
51. 田毓英〈榮譽、正義、武士精神——中外俠士精神的眞面目〉，《國文天地》5：12＝60，頁 36～38，1990 年。
52. 莊吉發〈從劍俠談起——中國古代名劍的面面觀〉，《國文天地》5：12＝60，頁 39～42，1990 年。
53. 陳平原〈類型等級與武俠小說〉，《新地》1：5＝5，頁 44～50，1990 年。
54. 陳平原〈劍與俠——武俠小說與中國文化〉，《中國文化》第 2 期（1990 年春季號），頁 116～123，1990 年。
55. 鄭樹森〈大眾文學‧敘事‧文類——武俠小說札記三則〉，《二十一世紀》第 4 期，頁 113～119，1991 年。
56. 鄧仕樑〈說俠義——試論中國文學裡的俠義精神〉，《國文天地》7：2＝74，頁 68～73，1991 年。
57. 葉洪生〈爲大陸史學界「盲俠」看病開方（上）——論王海林《中國武俠小說史略》之五短〉，《國文天地》7：2＝74，頁 74～78，1991 年。
58. 葉洪生〈爲大陸史學界「盲俠」看病開方（下）——論羅立群《中國武俠小說史》之得失〉，《國文天地》7：3＝75，頁 76～77，1991 年。
59. 荊學義〈晚清武俠公案小說與農耕文化〉，《中國古代、近代文學研究》1991：7，頁 224～230，1991 年。
60. 王子今〈說秦漢「少年」與「惡少年」〉，《中國史研究》1991 年第 4 期，頁 97～106，1991 年。
61. 林元輝〈賣身買得千年名——論中國人的自殺與名欲〉，《中國文哲研究集刊》第 2 期，頁 423～449，1992 年。

62. 王立〈三論中國古代文學中的俠女復仇主題——劍的母題、傳奇性及卓絕武功表現〉，《中國古代、近代文學研究》1993 年第 4 期，頁 10～15，1993 年。

63. 金一平〈中國古典文學中的尚武主題〉，《中國古代、近代文學研究》1993：5，頁 10～15，1993 年。

64. 陳葆文〈唐代小說中的「俠女」形象探析〉，《東吳文史學報》第 11 號，頁 29～47，臺北：東吳大學，1993 年。

65. 王立〈恩報觀念與中國古代復仇文學〉，《中國古代、近代文學研究》1993：1，頁 21～26，1993 年。

66. 陳寧〈游俠及其產生的背景〉，《思想戰線》1993 年第 1 期，頁 80～85，1993 年。

67. 林保淳〈唐代小說選讀——豪俠類〉，《中國古典小說賞析與研究》上編，頁 135～156，臺北：中華文化復興運動總會文藝研究促進委員會，1993 年。

68. 陳曉林〈武俠小說與現代社會——試論武俠小說的「解構」功能〉，《文化中國：理念與實踐》，頁 191～211，臺北：允晨文化，1994 年。

69. 徐斯年〈中國古代武俠小說的孕育〉，《歷史月刊》第 82 期，頁 86～92，1994 年。

70. 王立〈喪悼文化與中國古代復仇文學主題〉，《中國古代、近代文學研究》1994：8，頁 15～23，1994 年。

71. 王立〈俠仙人獸萃集的超人——猿公與中國古代俠文學主題〉，《中國古代、近代文學研究》1994：4，頁 26～30，1994 年。

72. 吳玉燕〈《史記・游俠列傳》析論〉，《輔大中研所學刊》第 3 期，頁 77～86，臺北：輔仁大學中國文學研究所，1994 年。

73. 徐斯年〈宋——明短篇武俠小說論〉，《中國古代、近代文學研究》1994：12，頁 292～299，1994 年。

74. 顏天佑〈《史記・游俠列傳》解讀〉，《中華學苑》第 44 期，頁 109～133，1994 年。

75. 劉玉平〈武俠小說接受心理探源〉，《通俗文學評論》（武漢），頁 86～90，1994 年。

76. 李歐〈論原型意象——「俠」的三層面〉，《中國古代、近代文學研究》1994：9，頁 20～24，1994 年。

77. 段莉芬〈《太平廣記》豪俠類研析〉，《建國學報》第 14 期，頁 175～193，1995 年。

78. 翁麗雪〈古俠考略〉，《嘉義農專學報》第40期，頁161～191，嘉義：國立嘉義農業專科學校，1995年。

79. 翁麗雪〈魏晉小說俠義精神考略〉，《嘉義農專學報》第41期，頁123～139，嘉義：國立嘉義農業專科學校，1995年。

80. 吉書時〈試論西漢的俠官〉，《北京師範大學學報》1995：5＝131，頁92～98，北京：，1995年。

81. 林蔚松〈《史記》、《漢書》〈游俠列傳〉之比較研究——兼論漢代游俠興廢的歷史意義〉，《輔大中研所學刊》第6期，頁17～37，臺北：輔仁大學中國文學研究所，1996年。

82. 田昌五〈前言 （中國歷代游俠傳）〉，《中國歷代游俠傳》 （上、下），頁1～8，鄭州：河南人民，1996年。

83. 林保淳〈俠情劍氣風雲動——武俠小說與武俠研究〉，《中央日報》第19版，1996年4月3日。

84. 林保淳〈便作釣魚人，也在風波裡——《笑傲江湖》中的政治角力〉，《中央日報》第19版，1996年5月6日。

85. 王立〈古代女性在復仇中的作用試探——四論女性與中國古代復仇文學主題〉，《中國古代、近代文學研究》1996：2，1996年。

86. 張愷庭〈《水滸傳》與《俠隱記》——英雄的命運交響曲〉，《傳習》第14期，頁193～198，臺北：國立臺北師範學院，1996年。

87. 吳禮權〈英雄俠義小說與中國人的阿Q精神〉，《國文天地》11：8＝127，頁84～87，1996年。

88. 俠客〈黑白兩道大哥大〉，《聯合文學》13：3＝147，頁158～161，1997年。

89. 俠客〈美人如玉劍如虹（上）〉，《聯合文學》13：4＝148，頁136～138，1997年。

90. 俠客〈美人如玉劍如虹（下）〉，《聯合文學》13：5＝149，頁118～121，1997年。

91. 俠客〈俠氣崢嶸蓋九州（上）〉，《聯合文學》13：6＝150，頁140～142，1997年。

92. 俠客〈俠氣崢嶸蓋九州（下）〉，《聯合文學》13：7＝151，頁160～163，1997年。

93. 俠客〈風塵俠隱懷臥龍〉，《聯合文學》13：8＝152，頁178～180，1997年。

94. 俠客〈「丐幫」奇人對對碰（上）〉，《聯合文學》13：9＝153，頁190～193，1997年。

95. 俠客〈「丐幫」奇人對對碰（中）〉，《聯合文學》13：10＝154，頁169～171，1997年。
96. 俠客〈「丐幫」奇人對對碰（下）〉，《聯合文學》13：11＝155，頁168～170，1997年。
97. 俠客〈群魔亂舞「酷」翻天〉，《聯合文學》13：12＝156，頁124～130，1997年。
98. 周慶華〈墮落與救贖——俠客的兩重命運〉，《孔孟月刊》35：7，頁44～47，1997年。
99. 林保淳〈中國古典小說中的「女俠」形象〉，《中國文哲研究集刊》第11期，頁43～88，臺北：中央研究院中國文哲研究所，1997年。
100. 邱昭榕〈手刃仇讎三烈女——談《聊齋誌異》中的「俠女」、「庚娘」、「商三官」三篇〉，《傳習》第15期，頁81～90，臺北：國立臺北師範學院，1997年。
101. 彭毅〈中國古神話與武俠小說——以金庸著作爲例——〉，《臺大中文學報》第9期，臺北：國立臺灣大學中國文學系，頁75～91，1997年。
102. 李宗慬〈初探聊齋俠女〉，《中國學術年刊》第18期，頁281～301，臺北：國立臺灣師範大學國文研究所，1997年。
103. 張雪媃〈唐代傳奇中的女俠〉，《當代》第126期，頁114～127，1998年。

附　錄
歷代典籍選錄之俠詩歌詩題一覽表

本表參照之古籍如下：唐・歐陽詢撰《藝文類聚》、宋・李昉等奉敕撰《太平御覽》、《通志二十略》、宋・葉廷珪《海錄碎事》、元・方回《瀛奎律髓》、明・張之象編《古詩類苑》、明・張之象編《唐詩類苑》、清・張英編《淵鑑類函》、清代陳夢雷、蔣廷錫等編《欽定古今圖書集成》。此外，魏晉南北朝時代之俠詩歌詩題乃參照逯欽立輯校《先秦漢魏晉南北朝詩》三冊，北京：中華書局，1998年。

詩家		詩題	備註
漢	楚人	〈楚人諺〉（只二句）〔註1〕	明《古詩類苑》〈俠少〉
	長安人	〈尹賞歌〉〔註2〕	明《古詩類苑》〈俠少〉
	辛延年	〈羽林郎〉	明《古詩類苑》〈俠少〉

〔註1〕《漢書》曰：「季布爲任俠有名。」楚人諺曰：「得黃金百，不如得季布諾。」

〔註2〕《漢書》記載尹賞收捕當地輕薄少年惡子，得數百人，内穴中，覆以大石，百日後令死者家自行發喪。長安歌之曰：「安所求子死，桓東少年場，生時諒不謹，枯骨後何葬。」

魏	阮瑀	〈詠史詩二首〉之二	清《淵鑑類函》〈遊俠〉
	文帝（曹丕）	〈豔歌何嘗行〉	明《古詩類苑》〈俠少〉
	曹植	〈白馬篇〉	宋《太平御覽》〈遊俠〉 宋《海錄碎事》〈俠少〉 明《古詩類苑》〈俠少〉 清《古今圖書集成》〈游俠部〉
		〈名都篇〉	明《古詩類苑》〈俠少〉
晉	張華	〈俠曲〉（即〈博陵王宮俠曲二首〉）	唐《藝文類聚》〈遊俠〉 宋《太平御覽》〈遊俠〉 明《古詩類苑》〈俠少〉 清《淵鑑類函》〈遊俠〉 清《古今圖書集成》〈游俠部〉
		〈游俠篇〉	唐《藝文類聚》〈遊俠〉 明《古詩類苑》〈俠少〉 清《淵鑑類函》〈遊俠〉 清《古今圖書集成》〈游俠部〉
		〈輕薄篇〉	明《古詩類苑》〈俠少〉
		〈壯士篇〉	明《古詩類苑》〈俠少〉 清《古今圖書集成》〈游俠部〉
	陸機	〈長安有狹邪行〉	明《古詩類苑》〈俠少〉
	左思	〈詠史詩八首〉之六	清《淵鑑類函》〈遊俠〉 清《古今圖書集成》〈游俠部〉
	陶潛	〈詠荊軻詩〉	清《淵鑑類函》〈遊俠〉
南朝宋	孔欣	〈相逢狹路間〉	明《古詩類苑》〈俠少〉
	謝惠蓮（即謝惠連）	〈長安有狹邪行〉	明《古詩類苑》〈俠少〉
	袁淑	〈效子建白馬篇〉（即〈效曹子建白馬篇〉）	明《古詩類苑》〈俠少〉 清《古今圖書集成》〈游俠部〉
	荀昶	〈擬相逢狹路間〉	明《古詩類苑》〈俠少〉
	孝武帝劉駿	〈詠史詩〉	清《古今圖書集成》〈游俠部〉
	王僧達	〈依古〉（即〈和琅琊王依古詩〉）	唐《藝文類聚》〈遊俠〉 清《淵鑑類函》〈遊俠〉

	鮑昭（即鮑照）	〈擬古詩八首〉之一、之三	唐《藝文類聚》〈遊俠〉 清《淵鑑類函》〈遊俠〉
		〈代結客少年場行〉	宋《太平御覽》〈遊俠〉 清《淵鑑類函》〈遊俠〉 清《古今圖書集成》〈游俠部〉
		〈代陳思王白馬篇〉	明《古詩類苑》〈俠少〉
		〈代堂上歌行〉	明《古詩類苑》〈俠少〉
南朝齊	王融	〈少年子〉	明《古詩類苑》〈俠少〉
	孔稚珪（即孔稚圭）	〈白馬篇〉	明《古詩類苑》〈俠少〉
	陸厥	〈臨江王節士歌〉	明《古詩類苑》〈俠少〉
南朝梁	武帝蕭衍	〈長安有狹邪行〉	明《古詩類苑》〈俠少〉
	沈約	〈白馬篇〉	明《古詩類苑》〈俠少〉
		〈長安有狹邪行〉	明《古詩類苑》〈俠少〉
		〈相逢狹路間〉	明《古詩類苑》〈俠少〉
		〈永明樂〉	明《古詩類苑》〈俠少〉
	何遜	〈擬輕薄篇〉	唐《藝文類聚》〈遊俠〉 明《古詩類苑》〈俠少〉 清《淵鑑類函》〈遊俠〉
		〈門有車馬客〉	明《古詩類苑》〈俠少〉
	吳筠（即吳均）	〈結客少年場〉	唐《藝文類聚》〈遊俠〉 清《淵鑑類函》〈遊俠〉
		〈古意詩二首〉之二	唐《藝文類聚》〈遊俠〉 清《淵鑑類函》〈遊俠〉
		〈行路難五首〉之二	清《古今圖書集成》〈游俠部〉
	王僧孺	〈古意詩〉	唐《藝文類聚》〈遊俠〉 明《古詩類苑》〈俠少〉 清《淵鑑類函》〈遊俠〉 清《古今圖書集成》〈游俠部〉
		〈白馬篇〉	明《古詩類苑》〈俠少〉
	張率	〈相逢行〉	明《古詩類苑》〈俠少〉

	徐悱	〈白馬篇〉	明《古詩類苑》〈俠少〉 清《古今圖書集成》〈游俠部〉
	昭明太子蕭統	〈飲馬長城窟行〉	明《古詩類苑》〈俠少〉
		〈相逢狹路間〉	明《古詩類苑》〈俠少〉
	劉遵	〈相逢狹路間〉	明《古詩類苑》〈俠少〉
	蕭子雲	〈贈吳均〉	明《古詩類苑》〈俠少〉
	簡文帝蕭綱	〈長安有狹邪行〉	明《古詩類苑》〈俠少〉
	庾肩吾	〈長安有狹邪行〉	明《古詩類苑》〈俠少〉
	王筠	〈俠客篇〉	明《古詩類苑》〈俠少〉 清《古今圖書集成》〈游俠部〉
	元帝蕭繹	〈劉生〉	唐《藝文類聚》〈遊俠〉 宋《海錄碎事》〈俠少〉 明《古詩類苑》〈俠少〉 清《淵鑑類函》〈遊俠〉 清《古今圖書集成》〈游俠部〉
	徐防	〈長安有狹邪行〉	明《古詩類苑》〈俠少〉
	費昶	〈發白馬〉	明《古詩類苑》〈俠少〉
		〈思公子〉	明《古詩類苑》〈俠少〉
	王問（即王冏）	〈長安有狹邪行〉	明《古詩類苑》〈俠少〉
	戴嵩	〈京洛篇〉（即〈煌煌京洛行〉）	宋《海錄碎事》〈俠少〉
北朝魏	溫子昇	〈安定侯曲〉	明《古詩類苑》〈俠少〉
		〈白鼻騧〉	明《古詩類苑》〈俠少〉
北朝齊	高昂	〈征行詩〉	明《古詩類苑》〈俠少〉
北朝周	王褒	〈游俠篇〉	唐《藝文類聚》〈遊俠〉 宋《海錄碎事》〈俠少〉 明《古詩類苑》〈俠少〉 清《淵鑑類函》〈遊俠〉 清《古今圖書集成》〈游俠部〉
		〈飲馬長城窟行〉（即〈飲馬長城窟〉）	明《古詩類苑》〈俠少〉
		〈長安有狹邪行〉	明《古詩類苑》〈俠少〉

		〈日出東南隅行〉	明《古詩類苑》〈俠少〉
		〈古曲〉	明《古詩類苑》〈俠少〉
	庾信	〈俠客行〉（即〈詠畫屏風詩二十五首〉之一）	唐《藝文類聚》〈遊俠〉 清《淵鑑類函》〈遊俠〉
陳	沈炯	〈長安少年〉（即〈長安少年行〉）	唐《藝文類聚》〈遊俠〉 明《古詩類苑》〈俠少〉 清《淵鑑類函》〈遊俠〉
	陰鏗	〈西遊咸陽中詩〉	唐《藝文類聚》〈遊俠〉 清《淵鑑類函》〈遊俠〉
	周弘直	〈賦得荊軻詩〉	清《淵鑑類函》〈遊俠〉
	張正見	〈門有車馬客〉	明《古詩類苑》〈俠少〉
		〈輕薄篇〉	明《古詩類苑》〈俠少〉
		〈長安有狹邪行〉	明《古詩類苑》〈俠少〉
		〈劉生〉	明《古詩類苑》〈俠少〉 清《古今圖書集成》〈游俠部〉
	陳後主叔寶	〈劉生〉	明《古詩類苑》〈俠少〉 清《古今圖書集成》〈游俠部〉
	徐陵	〈劉生〉	明《古詩類苑》〈俠少〉 清《古今圖書集成》〈游俠部〉
	楊縉（即陽縉）	〈俠客控絕影〉	唐《藝文類聚》〈遊俠〉 宋《海錄碎事》〈俠少〉 清《淵鑑類函》〈遊俠〉
		〈賦得荊軻詩〉	清《淵鑑類函》〈遊俠〉
	江總	〈劉生〉	明《古詩類苑》〈俠少〉 清《古今圖書集成》〈游俠部〉
	江暉	〈劉生〉	明《古詩類苑》〈俠少〉 清《古今圖書集成》〈游俠部〉
隋	李德林	〈相逢狹路間〉	明《古詩類苑》〈俠少〉
	柳莊	〈劉生〉	明《古詩類苑》〈俠少〉 明《唐詩類苑》〈俠少〉 清《古今圖書集成》〈游俠部〉

	辛德源	〈白馬篇〉	明《古詩類苑》〈俠少〉 清《淵鑑類函》〈遊俠〉 清《古今圖書集成》〈游俠部〉
	王胄	〈白馬篇〉	明《古詩類苑》〈俠少〉
	弘執恭	〈劉生〉	明《古詩類苑》〈俠少〉 明《唐詩類苑》〈俠少〉 清《古今圖書集成》〈游俠部〉
唐	虞世南	〈門有車馬客〉	明《古詩類苑》〈俠少〉
		〈結客少年場行〉	明《唐詩類苑》〈俠少〉 清《淵鑑類函》〈遊俠〉 清《古今圖書集成》〈游俠部〉
	孔紹安	〈結客少年場〉（即〈結客少年場行〉）	明《唐詩類苑》〈俠少〉
	陳良（即陳子良）	〈遊俠篇〉	明《古詩類苑》〈俠少〉 清《淵鑑類函》〈遊俠〉 清《古今圖書集成》〈游俠部〉
	盧照鄰	〈結客少年場〉（即〈結客少年場行〉）	明《唐詩類苑》〈俠少〉 清《淵鑑類函》〈遊俠〉
		〈劉生〉	明《唐詩類苑》〈俠少〉
	李百藥	〈少年子〉	明《唐詩類苑》〈俠少〉
	楊炯	〈劉生〉	明《唐詩類苑》〈俠少〉
		〈紫騮馬〉	清《古今圖書集成》〈游俠部〉
	張昌宗	〈少年行〉	明《唐詩類苑》〈俠少〉 清《淵鑑類函》〈遊俠〉
	劉希夷	〈公子行〉	明《唐詩類苑》〈俠少〉
	鄭愔	〈少年行〉	明《唐詩類苑》〈俠少〉
	崔國輔	〈少年行〉	明《唐詩類苑》〈俠少〉
		〈雜詩〉	明《唐詩類苑》〈俠少〉
	袁瓘	〈鴻門行〉	明《唐詩類苑》〈俠少〉
	盧象	〈雜詩二首〉之二	元《瀛奎律髓》〈俠少〉

	王維	〈少年行四首〉	明《唐詩類苑》〈俠少〉 清《淵鑑類函》〈遊俠〉 清《古今圖書集成》〈游俠部〉
		〈隴頭吟〉	明《唐詩類苑》〈俠少〉 清《淵鑑類函》〈遊俠〉
		〈夷門歌〉	清《古今圖書集成》〈游俠部〉
	崔顥	〈古遊俠呈軍中諸將〉	明《唐詩類苑》〈俠少〉 清《淵鑑類函》〈遊俠〉
		〈渭城少年行〉	明《唐詩類苑》〈俠少〉
		〈相逢行〉	明《唐詩類苑》〈俠少〉
	李頎	〈緩歌行〉	明《唐詩類苑》〈俠少〉
		〈古意〉	明《唐詩類苑》〈俠少〉 清《淵鑑類函》〈遊俠〉
	王昌齡	〈少年行〉	明《唐詩類苑》〈俠少〉 清《古今圖書集成》〈游俠部〉
		〈雜興〉	明《唐詩類苑》〈俠少〉
		〈城傍曲〉	明《唐詩類苑》〈俠少〉 清《淵鑑類函》〈遊俠〉
	常建	〈張公子行〉	明《唐詩類苑》〈俠少〉
	李嶷	〈少年行〉	明《唐詩類苑》〈俠少〉
	劉長卿	〈少年行〉	元《瀛奎律髓》〈俠少〉 明《唐詩類苑》〈俠少〉
	李白	〈俠客行〉	宋《海錄碎事》〈俠少〉 明《唐詩類苑》〈俠少〉 清《淵鑑類函》〈遊俠〉
		〈結客少年場行〉	明《唐詩類苑》〈俠少〉 清《淵鑑類函》〈遊俠〉
		〈贈新平少年〉	明《唐詩類苑》〈俠少〉
		〈少年子〉	明《唐詩類苑》〈俠少〉
		〈少年行二首〉（「擊筑」與「五陵」）	明《唐詩類苑》〈俠少〉 清《淵鑑類函》〈遊俠〉
		〈少年行〉（「君不見」）	明《唐詩類苑》〈俠少〉

		〈幽州胡馬客歌〉	明《唐詩類苑》〈俠少〉
		〈臨江王節士歌〉	明《唐詩類苑》〈俠少〉
		〈扶風豪士歌〉	明《唐詩類苑》〈俠少〉 清《淵鑑類函》〈遊俠〉 清《古今圖書集成》〈游俠部〉
		〈相逢行〉	明《唐詩類苑》〈俠少〉
		〈相逢行〉	明《唐詩類苑》〈俠少〉
		〈結襪子〉	明《唐詩類苑》〈俠少〉 清《淵鑑類函》〈遊俠〉
		〈獨漉篇〉	明《唐詩類苑》〈俠少〉
		〈玉壺吟〉	明《唐詩類苑》〈俠少〉
		〈白鼻騧〉	明《唐詩類苑》〈俠少〉
		〈贈武十七諤并序〉	明《唐詩類苑》〈俠少〉
		〈送侯十一〉	明《唐詩類苑》〈俠少〉
		〈魯郡堯祠送張十四游河北〉	明《唐詩類苑》〈俠少〉
		〈五月東魯行答汶上君（一作翁）〉	清《淵鑑類函》〈遊俠〉
		〈送薛九被讒去魯〉	清《淵鑑類函》〈遊俠〉
	韋應物	〈相逢行〉	明《唐詩類苑》〈俠少〉
	芮挺章	〈少年行〉	明《唐詩類苑》〈俠少〉
	高適	〈邯鄲少年行〉	明《唐詩類苑》〈俠少〉 清《淵鑑類函》〈遊俠〉 清《古今圖書集成》〈游俠部〉
	杜甫	〈少年行三首〉	明《唐詩類苑》〈俠少〉 清《淵鑑類函》〈遊俠〉 清《古今圖書集成》〈游俠部〉
	錢起	〈逢俠者〉	明《唐詩類苑》〈俠少〉 清《淵鑑類函》〈遊俠〉 清《古今圖書集成》〈游俠部〉

	韓翃	〈贈張建〉	元《瀛奎律髓》〈俠少〉 明《唐詩類苑》〈俠少〉
		〈長安路〉（一作皇甫冉詩）	元《瀛奎律髓》〈俠少〉
		〈寄丹陽劉太眞〉（一作〈送丹陽劉太眞〉）	元《瀛奎律髓》〈俠少〉
		〈少年行〉	明《唐詩類苑》〈俠少〉
	鄭錫	〈邯鄲少年行〉	明《唐詩類苑》〈俠少〉
	顧況	〈公子行〉	明《唐詩類苑》〈俠少〉
	盧綸	〈贈李果毅〉	明《唐詩類苑》〈俠少〉
	李益	〈城傍少年〉	明《唐詩類苑》〈俠少〉
		〈輕薄篇〉	明《唐詩類苑》〈俠少〉
	王建	〈贈王樞密〉	元《瀛奎律髓》〈俠少〉
		〈聞說〉（一作〈閒說〉）	元《瀛奎律髓》〈俠少〉
		〈羽林行〉	明《唐詩類苑》〈俠少〉
	于鵠	〈長安遊〉	明《唐詩類苑》〈俠少〉
		〈公子行〉	明《唐詩類苑》〈俠少〉
	令狐楚	〈少年行四首〉	明《唐詩類苑》〈俠少〉
	韓愈	〈嘲少年〉	明《唐詩類苑》〈俠少〉
	劉禹錫	〈壯士行〉	明《唐詩類苑》〈俠少〉
	孟郊	〈遊俠行〉	明《唐詩類苑》〈俠少〉 清《淵鑑類函》〈遊俠〉
		〈灞上輕薄行〉	明《唐詩類苑》〈俠少〉
	張籍	〈少年行〉	明《唐詩類苑》〈俠少〉
	李賀	〈嘲少年〉	明《唐詩類苑》〈俠少〉
		〈榮華樂〉	明《唐詩類苑》〈俠少〉
		〈梁公子〉	明《唐詩類苑》〈俠少〉
		〈秦宮詩并序〉	明《唐詩類苑》〈俠少〉
		〈唐兒歌〉	明《唐詩類苑》〈俠少〉

	元稹	〈俠客行〉	明《唐詩類苑》〈俠少〉 清《淵鑑類函》〈遊俠〉
		〈貴遊行〉	明《唐詩類苑》〈俠少〉
		〈劉頗詩（并序）〉	明《唐詩類苑》〈俠少〉
	劉言史	〈樂府新詞〉	明《唐詩類苑》〈俠少〉
	李廓	〈長安少年行十首〉	明《唐詩類苑》〈俠少〉
		〈猛士行〉	明《唐詩類苑》〈俠少〉
	施肩吾	〈老俠詞〉	宋《海錄碎事》〈俠少〉 《全唐詩》只餘二句
	章孝標	〈少年行〉	明《唐詩類苑》〈俠少〉
	朱慶餘	〈公子行〉	明《唐詩類苑》〈俠少〉
	雍陶	〈少年行〉	明《唐詩類苑》〈俠少〉
		〈公子行〉	明《唐詩類苑》〈俠少〉
	杜牧	〈少年行〉（「連環」）	明《唐詩類苑》〈俠少〉
		〈少年行〉（「官爲」）	明《唐詩類苑》〈俠少〉
	李商隱	〈富平少侯〉	元《瀛奎律髓》〈俠少〉
		〈少年〉	明《唐詩類苑》〈俠少〉
		〈公子〉	明《唐詩類苑》〈俠少〉
	馬戴	〈寄襄陽王公子〉	明《唐詩類苑》〈俠少〉
	韓琮	〈公子行〉	明《唐詩類苑》〈俠少〉
	溫庭筠	〈俠客行〉	明《唐詩類苑》〈俠少〉
		〈贈少年〉	明《唐詩類苑》〈俠少〉
	霍總	〈關山月〉	元《瀛奎律髓》〈俠少〉
	邵謁	〈少年行〉	明《唐詩類苑》〈俠少〉
		〈輕薄行〉	明《唐詩類苑》〈俠少〉
	林寬	〈少年行〉	元《瀛奎律髓》〈俠少〉 明《唐詩類苑》〈俠少〉
	李山甫	〈遊俠兒〉	明《唐詩類苑》〈俠少〉
		〈公子家二首〉	明《唐詩類苑》〈俠少〉

	李咸用	〈輕薄怨〉	明《唐詩類苑》〈俠少〉
	羅鄴	〈公子行〉	明《唐詩類苑》〈俠少〉
	羅隱	〈貴游〉	明《唐詩類苑》〈俠少〉
	秦韜玉	〈貴公子行〉	明《唐詩類苑》〈俠少〉
	韋莊	〈貴公子〉	明《唐詩類苑》〈俠少〉
	王貞白	〈少年行〉	明《唐詩類苑》〈俠少〉
	劉兼	〈貴遊〉	明《唐詩類苑》〈俠少〉
	鄭鏦	〈邯鄲俠少年〉	元《瀛奎律髓》〈俠少〉
	吳象之	〈少年行〉	明《唐詩類苑》〈俠少〉
	盧羽客	〈結客少年場行〉	明《唐詩類苑》〈俠少〉
	僧皎然	〈少年行〉	明《唐詩類苑》〈俠少〉
宋	張耒	〈少年〉	元《瀛奎律髓》〈俠少〉
	王安石	〈丁年〉	元《瀛奎律髓》〈俠少〉
	楊億	〈公子〉	元《瀛奎律髓》〈俠少〉
	劉筠	〈公子〉	元《瀛奎律髓》〈俠少〉
	錢惟演	〈公子〉	元《瀛奎律髓》〈俠少〉
	胡宿	〈公子〉	元《瀛奎律髓》〈俠少〉
	晁冲之	〈夷門行贈秦夷仲〉	清《淵鑑類函》〈遊俠〉
明	姚廣孝	〈壯士吟二首〉	清《淵鑑類函》〈遊俠〉
	徐禎卿	〈游俠篇〉	清《淵鑑類函》〈遊俠〉
		〈結客少年場行〉	清《淵鑑類函》〈遊俠〉
	李夢陽	〈結客少年場行〉	清《淵鑑類函》〈遊俠〉
		〈過王子詩〉	清《淵鑑類函》〈遊俠〉
		〈送人之南郡詩〉	清《淵鑑類函》〈遊俠〉
		〈臨江節士歌〉	清《淵鑑類函》〈遊俠〉
	劉績	〈結客行〉	清《淵鑑類函》〈遊俠〉
	王廷相	〈秦川雜興詩〉	清《淵鑑類函》〈遊俠〉
	李攀龍	〈結客少年場行〉	清《淵鑑類函》〈遊俠〉

	王世貞	〈俠客詩〉	清《淵鑑類函》〈遊俠〉
		〈詠史詩〉	清《淵鑑類函》〈遊俠〉
	王世懋	〈詠史詩〉	清《淵鑑類函》〈遊俠〉
	吳國倫	〈名都篇〉	清《淵鑑類函》〈遊俠〉
		〈結客少年場行〉	清《淵鑑類函》〈遊俠〉
	顧瑛	〈詩〉（「儒衣」）	清《淵鑑類函》〈遊俠〉
只存詩名者：〈遊俠篇〉、〈俠客行〉、〈博陵王宮俠曲〉、〈臨江王節士歌〉、〈少年子〉、〈少年行〉、〈刺少年〉、〈邯鄲少年行〉、〈長安少年行〉、〈羽林郎〉、〈輕薄篇〉、〈劍客〉、〈結客〉、〈結客少年場〉、〈浴沐子〉、〈結襪子〉、〈結援子〉、〈壯士吟〉、〈公子行〉、〈燉煌子〉、〈扶風豪士歌〉（以上爲《通志二十略》所收「遊俠二十一曲」）